再說一遍我願意

蘭波・羅威——著
胡訢諄——譯
Rainbow Rowell

獻給Kai

（任何重要的都是）

二〇一三年十二月十七日，星期二

1

喬芝車開進車道，猛地轉彎閃過一台腳踏車。

尼爾從來不叫愛麗絲把腳踏車停好。

在內布拉斯加，不會有人偷腳踏車——也不會有人試圖闖空門。在喬芝到家之前，尼爾也幾乎不鎖大門，雖然她告訴他，那樣形同在院子張貼「請拿槍來搶我們」的告示。「不會。」他說。「那不一樣。」

她把腳踏車牽起來放在門廊，打開（沒鎖的）門。

客廳的燈關上，但電視開著。愛麗絲在沙發上看頑皮豹的卡通看到睡著了。喬芝上前關掉電視，卻踢到地上一碗牛奶而踉蹌。茶几上有一疊摺好的衣服——她隨便抓起幾件擦著地板。

尼爾走進飯廳和客廳之間的門廊，喬芝正蹲在地板上，拿著自己的內褲吸乾牛奶。

「抱歉。」他說。「愛麗絲想倒牛奶給努蜜。」

「沒關係，我剛沒注意。」喬芝站起來，手上抓著濕掉的內褲。她的下巴指向愛麗絲。「她還好嗎？」

尼爾伸手接過內褲，然後撿起碗。「她很好。我跟她說她可以熬夜等妳。整晚就是叫她把甘藍菜吃掉，還有不要再說『真的』這個字，因為**真的**要把我逼瘋了。」他走向廚房，轉頭看喬芝。「妳餓嗎？」

「嗯。」她跟在後方。

尼爾今晚心情很好。通常喬芝晚歸的時候……呃，通常喬芝這麼晚才回來的時候，他**不是**這樣。

她坐在廚房的吧檯前，在帳單、圖書館的書和二年級的學習單之間騰出放手肘的空間。尼爾走向爐子，打開火。他穿著睡褲和白色T恤，而且看起來像剛理過頭髮——也是許為了這趟旅行。如果喬芝摸他的後腦勺，會像一塊絨布，反方向又會像細針。

「我不確定妳想打包什麼。」他說。「但我把妳籃子裡的衣服都洗了。不要忘了那邊會冷——妳老是忘記那邊會冷。」

她總是落得拿尼爾的毛衣來穿。

他今天晚上心情真好……

他微笑著為她做飯。大火快炒鮭魚、甘藍菜，以及其他綠色食材。他抓起一把腰果在拳頭中捏碎，灑在菜上，然後把盤子送到她的面前。

尼爾笑的時候，酒窩像兩個括弧——滿是鬍渣的括弧。喬芝想要把他拉過廚房吧檯，用鼻子親他的臉頰。（這是她對尼爾微笑一貫的回應。）（雖然尼爾八成不知道。）

「我好像把妳全部的牛仔褲都洗了……」他幫她倒了杯酒。

喬芝深吸一口氣。她橫豎得開口。「我今天接到一件好消息。」

他向後靠著牆角，挑起一邊眉毛。「喔？」

「嗯。就是……馬賀・賈法瑞想要我們的節目。」

「誰是馬賀．賈法瑞？」

「就是我們最近一直聯絡的，電視網的人。那個播出《大廳》和新的煙草農夫實境秀的人。」

「對。」尼爾點點頭。「那個電視網的人。我以為他給了你們閉門羹。」

「我們也**以為**他給了我們閉門羹。」喬芝說。「顯然事情並非如此。」

「嗯。哇。真是好消息。那——」他抬起頭歪向一邊，「——為什麼妳看起來好像不怎麼高興？」

「我**樂翻了**。」喬芝的聲音高八度。天哪。她八成流汗了。「他要試播，要劇本。我們要開個大會討論選角……」

「很好啊。」尼爾等著。他知道她在賣關子。

喬芝閉上雙眼。「二十七號。」

廚房鴉雀無聲。她說出口了。這裡有她瞭解且深愛的尼爾。（真的，瞭解並深愛。）交叉的雙手，細長的眼睛，他下巴兩邊的咀嚼肌。

「二十七號的時候我們在奧馬哈。」他說。

「我知道，」她說：「尼爾，我**知道**。」

「所以呢？妳想要提早飛回洛杉磯？」

「不是，我……我們在那之前要準備好劇本。賽斯認為——」

「賽斯。」

「我們必需完成試播帶。」喬芝說。「我們九天內要寫出四集劇本，準備開會——而且我們很幸運，這星期《傑夫起來了》節目休假。」

「妳休假是因為**聖誕節**。」

「我知道是因為聖誕節，尼爾——我不會不過聖誕節。」

「妳不會？」

「不會。只是……不能去奧馬哈。我在想我們可不可以都不要去。」

「機票已經買了。」

「尼爾。這是試播，是合約。跟我們夢想的電視網。」

喬芝覺得自己好像在念劇本。這段對話早就寫好了，幾乎一字不漏，下午和賽斯一起寫的……

「可是聖誕節，」她抗議。他們在辦公室裡，賽斯和喬芝共用一張L型的大辦公桌。他坐在喬芝那一側，把她圍在角落。

「拜託，喬芝，我們還是可以過聖誕節——開完會後，就是有史以來最棒的聖誕節。」

「去跟我的小孩說。」

「我去。妳的小孩超愛我。」

「賽斯，是**聖誕節**。會議不能再等一下嗎？」

「我們職業生涯等的不就是這個。就要實現了，喬芝。現在。終於要實現了。」

賽斯不停叫她的名字。

尼爾的鼻孔在噴火。

「我媽在等我們。」他說。

「我知道。」喬芝的聲音微弱。

「還有孩子……愛麗絲寄了張變更地址的卡片給聖誕老人，聖誕老人才會知道她在奧馬哈。」

喬芝努力想微笑，但無用。「我想聖誕老人自有辦法。」

「那不是——」尼爾把開瓶器丟進抽屜，甩上抽屜門。他的聲音停頓。「那不是重點。」

「我知道。」她向前傾。「但我們可以下個月再去看你媽。」

「然後要愛麗絲請假？」

「如果我們要去的話。」

尼爾雙手靠在吧檯上，上臂肌肉緊繃，彷彿正反芻這壞消息要自己接受。他低著頭，頭髮從額頭上垂下來。

「這是我們的大好機會。」喬芝說。「我們的節目。」

尼爾點點頭，但沒抬起頭。「對。」他說。他的聲音輕且單調。

喬芝等著。

有時候和尼爾吵架她會站不住腳。重點就會轉到別的地方——轉到更危險的地方——喬芝甚至沒發現。有時候她還繼續，尼爾早已結束對話，或任她講，她就會自顧自一直講下去。

喬芝不確定這算不算吵架。算嗎？

於是她等著。

尼爾低著頭。

「『對』是什麼意思？」她終於問了。

他撐起身體，直見雙手和方正的肩膀。「意思就是，妳說得**對**。很明顯。」他開始清理爐子。「妳一定要去開這個會。這個會很重要。」

他淡淡地說。畢竟，也許一切都會沒事。也許他甚至會為她高興，終究會。

「那──」她語帶試探。「我們下個月去看你媽媽？」

尼爾打開洗碗機，把餐盤放進去。「不。」

喬芝抿著雙唇，緊緊不放。「你不想讓愛麗絲請假？」

他搖頭。

她看著他把洗碗機裝滿。「那麼，夏天嗎？」

他的頭忽然震動一下，彷彿耳朵被什麼東西擦到。尼爾的耳朵很可愛，有點大，頂端尖尖的像翅膀。喬芝喜歡從耳朵抱著他的頭，他願意的時候。

她現在就可以想像他的頭在她的手之間，可以感受到她的大拇指搓著他的耳尖，手指梳過他剛剪的頭髮。

「不。」他又說了一次，站起來，雙手在睡褲上擦了擦。「我們已經買好機票了。」

「尼爾，我是認真的，我不能不去這個會。」

「我知道。」他轉身面對著她。他的下巴僵硬，一直都是。

以前在大學的時候，尼爾考慮過從軍。要他傳達天大的壞消息或執行殘忍的命令，自己卻不受任何影響，這一點他應該是滿在行的。尼爾的臉可以去開艾諾拉蓋號轟炸機。[1]

「我不懂你的意思。」喬芝說。

「妳不能不去這個會。」他說。「而我們已經買好機票了。反正妳整個星期都要工作，那妳就留在這裡，專心在妳的節目上——然後我們去看我媽。」

「但是，聖誕節，孩子——」

「等我們回來，她們可以跟妳再過一次聖誕節。她們會很愛的，兩個聖誕節。」

喬芝不知該說什麼。也許尼爾說最後一句話的時候正**笑著**。

他指著她的盤子。「要幫妳熱一熱嗎？」

「沒關係。」她說。

他點點頭，微微地，然後經過她身邊，兩人靠近到嘴唇剛好碰到臉頰的距離。然後他去了客廳，把愛麗絲從沙發抱起來。喬芝可以聽見他小聲說——「沒事，寶貝，我抱著妳。」——接著上樓。

---

1 譯注：艾諾拉蓋號（Enola Gay），二次大戰美軍於廣島投擲原子彈的轟炸機。

二〇一三年十二月十八日，星期三

2

喬芝的手機沒電了。

她的手機除非接上電源，否則總是沒電——她八成要換新的電池，但她一直忘記處理這件事。

她把咖啡放在桌上，手機接上筆電，搖一搖，像等拍立得顯影，等著手機復活。

一顆葡萄飛過她的鼻子和螢幕之間。

「怎麼樣？」賽斯問。

喬芝抬起頭，今天進辦公室以來，她第一次端詳著他。他穿著粉紅色的牛津襯衫，綠色的針織背心，他的頭髮今天特別服貼。賽斯看來像個帥氣的甘迺迪家族成員，雖然沒有遺傳到一口白牙。

「什麼怎麼樣？」她問。

「談得怎麼樣？」

他在說尼爾。但他不會**說**「和尼爾」——這是他們進行的方式，有規矩的。

喬芝低頭看看手機，沒有未接來電。「很好。」

「我就跟妳說會很好吧。」

「嗯，你說得對。」

「我一直都是對的。」賽斯說。

喬芝可以聽見他坐回椅子上的聲音。

她也可以想像他——翹起長腿，放在他們共用的桌子上。

「你只在偶而、或最終、或部份時，是對的。」她還在玩手機。

尼爾和女兒現在可能已經搭上航程中第二段飛機了。他們在丹佛短暫停留。喬芝想過傳簡訊給他們——**愛你們！**——並想像簡訊在他們抵達丹佛前就到了。

但尼爾從不傳簡訊，所以也不看簡訊；傳給他就像傳給空氣。

她放下手機，推了推眼鏡，想要專心在電腦上。她有十幾封新的email，都是傑夫．杰曼傳的，就是他們節目的諧星。

如果新節目成功的話，她根本不會想念傑夫．杰曼。她不會想念他的email，或他的紅色棒球帽。還有他覺得《傑夫起來了》其他演員太出風頭時，他會要她整集重寫。

「我做不到。」門被推開，史卡提鬼鬼祟祟溜進來。賽斯和喬芝的辦公室只能再容納一把椅子，IKEA買來像吊床又難坐的椅子。史卡側身坐進去，他抱著頭。「不行，我守不住祕密。」

「早安。」喬芝說。

史卡提從指縫偷看。「嘿！喬芝。櫃臺的女孩叫我告訴你，妳媽媽在線上。二線。」

「她的名字是帕蜜拉。」

「好。我媽的名字是蒂喜。」

「噢，那個新來的助理，她的名字……」喬芝搖搖頭，伸手拿起她和賽斯中間的電話。「我是喬芝。」

她媽媽嘆氣。「我在線上等了好久。我以為那個女孩把我忘了。」

「沒，怎麼了？」

「我只是打來問問妳好不好。」她媽媽的聲音聽起來很擔心。（她媽媽喜歡聽起來很擔心。）

「我很好。」喬芝說。

「唉……」又嘆氣，更大一口。「我早上和尼爾通過電話。」

「妳怎麼撥通的？」

「我定了鬧鐘。我知道你們一大早就要出門——我想跟你們說再見。」

每次要搭飛機，她媽媽都很緊張。小手術也是。有時得把電話拿遠一點。「**妳永遠不知道最後一次和某人說再見是什麼時候，妳不會想要錯過說再見的機會。**」

喬芝把電話夾在耳朵和肩膀之間，這樣她就能打字。「妳真貼心，妳和女孩們講話嗎？」

「我和**尼爾**講話。」她媽媽又說了一次，以茲強調。「他告訴我你們要分開一段時間。」

「**媽**——」喬芝說，手又拿起電話。「只是一個星期。」

「他說你們要分開過聖誕節。」

「不是那樣——妳為什麼要那樣講。只是我剛好有工作。」

「以前聖誕節妳從來不用工作。」

「聖誕節**那天**我不用工作，聖誕節前我要工作。事情有點複雜。」喬芝忍住不看賽斯是否在聽。「我決定的。」

「妳**決定**孤單過聖誕節。」

「我不會孤單。我會跟妳一起過。」

「但是，親愛的，我們那天要和肯爵克的家人一起過——我之前就告訴妳了——而且妳妹妹要去她爸爸那裡。我的意思是，妳要來聖地牙哥，我們也歡迎……」

「沒關係，我會想辦法。」喬芝瞄了辦公室裡頭。賽斯正把葡萄往上丟，用嘴巴去接。史卡提悲慘地蜷起身子，好像經痛一樣。

「我得繼續工作了。」

「好吧，晚上過來。」她媽媽說。

「我會做晚餐。」

「我很好，媽，真的。」

「來吧，喬芝。妳現在最好不要自己一人。」

「跟『現在』無關，媽，我很好。」

「現在是聖誕節。」

「還沒。」

「我會做晚餐——過來吧。」喬芝繼續爭論前她已掛上電話。

喬芝嘆氣，揉揉雙眼。她覺得眼皮出油，雙手聞起來像咖啡。

「我做不到。」史卡提哀嚎。「大家都看得出來我有祕密。」

賽斯抬頭瞄了門——門是關上的。「那又怎樣，只要他們不知道是什麼祕密……」

「我不喜歡這樣。」史卡提說。「我覺得自己好像叛徒。我是任雲之城的藍道。我是親吻耶酥的那個傢伙。」2

喬芝懷疑其他編劇**真的**起疑。也許沒有。喬芝和賽斯的合約即將期滿，但大家都預期他們會繼續留下。他們總算讓《傑夫起來了》擠進前十名，何來理由離開？

如果他們留下，就會加薪。重大，改變人生的加薪。那種每當賽斯提到，眼珠就會像唐老鴨一樣凸出的數目。

但如果他們離開……

他們離開《傑夫起來了》，只有一個理由——做他們自己的節目。喬芝和賽斯打從認識就開始夢想的節目——他們在學校的時候就寫好試播的草稿了。他們自己的節目，他們自己的角色。再也不要傑夫．杰曼，再也不要口頭禪，再也不要罐頭笑聲。

如果他們離開，會帶史卡提一起。（他們**離開的時候**，賽斯會說，**到時候**、**到時候**、**到時候**。）史卡提是他們的人。喬芝前兩個節目就雇用他了，他是他們合作過最厲害的笑話寫手。賽斯和喬芝比較擅長**情境喜劇**。詭異交織而更加詭異，笑點一層一層累積，八集之後就會出現絕妙的效果。但有時候你只是需要有人踩到香蕉皮，而史卡提有源源不絕的香蕉皮點子。

「沒有人知道你有祕密。」賽斯告訴他。「沒有人在乎。他們現在急著把鳥事處理完，就可以離開去過聖誕節。」

「所以我們的計畫是什麼？」史卡提從椅子上坐挺。他是個有點矮的印度人，蓋頭蓋臉的眼鏡和頭髮，而他的穿著就跟多數編劇一樣——牛仔褲、連帽運動衫、蠢樣的夾腳拖。史卡提是員工裡頭唯一的同志。有時候也會有人以為賽斯是同志，但他不是，只是長相漂亮。

賽斯丟了一粒葡萄給史卡提，又丟一粒給喬芝。她用嘴巴接住了。

「計畫，」賽斯說：「就是我們明天照常上班，寫腳本。然後我們多寫一點。」

史卡提把他的葡萄從地上撿起來吃掉。「我只是討厭棄大家而去。為什麼每次我一交到朋友就要搬走了？」他轉向喬芝，一臉生氣。「嘿，喬芝，妳還好嗎？妳看起來怪怪的。」

喬芝發現她瞪大眼睛，卻不是對著他們任何一人。「嗯。」她說。「很好。」

她拿起手機，發了一則簡訊。

也許……

也許今天早上尼爾離開前，她應該和他談談。**認真**和他談談。確定一切都沒事。

但尼爾的鬧鐘四點半響之前，他已經起床，幾乎換好衣服了。尼爾還在用一台老舊的收音機鬧鐘，他走到床邊關掉，同時叫喬芝回去睡覺。

「妳等等會很累。」他對她這麼說，但她已經起身了。

彷彿喬芝會睡過頭而沒和女兒道別。彷彿他們沒有要分開一個星期。彷彿不是聖誕節。

她伸手摸索床頭的眼鏡，然後戴上。「我載你們去機場。」

2 譯注：任雲之城的藍道出自電影《星際大戰》，藍道出賣韓和莉亞公主一行人投靠黑武士；親吻耶穌的人指的是猶大，猶大和猶太祭司長說好，在逾越節會親吻耶穌作為暗號，之後耶穌隨即被抓走處決。

尼爾站在他的衣櫃前，背對著她，把穿到肩膀上的藍色毛衣拉下來。「我已經叫車了。」

也許喬艺當時應該堅持，但她只是起床想幫女兒整理。

也沒什麼好整理的。尼爾睡前讓她們穿了運動褲和T恤，這樣早上就能直接抱她們上車，不用叫醒她們。

但喬艺想跟她們說話，而且，喬艺試著幫愛麗絲穿上粉紅色的瑪莉珍鞋時，愛麗絲醒了。

「爹地說我可以穿我的靴子。」愛麗絲睡眼惺忪。

「在哪裡呢？」喬艺輕聲說。

「爹地知道。」

她們把努蜜叫起來找靴子。

這下努蜜也想要**她的**靴子。

然後喬艺想拿優格給她們吃，但尼爾說他們會在機場吃；他帶了點心。

他讓喬艺解釋為什麼她不和他們一起去搭飛機——「妳要開車去嗎？」愛麗絲問——尼爾上下樓梯，進出大門，一再確認物品，集中行李。

喬艺試著告訴女兒，她們會玩得很開心，不會想念她——下星期他們就可以一起慶祝了。

「我們要過兩次聖誕節。」喬艺說。

「事實上那不可能。」愛麗絲反駁。

努蜜開始哭，因為她的襪子腳趾頭的地方穿反了。喬艺不知道她希望縫線在腳底板的上面還是下面。尼爾從車庫進來屋裡，拍著努蜜的靴子。「車來了。」他說。

是一輛小貨車。喬芝促擁女孩們出門，穿著睡褲，在馬路邊跪下來，狂親女兒的臉，想裝作若無其事，彷彿說再見沒什麼大不了。

「妳是世界上最棒的媽咪。」努蜜說。努蜜所有的東西都是「最棒」和「最壞」的，所有事情都是「永不」和「永遠」。「妳世界上最棒的四歲女孩。」喬芝說，親著努蜜的鼻子。

「是**小貓**。」努蜜說。她還在為襪子的事落淚。

「妳是世界上最棒的小貓。」喬芝把努蜜細細的黃棕色頭髮塞到耳後，把T恤拉好，摸摸她的肚子。

「綠色小貓。」

「最棒的小貓。」

「喵。」努蜜說。

「喵。」喬芝回答。

「媽？」愛麗絲問。

「嗯？」喬芝把七歲的女孩拉過來——「來，跟我抱抱。」——但愛麗絲無心抱抱。

「如果聖誕老公公把妳的禮物送到奶奶家，我會幫妳收好。我會放進我的行李箱。」

「聖誕老公公通常不會送媽咪禮物。」

「喔，但**萬**一他送了……」

「喵。」努蜜說。

「好。」喬芝同意，左手抱著愛麗絲，右手把努蜜圈進懷中。「如果他帶禮物給我，妳幫我收好。」

「媽咪，喵！」

「喵。」喬芝回答，緊緊抱著她們。

「媽？」

「嗯，愛麗絲？」

「聖誕節真正的意義並不是禮物，是耶穌。但和我們無關，因為我們沒有信仰。對我們來說，聖誕節真正的意義是家人。」

喬芝親了她的臉頰。「沒錯。」

「我知道。」

「好了，我愛妳們，我好愛妳們兩個。」

「到月亮又回來那麼多？」愛麗絲問。

「天哪，」喬芝說：「比那樣更多。」

「到月亮又回來無限次？」

「喵！」

「喵。」喬芝說。「無限次乘以無限次。我好愛妳們，愛得心痛。」

努蜜的臉垂了下來。「會痛？」

「她的意思不是**真的**痛。」愛麗絲說。「對不對，媽？不是**真的**？」

「不是，呃，有時候。」

尼爾向前。「好了，要去搭飛機了。」

喬芝幫女兒繫上安全帶時又偷親了十幾下，接著站在貨車旁，雙手緊張地在胸前交叉。

尼爾走向她，眼神穿過她的肩膀，好像在思考。「我們五點降落。」他說。「中部時間，所以大概是這裡的三點……我們到我媽家的時候，我會打給妳。」

喬芝點點頭，但他還是沒有看她。

「路上小心。」她說。

他看看手錶。「我們沒問題的，不用擔心我們。就去做妳該做的事，會議好好表現。」接著他擁抱她，多少算是，一隻手臂圍繞她的肩膀，碰了一下她的嘴唇。他說「愛妳」的時候，已經抽身了。

喬芝想要抓住他的肩膀。

她想要抱著他，直到覺得雙腳離地。

她想要把頭埋進他的脖子，感覺他的雙手壓著肋骨，有點太用力。

「愛你。」她說。她不確定他有沒有聽見。

「我愛妳們！」她對女兒大喊，敲著後座的窗戶，還親了窗戶，因為她知道女兒會笑出來。車子後座的窗戶滿是吻痕。

她們發狂似地對她揮手。喬芝退後，雙手揮著。尼爾在前座和司機說話。

她心想，車子轉出路口前，他也許曾回頭看她一眼——她的手在空氣中凍僵了。

然後他們就走了。

3

「妳需要幫忙嗎？」

賽斯站在她身旁，拿資料夾輕拍她的頭。傑夫．杰曼希望編劇放假走光之前能重寫一集——而且八成就是喬芝來寫。（因為她不信任別人來幫忙。）（這是她自己的問題。而且她也沒理由不爽。）

整個下午充斥著喧鬧、食物和聖誕歌曲。因為某些理由——呃，為了喝酒——大家決定兩點到三點半唱聖誕歌曲。接著會有人，多半是史卡提，從她辦公室的門縫塞了一盤蝦子。現在是六點，靜了下來，而喬芝修改劇本總算有了進展。

「不用了。」她對賽斯說。「我可以。」

「妳確定？」

她眼睛沒離開螢幕。「是的。」

他靠著桌子，她那一邊的桌子，就在她的鍵盤旁邊。「所以……」

「所以什麼？」

「所以，」他說：「他們去了奧馬哈。」

喬芝搖搖頭，雖然答案是「是」。「當然囉。我們已經買好機票了，我整個星期又都得工作。」

「對，但是……」賽斯用膝蓋推推她的手。喬芝抬起頭。「妳聖誕節那天要做什麼？」

「我會去我媽媽那裡。」雖然多少是騙人的，但她還是可以去，即使媽媽不在家。

「妳可以來**我**媽媽家。」

「我會。」喬芝說。「如果我沒有媽媽的話。」

「也許我也會去妳媽媽家。」賽斯咧嘴而笑。「她很愛我。」

「那可不一定。」

「妳知道嗎？今天早上妳進來前，她打了三通電話進來。她覺得妳故意讓手機沒電，為了躲她。」

喬芝又轉向螢幕。「我真應該那樣。」

賽斯站起來，把郵差包斜背在肩膀上。喬芝還要花一小時重寫這一幕。也許她應該乾脆全部重寫……

「嘿！喬芝。」

她一直打字。「幹嘛？」

「**喬芝**。」

她又抬起頭。他站在門口，盯著她。「我們就差一步了。」他說。「終於要實現了。」

喬芝點點頭，試著微笑。又是徒勞無功。

「明天。」賽斯說，手掌拍了一下門框，走了。

喬芝回家的路上，她妹妹來電。

「我們先吃了。」海瑟說。

「什麼？」

「九點了。我們餓了。」

對。晚餐。「沒關係。」喬芝說。「跟媽說我明天再打給她。」

「她還是希望妳今晚能過來。她說妳的婚姻完了，妳需要我們的支持。」

喬芝想要閉上雙眼，但她在開車。「海瑟，我的婚姻還沒完，而且我不需要你們的支持。」

「妳是說尼爾沒有離開妳，把小孩帶去內布拉斯加？」

「他帶她們去看她們的**奶奶**。」喬芝說。「並不是他不給我監護權。」

「尼爾一定會拿到監護權，妳不覺得嗎？」

他當然會拿到。喬芝心想。

「妳應該過來。」海瑟說。「媽做了鮪魚義大利麵。」

「她放了青豆嗎？」

「沒有。」

喬芝想想她在卡拉巴薩斯空蕩蕩的家，衣櫥旁空蕩蕩的行李箱，空蕩蕩的床。

「好吧。」她說。

「妳有iPhone的充電器嗎？」喬芝把鑰匙和手機放在廚房的桌上。她從不帶包包。她把駕照和一張信用卡放在車上，塞在放手套的收納盒裡。

「如果妳買支iPhone給我，我就有囉。」海瑟靠在桌旁，吃著裝在玻璃保鮮盒裡的鮪魚麵。

「我以為妳已經吃了。」喬芝說。

「別這樣跟我說話，妳會害我消化不良。」

喬芝白眼。「我們家裡沒有人飲食失調消化不良。不要再吃我的晚餐了。」

海瑟又吃了一大口，把保鮮盒遞給喬芝。

海瑟十八歲，是個改變人生的寶寶——喬芝的媽媽決定改變人生，和她共事的整脊師上床，然後在三十九歲意外懷孕。她媽媽和整脊師的婚姻也差不多到海瑟出生為止。

那時喬芝已經上大學了，所以她和海瑟只住在一起一、兩年。有時候喬芝覺得自己比較像海瑟的阿姨，不像姊姊。

她們長得很像，簡直是雙胞胎。

海瑟的頭髮和喬芝一樣，大波浪，金褐色。還有喬芝深邃的藍色雙眼。她的體格和喬芝高中時一樣，像個壓扁的沙漏。儘管海瑟比喬芝高一點……

算她幸運。也許某天海瑟懷孕的時候，寶寶不會像敲打加勒比海鋼鼓一樣踢她的腰。「都是剖腹產的關係。」喬芝的媽媽會這麼說。好像喬芝選擇進行兩次剖腹產，好像她一時懶惰所以從菜單上點了剖腹產。「**我生妳們兩個的時候都是自然產，身材很快就恢復了。**」

「妳幹嘛盯著我的肚子？」海瑟問。

「想要讓妳消化不良。」喬芝說。

「喬芝！」她媽媽走進客廳，胸前抱著一隻嬌小卻即將臨盆的巴哥狗。喬芝的繼父，肯爵克，一個高䠷的非裔美國人，穿著髒髒的工人服，跟在她身後。「我沒聽見妳進門。」她媽媽說。

「我剛到。」

「我幫妳熱熱。」她媽媽拿走鮪魚義大利麵，把小狗給喬芝。喬芝伸長雙手抓著狗，她很討厭碰牠——而且她不在乎這樣的舉動讓她像個愛情喜劇中的反派。

肯爵克向前抱走小狗。「喬芝，妳好嗎？」他的臉整個充滿同情。她想大叫：「**我丈夫沒有離開我！**」

但肯爵克不應受此對待。令人驚訝，對一個女孩來說，他是最佳的年輕繼父。（肯爵克四十歲，只比喬芝大三歲。當時他來清理她們破爛的泳池，她媽媽因而認識他。）（這些事真的發生了。）（在聖費爾南多谷。）

「肯爵克，我很好，謝謝。」

她媽媽悲傷地對著微波爐搖搖頭。

「真的。」喬芝對著房裡的人說。「我好得不得了。我留在這裡過聖誕節，因為我們的節目幾乎、幾乎要通過了。」

「你們的節目？」她媽媽問。「你們的節目有問題嗎？」

「不，不是《傑夫起來了》。我們的節目——《打發時間》。」

「你們的節目我看不下去。」她媽媽說。「那個男孩很失禮。」

「崔夫？」海瑟問。「每個人都愛崔夫。」

崔夫是《傑夫起來了》的二兒子。他是喬芝的心血——一個一臉懶散，憤世嫉俗的十二歲男孩。這個角色完全不喜歡任何事，做的事也完全不討喜。

喬芝把她所有的憎惡都藏在崔夫裡頭。對傑夫．杰曼的，對電視網的，對崔夫本身的。還有她根本就是在做另一齣沒什麼看頭的《王牌主持人》——沒有喬納森．泰勒．托馬斯和威爾森。[3]

崔夫也是節目爆紅的明星。

喬芝瞇起眼睛看著她妹妹。「妳愛崔夫？」

「天哪！不是我的菜。」海瑟說。「但每個人都愛。學校裡的混混都穿著『遜爆了』的T恤，不是那種真的威脅人的混混，那種很酷的——有點消沉，但友善，會聽『跳樑小丑』的那種。」[4]

「不是『遜爆了』。」肯爵克連忙補充。「應該是『遜爆爆爆爆了』。」肯爵克又說了一次。

海瑟笑了。「喔，我的天哪，爸，你學得好像。」

---

3 譯注：《王牌主持人》（*Home Improvement*）是九〇年代美國家庭情境喜劇，劇中喬納森．泰勒．托馬斯（Jonathan Taylor Thomas）飾演Taylor家的二兒子走紅；由Earl Hindman飾演的Wilson是鄰居，常協助Taylor家的問題。

4 譯注：跳樑小丑（Insane Clown Posse），美國說唱金屬樂團。

「遜爆爆爆爆爆了。」肯爵克又說了一遍。

「遜爆了」是崔夫的口頭禪。喬芝拿下眼睛揉著雙眼。

她媽媽搖著頭，把鮪魚義大利麵盛到桌上的盤子，然後把狗從肯爵克那裡抱過來，把臉湊到巴哥濕濡的臉上。**「妳以為我忘記妳囉？」**她嗲起聲音。**「我沒有忘記你，小媽媽。」**

「謝謝。」喬芝在桌邊坐下，把盤子拉過來。

肯爵克拍拍她的肩膀。「我喜歡崔夫。妳的新節目也會像那樣嗎？」

「不太一樣。」她皺起眉頭。

每當肯爵克想在她面前扮演父親時，她總覺得尷尬。他只比她大三歲。「你不是我爸爸。」有時候她真的很想像個十二歲的小孩這麼說。（喬芝十二歲的時候，肯爵克十五歲。她搞不好曾在超市對他拋媚眼。）

「《打發時間》，」海瑟說得流利，同時從冰箱拉出一盒披薩，「是一小時的劇情喜劇。是某個什麼加上某個什麼又加上別的。」

喬芝對她妹妹投以感激的笑容。至少有人聽她說話。

「是《怪咯女孩》，」喬芝說：「加上《甜蜜芳心》，加上《發展受阻》。」

如果賽斯在這裡，他會說：「像是一些真的有觀眾的節目。」

然後史卡提會說：「像是《天才老爹》！」

然後喬芝會說：「不要《天才老爹》。」但又覺得這樣他們的試播恐怕會太單調。（她明天會跟賽斯提這一點……）

《打發時間》是一齣集所有高中生生活於大全的戲——所有的高潮迭起，所有的荒謬——比那些更高潮迭起，比那些更荒謬。

總之，這是他們的定位。這是上個月喬芝對馬賀．賈法瑞的定位。那次的會議她可火紅。她句句到位。

她和賽斯離開馬賀．賈法瑞的辦公室後，就直接到對街的酒吧，賽斯站在吧臺椅子上對喬芝乾杯，把「加拿大會所」像聖水一樣到在喬芝頭上。[6]

「你他媽是個奇蹟啊！喬芝．麥克庫。妳剛剛簡直是芭芭拉．史翠珊現身。他笑得都流淚了，妳看到了嗎？」

然後賽斯開始在椅子上跺腳，喬芝抓住他的腳踝：「停，你會摔下來的。」

「妳——，」他彎下腰，舉高酒杯說：「是我的祕密武器。」

海瑟往喬芝的椅子靠過去，拿著一片冷披薩揮手。「看來《打發時間》會是我最喜歡的節目。」她說：「我可是主要觀眾族群。」

喬芝吞下嘴裡的鮪魚麵。「謝啦，小鬼。」

「妳今天和女兒講過話了嗎？」她媽媽問。她把巴哥抱起來，在臉頰和耳際間磨蹭。巴哥淚

5 譯注：三部影集分別為*Square Pegs*、*My So-called Life*、*Arrested Development*，描寫美國青少年生活。

6 譯注：加拿大會所（Canadian Club），一種威士忌。

汪汪的眼珠每扯一下就像要掉出來。

喬芝皺著臉，別過頭。「沒。」她說：「我正要打電話。」

「時差是幾個小時？」肯爵克問。「那裡不是差不多半夜了嗎？」

「喔，天哪！」喬芝手上的叉子掉了。「你說得對。」她的手機沒電了，所以她走向掛在廚房牆壁上的咖啡色電話機。

海瑟和肯爵克以及她媽媽還有狗，全都看著她。另一隻狗搖搖晃晃走到廚房，磁磚地板發出腳指甲碰到的聲音，狗也抬頭看。

「我房間裡還有電話嗎？」喬芝問。

「應該有吧。」她媽媽說：「衣櫥裡找找。」

「很好，那我就……」喬芝快閃離開廚房。

喬芝高中一畢業，她媽媽就把喬芝小時候的房間變成展示巴哥戰利品的房間。這件事很煩人，因為其實喬芝大學畢業後才真正搬出去。

「那我要把牠們的領結放在哪裡展示？」喬芝反對時，她媽媽這麼說。「牠們可是得獎的狗，妳一隻腳都跨出門外啦！」

「不是現在。現在，我兩隻腳都在床上。」

「鞋子脫掉，喬芝，這裡不是穀倉。」

喬芝的舊床還在房間裡。她的床頭櫃、檯燈，和一些她從沒來打包的書也在。她打開衣櫥，在一堆廢物中翻找後，找到一只古董——黃色的轉盤電話；她高中的時候在跳蚤市場買的——因為她以前真的就是那麼自命不凡。

老天，這麼重。她解開纏繞的線，爬進床底下接上。（她已經忘了那樣的感覺——把電話線插進孔裡「啪」一下的感覺。）接著她爬上床，把電話放在大腿上，拿起話筒前深深吸一口氣。

她先打了尼爾的手機，但沒通——奧馬哈的收訊很不好。所以她撥了印象中他媽媽家的電話……

喬芝和尼爾有一年夏天分隔兩地……大三，他們剛開始交往那一年。那年夏天她每天都打電話到奧馬哈。從這個房間，而且就是這個黃色電話。

當時牆上的狗兒照片比較少，但還是多得讓喬芝半夜跟尼爾開黃腔時想要躲在被子裡。（你不會指望尼爾在電話裡講些骯髒的事，通常他連罵髒話都不會。但那年夏天很長。）

四聲鈴聲後，他媽媽接起電話。「喂？」

「嗨！瑪格莉特。抱歉，我知道現在很晚了，我老是忘記時差。尼爾睡了嗎？」

「喬芝？」

「喔，對，抱歉，是我——喬芝。」

尼爾的媽媽停頓一下。「等等，我看看。」

喬芝等著，不知為何有點緊張。好像她十四歲時打電話給心儀的男孩，而不是和她結婚十四年的男人。

「喂？」尼爾聽起來像在睡覺。他的聲音有點沙啞。

她坐直。「嘿！」
「喬芝。」
「對……嗨！」
「這裡很晚了。」
「我知道，我老是忘記。抱歉，時差。」
「我——」他的聲音聽起來有點不悅，「——我沒想到妳會打電話來。」
「喔，我只是想確定你平安抵達。」
「我平安抵達了。」他說。
「很好。」
「嗯……」
「你媽好嗎？」她問。
「她很好，他們兩人都很好。每個人都很好。喬芝，現在很晚了。」
「對，尼爾，抱歉。我明天再打給你。」
「再打？」
「對，我是說，我會早一點打，我只是，呃……」
他又發出不耐的聲音。「好吧。」然後掛上電話。
喬芝坐了一會兒，手裡握著斷線的電話。
尼爾掛她電話。

她甚至沒能問女兒的事。

而且她也沒說「我愛你」——喬芝總會說「我愛你」，尼爾也總會回她，不管多敷衍。那是個試探，證明他們兩人還在一起。

也許尼爾在生她的氣。

顯然他在生她的氣，他一直都在生她的氣——但也許他比她以為得更生氣。

也許。

或者他是累了。他早上四點就起來了。

喬芝也早上四點半就起來了，她忽然也覺得累了。她考慮上車，開回卡拉巴薩斯，回到空蕩蕩的房子，沒有人在等她……

於是她脫掉鞋子，爬進老舊的床單，按了兩次開關把燈關上。黑暗中，她仍然可以看見五十雙巴哥可憐的眼睛眨呀眨。

她明天會打給尼爾。

她一開口就會說「我愛你」。

二〇一三年十二月十九日，星期四

4

喬芝辦公室的門上貼了帕蜜拉的留言（櫃臺的女孩）。

她昨天晚上離開的時候一定是沒看到。

妳和杰曼先生講話的時候妳先生來電。他要我轉達他們抵達了，請妳有空回電。

那天早上上班的路上，喬芝已經打了兩次了——她想要洗刷腦中昨晚兩人尷尬的對話——但他沒接。

也不是那麼奇怪。尼爾常把電話放在樓下或車子裡，或忘記開啟鈴聲。他從不**故意**忽視喬芝的電話。目前為止從不。

她沒留言給他——她一直猶豫。但至少尼爾會看見她的未接來電。那頗重要。

他昨晚聽起來好疏遠……

顯然喬芝吵醒他了，但不只是那樣。他說他媽媽很好的語氣——「他們兩人都很好。」——剎那間，喬芝以為他可能在說他爸爸。

尼爾的爸爸三年前去世了。他是鐵道員，工作的時候中風。他媽媽來電的那一天，尼爾上床時不發一語。這是喬芝第二次看見他哭。

也許尼爾昨晚恍神了，在他父母家醒來，睡在以前的房間。所有他爸爸的記憶……或者他指的是愛麗絲和努蜜。

「她很好，她們兩人都很好。每個人都很好。」

喬芝把咖啡放在桌上，手機接上電源。

賽斯看著她。「妳月經快來了嗎？」

在職場上，這可能是個冒犯的問題，但事實上不是。妳成年後，不可能不和每天共事的人聊妳的經前症候群。

也許妳可以，但喬芝很高興她沒必要聊這個。「沒有。」她對賽斯搖搖頭。「我很好。」

「妳看起來不好。」他說：「妳昨天就穿這幾件衣服嗎？」

牛仔褲，尼爾舊的金屬樂團T恤，開襟羊毛衫。

「我們應該在大一點的辦公室工作，」她說：「要有白板。」

「妳昨天**就是**穿這幾件。」賽斯說：「而且這些衣服昨天看起來就夠悲慘了。」

喬芝吐氣。「我昨晚在我媽那裡，行嗎？你該慶幸我有洗澡。」她用海瑟的浴室，還有海瑟的洗髮精。現在聞起來像糖霜。

「妳昨晚在妳媽那裡？妳醉到不能開車嗎？」

「太累了。」她說。

他瞇起眼睛。「妳看起來還是很累。」

喬芝回以皺眉；賽斯一身體面，當然。細格紋襯衫、在腳踝處反摺的卡其褲、麂皮牛津鞋。

他看起來就像剛從香蕉共和國走出來。[7]或者是喬芝想像中該品牌的樣子——距離上次她人在香蕉共和國，已經好幾年。她現在只在網路購物，而且是諸事不順的時候。

然而賽斯，從不讓自己失控。有什麼事，他會更上緊發條。他看起來像一九九四年之後就沒變老，打從他和喬芝認識那天開始。

她第一次見到賽斯的時候，他坐在一個漂亮女孩的桌子上，把玩她的頭髮。喬芝很高興在《湯匙》的辦公室看到另一個女孩。

後來她發現那個女孩只是每星期三來賣廣告。「女生通常對喜劇不感興趣。」賽斯解釋。這個說法比其他男性工作人員說的要好：「女生不好笑。」（在大學的幽默雜誌工作四年後，喬芝終於說服其中幾個人加一句：「眼前這個除外」。）

她為了《湯匙》而選擇洛杉磯大學。當然，還因為劇場課程，還有洛杉磯大學離她媽媽家夠近，她還是可以住在家裡。

但《湯匙》是主要原因。喬芝愛死了。

她九年級就開始讀了；她以前會收藏過期的《湯匙》，還會把封面貼在房間牆壁上。大家都說《湯匙》是西岸的《哈佛諷刺家》（*The Harvard Lampoon*）——比較清新、好讀。幾個她喜歡的喜劇作家就是在此發跡。

大一的第一個星期，喬芝出現在《湯匙》的辦公室，是學生會地下室一間吵雜的電腦教室。她什麼都願意做，願意泡咖啡或校對私人廣告——但她**想要**，超想，寫作。

賽斯是她在那裡遇到的第一個人。他當時大二，已經是編輯了。而且一開始他是唯一在編輯會議上正眼看喬芝的男生。

但那是因為他是賽斯，而且因為她是女生。

賽斯當時主要的嗜好就是看妹。（另一件從沒改變的事。）很幸運的是，以前和現在都是，妹也會注意到他。

賽斯耀眼又帥氣——高䠷、棕色的眼睛、濃密的紅褐色頭髮——而且他的打扮就像海灘男孩早期的唱片封面。8

喬芝習慣了賽斯的格紋襯衫和卡其褲。

她習慣了**賽斯**。賽斯總是坐在她的書桌，或坐在她身邊的空位——她習慣了在《湯匙》的辦公室受到賽斯注意，因為她可說是房間裡唯一的女生。

還有因為他們合作無間。

立即又明顯。喬芝和賽斯笑點一樣，兩人聚在一起笑料更多——其中一人才走進房間，另一個就演起來了。

這時候賽斯開始說喬芝是他的祕密武器。在《湯匙》，其他的男生忙到無視她的存在，也就錯過她有多幽默。

7 譯注：香蕉共和國（Banana Republic），美國流行服飾品牌，風格時尚典雅。
8 譯注：海灘男孩（The Beach Boys），一九六一年成立，紅極一時的美國搖滾樂團。

「沒人會在乎自己最喜歡的喜劇是誰寫的。」賽斯會這麼說。「沒人會在乎是不是戴著金邊小眼鏡的酷哥（九〇年代的人）。」「還是一個黃頭髮的可愛女孩（喬芝）。」「跟著我吧，喬芝，沒人會料到我們成功。」

她這麼做了。

畢業之後她就跟著賽斯，一起做了五個半小時的喜劇，每一集都比上一集進步一點點。

現在他們終於有個很紅的節目，大紅特紅——《傑夫起來了》——而且誰在乎他爛不爛？（在乎的除了喬芝，還有賽斯，以及其他痛苦、失望的編劇。）因為節目很**紅**，而且是他們的節目。

如果這個合約進行得順利，一切就都值得了。

打從接到馬賀．賈法瑞辦公室的來電，賽斯就狂喜不已。甚至在他們句句到位的會議之後，他們以為賈法瑞會通過《打發時間》，給他們做。但他傳了一張奇怪的便條，似乎是拒絕。後來，兩天前，他又來電說電視網要找一個接檔的春季新片。能快速產出，而且成本低的節目。「我覺得這個可行。」賈法瑞說。「你們一個星期內可以提案嗎？」

賽斯承諾一個星期內**全部**都會搞定。「我們**上星期**就可以提案了。」他說。

於是他又站在辦公室的椅子上跳舞。「這是我們的《黑道家族》（*Sopranos*），喬芝，我們的《廣告狂人》（*Mad Men*）！」

「下來。」她說。「別人會以為你喝醉了。」

「我說不定就是，」他說：「因為我即將要喝醉了。時間是個幻覺。」

「你會幻滅。我們不可能在聖誕節前寫出四集。」

賽斯還在跳舞。他抖動下巴，頭繞圈圈。「我們二十七日交。整整十天。」

「這十天我人在奧馬哈，內布拉斯加，慶祝聖誕節。」

「去他的奧馬哈，聖誕節提早來啦！」

「不要跳了，賽斯，好好講話。」

他停下舞步，對著她皺眉。「妳在聽我說話嗎？**馬賀・賈法瑞想要我們的節目**。我們的節目，記得嗎？我們為了寫這個而出生的節目。」

「你覺得真的有人出生就是為了寫電視喜劇嗎？」

「有。」賽斯說：「我們。」

他從此就按耐不了了——就連喬芝和他爭論，或是忽視他的時候。賽斯笑不停。賽斯也哼歌哼不停。喬芝八成覺得很煩，但她也習慣了。

她回頭問他《傑夫起來了》的截稿日……

結果只能盯著他。

他咧嘴傻笑，用食指打email，只是在耍白痴。他的眉毛在跳舞。

她嘆氣。

他們本來理當在一起的，賽斯和喬芝。

當然，技術上，他們確實在一起。自從認識的那一天起，他們每天都講話。

但他們本來理當「在一起」的那種在一起，大家都以為會那樣——喬芝以為會那樣。

就當賽斯窮盡其他選項，一一考慮眾多的仰慕者之後，他並不急，而喬芝也沒表示什麼。她已經抽了號碼牌。她耐心等待。

然後，有一天，她不等了。

賽斯去了編劇的辦公室後，喬芝決定再打一次電話給尼爾。

響了三聲後，他接了起來。「喂？」

不，不是尼爾。「愛麗絲，是妳嗎？」

「是。」

「是媽咪。」

「我知道，電話響的時候是妳的歌。」

「我的歌是什麼？」

愛麗絲開始唱起〈陽光好天〉。9

喬芝咬了嘴唇。「這是我的歌？」

「是。」

「是首好歌。」

「是。」

「嘿！」喬芝說：「爹地呢？」

「外面。」

「外面？」

「他在鏟雪。」愛麗絲說：「這裡有**雪**。我們會過白色的聖誕節。」

「好幸運！你們旅途順利嗎？」

「嗯哼。」

「最棒的事是什麼？……愛麗絲？」女孩們喜歡接電話——她們也喜歡打電話——但一旦接通就不感興趣了。「**愛麗絲**。妳在看電視嗎？」

「嗯哼。」

「暫停一下，跟媽咪講話。」

「不行，奶奶家沒有暫停鍵。」

「那就先關掉。」

「我不會關。」

「好吧，那就……」喬芝努力壓抑不悅。「我真的很想你們。」

「我也想妳。」

「我愛你們……愛麗絲？」

「嗯？」

9 譯注：〈陽光好天〉（Good Day Sunshine），原唱為披頭四。

「把電話給努蜜。」
先是一陣搖搖晃的聲音，接著「砰」一聲，像是電話墜地——接著，總算，「喵？」
「努蜜？是媽咪。」
「喵。」
「喵。妳們在做什麼？」
「我們在看奇奇與蒂蒂。」
「奶奶看到妳們高興嗎？」
「她說我們可以看奇奇與蒂蒂。」
「好。我愛妳。」
「妳是世界上最棒的媽咪。」
「謝謝。對了，努蜜，告訴爹地我打電話來，好嗎？」
「喵。」
「喵。告訴爹地，好嗎？」
「喵！」
「喵。」喬芝掛掉電話，心煩地把弄手機，滑著女兒的照片。她討厭跟她們講電話；在電話裡感覺她們又更遠，也讓她感到無助。就像，如果有什麼不幸的事，她也愛莫能助。有一次喬芝從高速公路上打電話回家，她只能聽著愛麗絲把電話掉進早餐穀片的碗裡，考慮要不要撿起來。
而且……女兒的聲音在電話裡比較高亢，聽起來更稚嫩，喬芝可以聽見她們的呼吸聲。這只讓她更加明白自己很想念她們。其實很想念她們。她不在的時候，她們還是繼續長大，改變。如果喬芝整天沒和女兒講話，還比較容易假裝她工作的時候，她們的世界就凍結了。

她每天打電話給她們，通常兩次。

喬芝、賽斯和史卡提天黑之後繼續為《打發時間》奮戰。他們工作到史卡提頭靠著椅背睡著，嘴巴張開。賽斯想讓他那樣就好。「至少我們知道明天他會準時上班。」

但喬芝很同情他。她拿了三包代糖，倒進史卡提的嘴巴，於是他打噴嚏醒來。接著她叫他喝掉半瓶健怡可樂，打起精神再開車回家。

史卡提回去後，她和賽斯繼續待著，盯著白板。他們今天多半在研究角色——畫出一個展開的樹狀族譜，表示劇中每個角色關係，腦力激盪每個分枝的故事。

他們多半是在回憶多年來想到的梗，有些當然已經過期了。（克柔伊決定當個emo，但從來不懂那是什麼。亞當太袒護呂文斯基了。）[10]他們討論這些角色很久了。喬芝可以在腦中看見他們的樣子，聽見他們的聲音。

賽斯扯下幾張貼在牆壁上的備忘卡。「還是不錯，對吧？基本上？節目——好笑嗎？」

---

10 譯注：emo是硬蕊搖滾的分支，盛行於一九八〇、九〇年間，引申為青少年次文化。特色是遮蓋臉的黑髮，裝酷，無病呻吟等。呂文斯基（Lewinsky）於一九九〇年與美國總統柯林頓發生桃色緋聞而聲名大噪。

「我想是吧。」喬芝說。「我們的進度不夠快。」

「永遠不夠。我們會完成的。」

「對。」她揉揉眼睛。她再度抬頭，賽斯投以專屬為她的笑容，比他給其他人的要含蓄一點。多點眼神，少點牙齒。

「回家吧。」他說。「睡個覺，妳看起來累壞了。」

她是。

所以她回家了。

5

喬芝回到家的時候，大門鎖著。她拿著鑰匙笨拙地開門。

她留了幾盞燈，所以房子不是暗的——只是感覺黑暗。喬芝察覺到自己踮起腳尖。她輕輕喉嚨。「是我。」她大聲說出來，證明自己說得出聲。

她記得上一次回到空蕩蕩的家裡，卻說不出話。不是這一間。

喬芝懷努蜜的時候，他們搬到卡拉巴薩斯。他們的舊家在銀湖，一間低矮、薄荷綠的平房，只有兩間臥房。刺青店和卡拉OK店比小孩還多的地方。

喬芝想念那裡。不是刺青店和卡拉OK店……她和尼爾不常出去，甚至在生愛麗絲與努蜜前也不常。但她想念那間房子。多小的房子，多親密。她想念灌木叢生的前院，還有成熟的紫雲木總落下黏黏的紫色花朵在她的車上。

她和尼爾一起裝飾那間房屋。她和尼爾整整一年，每個週末都到家具店報到，還為油漆爭執。喬芝老愛選卡片上最飽和顏色。

「妳不能老是選最底下的顏色。」尼爾說。

「但看到最下面的顏色，其他的都變得暗暗的。」

「妳看錯了！」

「怎麼可能？」

尼爾總讓喬芝贏；他們在銀湖的房子看起來像彩虹仙子（Rainbow Brite）住在裡面——而且看得出來哪一面牆是喬芝粉刷的，因為她邊角刷得很醜。

當時他們兩人都有工作。尼爾週末也工作。好一陣子，喬芝自己在他們的房子裡。她會看尼爾永遠不會跟她一起看的電視節目。（任何WB電視網的節目。）然後，他回家時，會爬過睡在沙發上的她，捉弄她，直到做晚餐的時間。

那是喬芝還會假裝幫忙的時候。她會在廚房晃來晃去，喝著酒，看他切菜。

「你可以靠這個賺錢。」她說。「你可以在切蕃茄店切蕃茄，你超厲害的。」

然後尼爾會切的特別大聲，拿著刀在蕃茄片上頭揮舞。

「我說真的。你可以去參加鐵人料理。」

「鐵人料理，或在艾波比工作。」[11]

喬芝在廚房有個固定的位置，而尼爾就繞著那個位置做事。他會倒給她很多酒——然後在晚餐準備好前，拿叉子叉一些菜吹涼，先餵她吃幾口。

那是幾年前的事了？八年？十年？

喬芝把手機和鑰匙丟在茶几上，上頭是努蜜的圖畫書。她晃到廚房。尼爾兩天前炒的鮭魚還在冰箱。她當時沒有心情吃，雖然她餓壞了。她現在懶得熱，抓了根叉子就端到客廳，坐在沙發上，打開電視當作燈光。數位錄影機上有兩集新的《傑夫起來了》，一個重新復出和一個一小時的聖誕節特集。

聖誕節特集錄得痛苦斃了。劇本讓傑夫和崔夫都假裝討厭一隻流浪狗。傑夫把狗踢出家門，然後崔夫又帶牠進來，接著傑夫跑去找狗，想偷偷帶牠進來，結果被發現，所以又把狗踢出去。罐頭笑聲的「噢」比笑聲多，而且喬芝聽得出來音效組一再重複用同一個「噢」。

狗的主意是個錯誤。

傑夫・杰曼堅持要他們用**他的**狗，一隻不聽使喚的米格魯，而且不准其他人摸。結果和崔夫玩耍的孩子對狗過敏，他媽媽一整天拿著腎上腺素針跟著他。謝天謝地，最後沒派上用場，但他的眼睛又紅又腫。

「沒關係。」賽斯說。「看起來像他一直在哭。」

「我們把狗刪掉。」喬芝說。「我們找別的。」

「妳就是不喜歡狗，妳要什麼？貓？」

「我想找個孤兒。」

「媽的，千萬不要，喬芝。電視網會叫我們留住他。」

通常，喬芝和賽斯在看《傑夫起來了》的時候會互相傳訊息。但她的電話在房屋的另一頭充電，她不想去拿。

如果是尼爾打來她就會去。

但不太可能——這麼晚了——尼爾整天都沒回電。

---

11 譯注：艾波比（Applebee），美國連鎖餐廳。

中午過後，喬芝打了五、六通電話，每次都轉進語音信箱。她也試過他媽媽家，但總是忙線。（喬芝好久沒聽到忙線的聲音，還楞了一下。）

她把空盤子放在茶几上，把羊毛毯拉到肩膀。

「噢……」電視的觀眾說。

喬芝抬頭望著天花板。尼爾在上頭畫了花。從一角開始，沿著牆壁向下。藍色的花點綴白色的星芒——她忘記這叫什麼花了。

這間房子是尼爾選的。在卡拉巴薩斯。他喜歡門廊和前院，寬敞的開放式廚房，還有真正的二樓與閣樓。（銀湖的房子通常是一層樓半，房間通常在那半樓。尼爾不喜歡半夜聽到雨打在屋頂的聲音。）

他們搬進去的時候，喬芝懷著五個月的身孕，所以她不能幫忙油漆。（那個味道。）還有，她和賽斯當時是執行製作，所以工作時間很瘋狂——還有，她覺得自己很臃腫。

她整個孕期都覺得自己很臃腫。懷努蜜的時候胖更多，更不舒服。她的手指頭腫得發紫。她打字的時候總盯著手指，想像自己是紫羅蘭鮑加——想像她陣痛的時候賽斯必須把她滾出辦公室。[12]

（她後來也沒有自然產。喬芝容易懷孕，但不容易順產。她沒陣痛，兩個孩子都沒有。）

尼爾自己開始油漆起來的時候，喬芝鬆了一口氣。一開始他選了油漆色卡最下面的顏色——有幾間喬芝色彩風格的房間。但整間房子多半是白色，或米色，或水藍色。

幾年前努蜜大到不用再背著，可以在地板上和愛麗絲玩耍的時候，他開始畫壁畫。喬芝有天回家發現有棵柳樹攀在她的衣櫥上。

尼爾畫風景也畫海景。天景。（有這種東西嗎？）整個房子都畫了壁畫，但一面還沒結束，另一面又開始。喬芝沒有問為什麼。

尼爾不喜歡別人過問。

他會緊繃下巴。他會敷衍回答。就像，不管你問什麼，都不關你的事。

就像什麼都不關任何人的事。

就像沒有絕對必要回答的問題，就不該有人問。

這些年來，喬芝學會不問問題。有時候她甚至沒發現自己不會過問。

這間房子真的比舊的房子好多了。

尼爾比喬芝更懂得挑選油漆，擺放家具。加上他經手後，洗衣間真的完工了。

「永遠做不完。」他會說。

「我們可以請人來做。」喬芝提議。

「我們不需要請人。」

他們的鄰居有保母、清潔工、除草工、泳池工，還有到府服務的寵物美容師。尼爾很討厭他

---

12 譯注：紫羅蘭鮑加（Violet Beauregarde）是電影《巧克力冒險工廠》中愛嚼泡泡糖的女孩，在工廠的誘惑中，變成一顆藍莓。

們。「你根本不需要一群比家裡人還要多的工人。我們又不是住在莊園。」

「像跩哥馬份家一樣。」愛麗絲說。「家裡還有精靈。」

尼爾讀哈利波特給她聽。

尼爾自己除草，穿著高中時期的工作褲和T恤。他身上總是有個防曬乳的味道，因為如果不擦，他很快就曬傷了。即使擦了防曬乳，他的脖子後面也是紅的。

尼爾修剪樹木。尼爾把鬱金香球莖冰在冰箱，在全食超市（Whole Food）收據的背後畫下花園的配置。他會在床上鑽研種子的目錄，讓喬芝選出她最喜歡的植物。

「紫色的茄子還是白色的茄子？」他去年夏天就問她。

「茄子怎麼可能是白色的？就像……紫色的四季豆。」

「就有紫色的四季豆，還有黃色的柳橙。」

「別鬧了，你把我搞暈了。」

「喔，我會把妳搞暈的，小妞。」

「你在跟我調情嗎？」

於是他會轉向她，咬著筆蓋，低下頭。「是啊，我是。」

喬芝低頭看看老舊的運動衫，還有鬆掉的瑜珈褲。「這身打扮對你也有效？」

尼爾笑開了，筆蓋從嘴裡掉出來。「有耶。」

尼爾……

她明天早上會打給他。這次一定要和他說話。這不過是——不過是詭異的幾天。喬芝很忙，尼爾也忙，時差又來攪局。

還有，他生她的氣。

她會想辦法的；她不怪他。明天一切都會變好。

牽牛花。喬芝入睡前心裡想著。

二〇一三年十二月二十日，星期五

6

一通未接來電。

媽的。媽的。媽的。

喬芝早上在沙發上醒來，鬧鐘一個半小時前就響過了——如果她記得設定的話。她跑上樓沖澡，換上一件新的牛仔褲和金屬樂團的T恤。（聞起來像尼爾，不像喬芝。）

她出門前抓起手機時，看見手機顯示：

一通未接來電

緊急聯絡人

這是尼爾在喬芝電話簿裡的名稱。（以防萬一。）（有事的話。）還有一則語音留言——她按下播放鍵，但尼爾沒留言，只是約半秒的沉默。他一定是在她洗澡的時候打的。

喬芝立刻回電，轉進尼爾的語音信箱，嗶一聲後立刻說話。「嗨！」她說。「是我，我剛沒接到你的電話，但我不會再漏接了——打給我。什麼時間都可以。你的電話不會打擾我。」

掛上電話後，她覺得自己像個白痴。他當然會打擾她。喬芝留在洛杉磯的原因，就是因為她不能被打擾。

媽的。

喬芝那天早上很糟。

賽斯假裝沒注意到。他也假裝沒注意到她的金屬樂團T恤。

「在這裡寫另一個節目，感覺很奇怪。」史卡提說。他環顧編劇的辦公室。「很像我們在父母的床上做。」他坐在會議長桌尾端的老位置，明明有八個空位距離賽斯和喬芝更近。「我希望櫃臺的女孩能幫我們泡咖啡。喬芝，妳會泡咖啡嗎？」

「你在開玩笑嗎？」

史卡提轉動眼珠。「我沒有性別歧視的意思。我是真的不知道怎麼打開咖啡機。妳覺得他們設計得很明顯。」

「我也不會。」她說。

賽斯抬頭，眼神穿過筆電，看著史卡提。「**你**怎麼不去弄咖啡給我們？」他說。「我們半小時內不需要什麼笑話。」

「去你的。」史卡提說。他對著牆上《傑夫起來了》的海報皺起眉頭。「有點像我們在傑夫・杰曼的床上做。」

「沒有人在做那檔事。」喬芝說。「去幫我們弄咖啡。」

史卡提站起來。「我討厭留你們兩個在這裡。你們忘記我的存在。」

「我還沒忘記你。」賽斯拿起手機。「我傳簡訊告訴你我們要喝什麼。」

史卡提一走，賽斯就把椅子移動到喬芝的位置，靠在她椅子的扶手。「我**看過**妳用咖啡機。」

「這是原則問題。」她說。
「意思是妳也不願意寫白板？」
「我不是你的祕書。」
「對，但妳不信任史卡提的筆記，又看不懂我寫的字。」
喬芝站起來，滿不情願，找到一支白板筆，開始在白板上更新工作進度。其實她喜歡記錄事情，有點像決策的人。
以前在大學，賽斯在《湯匙》的辦公室踱步，邊想邊講的時候，喬芝會打字。然後雜誌出版的時候，他會理直氣壯地生氣：
「喬芝，我的炸彈客笑話呢？」
「誰知道？在蒙大拿的洞裡吧。」
「妳砍掉一則絕佳的笑話。」
「那是笑話？拜託，如果你的笑話好笑，我就不會搞混了。」
大三的時候，喬芝和賽斯一起在《湯匙》的第二頁寫專欄。喬芝總算開始覺得自己也是工作人員。表示她夠資格。
那時候她也和賽斯共用一張桌子；就是從那個時候開始。賽斯喜歡喬芝在他身邊，他可以拉她的頭髮；而喬芝喜歡賽斯在他身邊，她可以踢他。
「可惡，喬芝，很痛欸！妳穿的是馬汀大夫鞋。」
喬芝記得炸彈客笑話的事，因為他們爭執到一半的時候，她第一次看見尼爾出現在《湯匙》

樓下。賽斯正告訴她，他希望他們的專欄多點政治色彩，多點「諷刺」……

「我可以做到諷刺，喬芝，不要跟我說——」

「那是誰？」她打斷他。

「誰？」

「剛走進編輯室的男生。」

賽斯往後看看她的背後。「哪一個？」

「藍色運動衫那個。」

「喔。」他又坐直。「那是卡通哈比人。妳不知道卡通哈比人？」

「不知道，你為什麼那樣叫他？」

「因為他做的事情——妳知道的，卡通，報紙後面那種。」賽斯拿了本《湯匙》，在他們專欄的空白處寫下炸彈客的笑話。「寫好一本，還有四千九百九十九本。」

「是那個寫〈阻止太陽〉的人嗎？那個連環漫畫？」

「寫。畫。塗鴉。」

「那是雜誌最好笑的部分。」

「不，喬芝，我們才是雜誌最好笑的部分。」

「他是尼爾．葛瑞夫頓？」她試著不轉頭，偷瞄編輯室。

「是的。」

「我以前怎麼沒在樓下看過他？」

賽斯抬頭看著她，懷疑地皺起眉毛。「我不知道，他不太喜歡跟人交往。」

「你見過他？」

「妳煞到**卡通哈比人**了嗎？」

「我根本沒看過他。」她說。「我只是覺得他太有才華了——我以為〈阻止太陽〉是買來的。你為什麼叫他哈比人？」

「因為他又矮又胖又哈比。」

「他不胖啊。」

「妳根本沒看過他。」賽斯伸手穿過喬芝拿了她的《湯匙》，開始在封面頁的背面寫下他的笑話。

喬芝靠在椅背上，偷看編輯室。她只能看見尼爾在製圖桌上弓著身體，一半被柱子遮住了。

「**我們**才是雜誌最好笑的部分。」賽斯咕噥著。

史卡提帶了咖啡回來辦公室，但沒有幫助。

喬芝頭痛，胃也痛。而且她的頭髮聞起來仍像海瑟甜甜的洗髮精，儘管她又洗了一次。

她告訴自己，她只是太累了。但感覺不像疲勞——感覺像**驚嚇**。可是沒道理啊。沒什麼不對勁，沒什麼要發生。她只是……

她已經兩天半沒和尼爾說話了。

而且他們從來沒有這麼久沒說話。他們相遇之後沒有。呃，他們相遇後幾乎沒有。

事情並不總是……（她在尋找的詞是什麼？超好？順利？快樂？）喬芝和尼爾之間，事情並不總是……**容易**。

有時候，甚至當他們講話的時候，他們真的是在講話。有時候他們在使對方就範，純屬告知。但從來沒有像這次這樣，收不到訊號。

以前他總是會出聲的。

如果能聽到尼爾的聲音，喬芝會感覺好些。

賽斯外出午餐時，她躲在辦公室裡又試著打給尼爾。她撥了他的手機，等待著，手指頭敲著桌面。

「喂？」接起電話的人遲疑了——彷彿接電話的人不確定這是來電，也不確定自己接起電話。是尼爾的媽媽。

「瑪格莉特？嗨！是喬芝。」

「喬芝，妳好。我不確定是電話在響，還是iPod。我以為我拿起iPod。」

「還好妳接了。妳好嗎？」

「妳知道的，娜歐蜜剛剛拿著這個在看電視。同一個房間又有一台真的電視。我看我們真是活在未來呢！這看起來也不像電話，對吧？像一疊卡片……」

瑪格莉特是唯一喊努蜜正式名字的人。這老讓喬芝皺眉——雖然取名的人就是喬芝。

「妳說得對。」喬芝說。「我倒是從沒想過。妳好嗎？瑪格莉特。不好意思我前天很晚才打來。」

「喬芝，妳聽得到嗎？」

「我聽得很清楚。」

「因為我不知道麥克風在哪裡——這個電話好小。」

「真的很小，不怪妳。」

「我要把它靠在耳朵還是嘴巴？」

「呃……」喬芝要想一想，儘管她也拿著同樣的電話——「我想是耳朵吧！」

「我的手機會彈開。看起來比較像真的電話。」

「我覺得妳媽媽有亞斯伯格症。」喬芝以前跟尼爾說過。

「五〇年代沒有亞斯伯格症。」

「我只是說她有可能。」

「她只不過是個數學老師。」

「瑪格莉特，」喬芝強迫自己微笑，希望自己聽起來不是這麼不耐煩，「尼爾在嗎？」

「他在。妳想跟他講話嗎？」

「**太好了**。是的。謝謝妳。」

「他帶女孩們去彤恩家了。她有隻雞尾鸚鵡，妳知道的，他覺得女孩們可能會想看看。」

「彤恩。」喬芝說。

彤恩，隔壁的女孩。隔壁那個不起眼的女孩？彤恩，差一點成了尼爾的前未婚妻。（沒有戒指的話應該不算，對吧？如果只是暑假的口頭約定？）

天哪！而且在鄉下。媽的！

尼爾為什麼不能有一大票前女友？他聊天的女孩，他約會的女孩。他上床的女孩，然後事後覺得抱歉……為什麼非要是**彤恩**？

喬芝和尼爾不在的時候，彤恩老是來尼爾的媽媽家打招呼。她住在隔壁，照顧她的父母。彤恩有雙美麗的棕色眼睛，柔順的棕色頭髮。她是護士。她離過婚。她送填充動物玩偶給孩子，讓她們帶回加州，住在她們的床上。

喬芝的頭痛了起來。她的頭髮聞起來像有毒的杯子蛋糕。

「阿瑪迪斯！」瑪格莉特好像忽然想起什麼。

「什麼？」喬芝問，然後清清喉嚨。

「阿瑪迪斯。彤恩的鸚鵡。牠是一隻厲害的鳥。」

「也許妳可以跟他說我來過電話。」

瑪格莉特沉默了兩秒鐘，然後——「喔！妳是說尼爾。」

「對，沒錯。」

「當然，好的，喬芝。我會告訴他。」

「謝謝，瑪格莉特，跟他說他隨時都可以打給我。」

「當然。喔，等等，妳掛電話前——聖誕快樂，喬芝！祝妳的新節目成功。」

喬芝楞了一下，想起她是真心喜歡尼爾的媽媽。「謝謝，瑪格莉特。聖誕快樂。幫我抱抱女孩們。」

「喬芝，等等，我要怎麼掛掉電話？」
「我會掛掉。這樣就可以了。」
「好的，謝謝。」
「我要掛掉了，瑪格莉特。聖誕快樂。」
「這樣好笑吧？好笑嗎？」賽斯問。又重複一次笑話，這是第四次。「好笑嗎？還是其實很怪？」
喬芝也不知道。她無法集中注意力。
「我要休息。」史卡提說。「我腦袋打結了。」
「振作。」賽斯命令。「現在才是魔法開始的時候。」
「現在是我去拿優格冰淇淋的時候。」
「你就只會吃。你吃完，又開始想等一下要吃什麼。」
「只有吃東西才不會無聊。」史卡提說。
賽斯的眉毛豎了起來。「這不無聊。這是他媽的夢想。」
「會成真的。」史卡提說。「待我吃些優格。」
「喬芝，告訴他，他想出什麼好笑的點子前不准吃優格冰淇淋。」
喬芝攤在椅子上，雙腳靠在桌上，眼睛閉上。「不能說話。太多魔法了。」
「妳也想吃優格冰淇淋嗎，喬芝？」史卡提在門邊問。

「不了，謝謝。」

她聽到關門的聲音。感覺到有枝筆輕敲她的肩膀。

「妳應該睡個覺。」賽斯說。

「嗯。」

「我們需要一張可以小睡的沙發。《打發時間》裡面會有一張可以小睡的沙發。記得《湯匙》的沙發嗎？那是頂級的小睡沙發。」

喬芝想起來了。那是灰色絨布，靠背的地方磨到光滑的沙發。如果喬芝坐在上面，即使還有很多空間，即使完全沒有空間，賽斯也會坐在她的右邊。他喜歡把頭靠在她的大腿或肩膀上。如果他沒有女朋友，她就會讓他靠著。（他幾乎一直都有女朋友。）

賽斯從不停止放電。即使對象是喬芝——也許**特別**是喬芝。

他們認識的前幾個月，每個眼神都讓她心跳加速。後來——她發現賽斯對每個人都放電，而且他常常**主動**追求別的女孩——真令人心碎。

後來，就算只是發出聲音，就像他在講話，就像他在哼歌，喬芝都喜歡，即使她沒認真聽。坐在小睡的沙發上，賽斯的頭靠在她的肩膀，他桃木色的鬈髮搔著她的耳朵……

喬芝第二次見到尼爾的時候，他們兩人窩在小睡沙發。賽斯當時有個女朋友——長腿、顴骨突出、女明星般——所以他自己撐著頭。喬芝用手肘推了一下他的肋骨。「他又來了。」

「喔，誰？」

「卡通畫家。」她說。

「哈比人？」

「我要去自我介紹。」

「為什麼？」

「因為我們是同事。」喬芝說：「人之常情。」

「他又不在這裡工作。他只是在這裡刊出他的卡通。」

「我要去自我介紹，順便告訴他我很喜歡他的作品。」

「你會後悔的。」賽斯警告。「他臉很臭。他是夏爾最不友善的哈比人。」

「不要再跟我講托爾金了。我只知道『佛羅多永生』。」[13]

賽斯把頭靠在她的肩膀上。

喬芝聳肩把他甩開。「我要去了，自我介紹。」她從沙發上站起來。

「隨便。」他悶哼一聲。「祝你們幸福快樂。可愛的小哈比夫妻，生很多圓滾滾的哈比寶寶。」

喬芝轉頭看他，腳步沒有停下。「我不是哈比人。」

「妳很矮，喬芝。」他全身躺在沙發上。「又圓，而且討喜。接受吧！」

喬芝轉向角落的編輯室，然後停下。作家幾乎不會走到編輯室。藝術家在那裡閒晃——而《湯匙》即將出刊前，負責印刷的人會徹夜在那裡。

尼爾坐在製圖桌前，鉛筆畫的連環漫畫在他面前，而他正打開一瓶墨汁。附近有台收音機正在播著幽浮一族樂團（Foo Fighters）。

喬芝考慮走回沙發。

「嗨！」結果她開口。

尼爾頭也沒抬，眼神瞥向她，然後又看著他的漫畫。「嗨！」

「你是尼爾，對吧？」

他還是沒抬起頭。「對。」

「我是喬芝。」

「是妳？」

「什麼？」

「真的是妳？」他問。

「嗯，對。」

他點頭。「我以為是筆名。喬芝・麥克庫，聽起來像筆名。」

「你聽過我的名字？」

尼爾終於抬頭看她。藍色的眼睛睜得老大，而且整個頭都抬起來了。「妳的照片在《湯匙》上。」他說。

13 譯注：托爾金（Tolkien）著有奇幻小說《魔戒》。在《魔戒》中，哈比人居住在中土大陸名為夏爾（Shire）的地方。而哈比人佛羅多・巴金斯（Frodo Baggins）也是小說的主要角色。

「喔。」喬芝通常不知道怎麼跟男生相處——但通常又比現在好一點。「對。你也是。我的意思是，你的連環漫畫。我來跟你說你的漫畫。」

尼爾又把注意力放在他的紙上。他拿著一枝老派的筆，像枝筆尖很長的自來水鋼筆。「怎麼了嗎？」

「沒有。」她說。「我只是……滿喜歡的。我本來要跟你說我很喜歡。」

「妳還要說什麼嗎？」

「我……」

他們雙眼對望了一秒鐘，她心想她好像看到一個笑容。

她回以笑容。「是的，我真的很喜歡。我覺得那是整本雜誌最好笑的部分。」

她幾乎確定尼爾這下在笑。但其實只是嘴角抽動而已。

「我不知道。」他說：「大家好像比較喜歡星座……」

星座是喬芝寫的。（多少符合她的性格。這很難解釋。）尼爾**知道**星座是她寫的。他知道她的名字。他的手小小的，果斷地劃過紙面，留下一條又粗又直的線。

「我不知道你用真的墨水。」她說。

他點點頭。

「我可以看嗎？」

他又點點頭。

7

喬芝的媽媽有驚人的乳溝。小麥色，有雀斑，十英里深。

「遺傳。」她媽媽發現喬芝在看的時候這麼說。

海瑟往喬芝懷裡塞了一碗青豆。「妳剛盯著媽的胸部嗎？」

「我想是吧。」喬芝說。「我真的累了——而且是她穿的那件襯衫，一直在逼我看。」

「喔，對。」海瑟說。「都是受害者的錯。」

「不要在肯爵克面前這樣。」她們的媽媽說。「妳們害他臉紅了。」

肯爵克低頭對著他的義大利麵微笑，搖搖頭。

那天下午，喬芝在等尼爾的電話，她媽媽來電。「來我這裡吃晚餐吧。我擔心妳。」

「不用了。」喬芝說：「別擔心。」但她還是答應下班後過去。

她媽媽做了義大利麵和自製肉丸，還有一個上下顛倒的鳳梨蛋糕當作點心。而且他們全都在等喬芝開飯，所以她無法立刻告退去打電話給尼爾。（當時幾乎七點半了，奧馬哈是九點半。）

來這裡的路上，喬芝打了兩次電話給尼爾。電話又直接轉進語音信箱——不必然表示他和彤恩出去，但也無法證明不是。

（吃彤恩的醋實在很蠢。尼爾和她在一起時還是個青少年。）

（但人們遇到高中畢業舞會的舞伴在臉書上加他們好友的時候，常常就把自己的另一半拋在腦後？）

（加上彤恩根本沒變老，不管是什麼意思的老。她永遠讓人賞心悅目，她看起來總是很好。上次喬芝看見彤恩，是尼爾父親的葬禮，她看起來像從沒拆封過的禮物一樣。）

「妳今天和女兒講過電話嗎？」她媽媽問。

「我昨天和她們講過了。」

「她們還好嗎？」

「很好。」喬芝嚥下半個肉丸。「沒什麼不好，妳知道的。」

「喬芝，孩子很會察言觀色。她們就像小狗——」她把叉子上的肉丸給跳到她大腿上的巴哥

「——身邊的人不開心，他們會知道。」

「妳是不是把妳的孫女當成狗了？」

她媽媽不耐地揮揮手裡的叉子。「妳知道我的意思。」

海瑟靠向喬芝，嘆了口氣。「有時候我覺得自己像她女兒，有時候又像最不受寵的狗。」

海瑟也在吃義大利麵，但卻是裝在一個餐廳外帶的盒子。喬芝決定不過問。她瞥了時鐘——七點四十五分。

「我答應尼爾不會太晚打給他。」其實，她是答應他的語音信箱。「我要進去房間打電話，可以嗎？」

「但妳還沒吃完。」她媽媽抗議。

喬芝人已經在走廊了。「我等等就回來！」

她走進房間時心跳劇烈。她身體虛成這樣？還是緊張成這樣？

她彎曲手指抓起黃色電話背後的勾子，坐在床上，把電話拉到大腿，等自己喘過氣來。

拜託接一下，她心想，想像尼爾憂鬱的藍色眼珠和厚實的下巴。想像他白皙的臉。拜託，我現在真的需要聽到你的聲音。

她撥了他的手機，又掛掉，改打室內電話——瑪格莉特應該會接起來。他們父母那一代還是覺得室內電話非接不可。

喬芝聽著鈴聲，想要抓住胃裡七上八下的蝴蝶。事實上，更想要把蝴蝶掐碎成一片一片。

「喂？」

尼爾。終於。

尼爾，尼爾，尼爾。

蝴蝶突然又活過來，往上飛到喬芝的喉嚨。她吞了一口。「嘿！」

「喬芝。」他的語氣彷彿在確認什麼，溫柔地確認。

「嘿！」她又說了一次。

「我沒想到妳會再打來。」

「我跟你媽媽說我會。我們上次講話的時候我也跟你說了——為什麼不會？」

「我不知道，我也不覺得妳那時真有打來。」

「我愛你。」她脫口而出。

「什麼？」

「上次我們——我來不及對你說我愛你，你就掛掉電話了。」

「所以妳打電話來說妳愛我？」

「我……」喬芝感到非常莫名。「我打電話來確認你平安抵達。問你好不好，問女孩們好不好。」

尼爾笑了，不是好的那種。那是他防禦就位時的音效。「女孩們。」他說：「**女孩們**很好。妳是說彤恩嗎？我還沒見到她。」

「什麼？你媽媽說你今天去了那裡。」

「妳什麼時候跟我媽說話的？」

「今天。她說彤恩要給你看她的雞尾鸚鵡。阿瑪迪斯。」

「彤恩的雞尾鸚鵡名叫法科。」

喬芝收起下巴，感到不服。「抱歉，我跟彤恩的雞尾鸚鵡不熟。」

「我也不熟。」

她搖搖頭，把眼鏡拿下來，手掌按著眼睛。「尼爾，聽著，抱歉，這不是我打電話來的目的。」

「對。妳打電話來告訴我妳愛我。」

「**對**，沒錯。對，我是。**我愛你**。」

「喔，我也愛妳。但愛不是我們的問題，喬芝。」他的聲音越來越小。

喬芝也小聲地說。「尼爾，我不知道你這麼失望。你離開前應該告訴我你很失望。我就不會讓你走——我會跟你一起去。」

他又笑了，這一次聽起來更糟。「我應該告訴妳？」他噓了一聲。「我**確實**告訴妳了。我說：『我不能再這樣下去。』我說：『我愛妳，但我不確定這樣是否足夠。我也不確定未來會是如何。』我說：『我不想要這樣的生活，喬芝。』——記得嗎？」

喬芝啞口無言。她記得，但是……

「等一下。」尼爾小聲地說。「我不想讓我父母聽到這樣的對話……」接著他鎮定地說：「爸，等一下我上樓的時候，你可以把這個電話掛掉嗎？」

「當然，跟你的喬妹說我跟她打招呼。」

「你可以自己跟她說，她在線上。」

「喬芝？」話筒傳出一個人聲。那不是尼爾的爸爸。不可能是。

「葛瑞夫頓先生？」

「真可惜今年聖誕節妳不能來。為了妳我們這裡下雪了，全都準備好了。」

「好可惜我錯過了。」喬芝說——她一定是這麼說了，她聽見自己這麼說。

「好吧，那就明年。」她說。**他不是，不可能是，尼爾的爸爸——他爸爸已經死了，三年前在鐵路站場死了**。

「喀」，有個聲音從另一支話筒傳來。「我接到了，謝啦，爸。」

「掰囉，喬妹。」尼爾的爸爸說。「聖誕快樂。」

「聖誕快樂。」她說，本能地回話。

又「喀」了一聲。

喬芝動彈不得。

「喬芝？」

「尼爾？」

「妳還好嗎？——妳在哭嗎？」

她在哭。「我……我真的很累。我都沒睡，而且，**尼爾**，喔！我的天，我剛剛有個很詭異的錯覺。我以為你爸跟我說聖誕快樂。那不是很——」

「他確實跟你說聖誕快樂。」

她摒住呼吸。

「喬芝？」

「我覺得我現在無法說話了。」

「喬芝，等等。」

「我現在無法說話，尼爾。我……我要掛了。」

她用力掛上電話，盯著電話一秒，或者兩秒鐘，然後推開電話。電話掉落在地上，發出重重的吭啷聲。話筒飛到床頭櫃上。

喬芝瞪著電話。

這不對，這一切都不對。

尼爾的爸爸死了。尼爾總是會說我愛妳。而且他知道「女孩們」是指誰。

而且還有……還有，特別是——特別是，**特別是**——尼爾的爸爸**死了**。

喬芝是……她一定是在幻想。

累壞了。她累壞了。

還有沮喪。壓力太大。睡眠不足。

而且，說不定有人對她下藥——那是可能的。比起尼爾的爸爸**起死回生**祝她聖誕快樂，那更有可能。剛才，不是真的。

今天還有什麼不是真的？她有去上班嗎？她昨天晚上有睡在沙發嗎？她真的醒來了嗎？

醒來！他媽的快醒來，喬芝！

也許等她醒來，等她真的醒來，她會發現尼爾躺在她身邊。也許他們甚至沒在吵架。（他們在吵架嗎？）也許，在真實世界，醒過來的世界，喬芝和尼爾從不吵架。

「我做了一個夢，夢境和現在一模一樣，」她醒來時會說：「我們鬧不愉快。而且是聖誕節，而且你離開我……」

「喬芝？」她媽媽從廚房叫她，除非這也是喬芝的夢。「妳還好嗎？」她媽媽大喊。

「我很好。」喬芝大聲回答。

她媽媽還是來到她的房間。「我聽到一個聲音。」她從門口說話。她看著地上的電話，話筒分離，勾子也掉了。「一切還好嗎？」

喬芝擦擦眼睛。「很好，我只是——」她搖搖頭，「——我不知道，可能神經崩潰了。」

「一定的，親愛的。妳丈夫離開妳。」

「他沒有離開我。」喬芝說。但也許他有，也許這就是喬芝崩潰的原因。「我想我需要休息一下。」

「也好。」

「或者我需要喝一杯。」

她媽媽走進房間撿起電話，把電話放回桌上。「我不認為妳可以喝酒。」

喬芝以前就會喝酒嗎？這種情況以前發生過嗎？她昏過去了嗎？

「妳記得尼爾的爸爸嗎？」她問她媽媽。

「保羅？當然。尼爾長得像他。」

「現在像？還是以前像？」

「什麼？」

「妳對尼爾的爸爸認識多少？」喬芝問。

「妳在說什麼？他不是中風嗎？」

「對。」喬芝伸手抓住她媽媽的手。「他中風。」

她媽媽看起來更加擔心了。「妳覺得妳現在中風嗎？」

「沒有。」喬芝說。她現在中風嗎？說不定中風了？她微笑，摸摸自己的臉頰，沒有下垂的跡象。「沒有，沒有，我只是需要休息，我想。」

「我覺得妳不能開車回家。」

「我也覺得。」

「好。」她媽媽端詳她。「妳會走出來的，喬芝。妳爸和我分居後，我以為我會孤單終老。」

「妳離開他是因為別的男人。」

她媽媽搖搖頭反駁。「這些感覺不是理性的。婚姻裡沒有什麼是理性的。」

「**致命的**中風，對吧？」

「妳為什麼這麼執著在尼爾的爸爸上頭？可憐的男人。可憐的瑪格莉特。」

「我不知道。」喬芝說：「我只是需要休息。」

「妳休息吧。」她媽媽出去前關上燈。

喬芝在黑暗中躺了一個小時。

她又哭了。

然後自言自語。「這是錯覺。我累了，我只是太累了。」

她閉上眼睛試著睡著。

她又睜開眼睛，看著黃色的電話。

她想過回家。她走到屋外，在車裡坐了一會兒。最後，她把手機插上電源，打電話給尼爾。

（他沒接。）（**因為他從來不他媽的接電話**。而且說不定他**已經**離開她了，也許他們不合到喬芝連他真的要、實際要離開她，都沒察覺。也許他已經告訴她他要離開，但她沒聽到。）

她坐在車子裡哭了起來。

她試了尼爾媽媽家的電話，雖然已經很晚了。喬芝只是需要再和他講一次話。正常的。她需要正常的對話，重新設定一切。

他媽媽家的電話忙線中。也許他爸爸在中央時區的午夜要打幾通重要的靈界電話。

喬芝考慮試著睡覺。她想著她這些失控行為會讓情況——不管是什麼情況——更糟。

然後她進去屋裡，翻找廚房的櫥櫃，直到找到一瓶薄荷酒，八成是上次她媽媽做蚱蜢派（grasshopper pie）剩的。（她媽媽和肯爵克不喝酒。）（吸大麻？可能。尼爾懷疑。）

喬芝直接喝了。像是喝糖漿喝到醉。

她必定在某個時間點睡著了。

二〇一三年十二月二十一日，星期六

8

四通未接來電，都是賽斯打的。

已經中午了，而喬芝才剛要出門上班。她的電話一插進汽車座充就響起來。

「對不起，」她接起電話，「我睡過頭了。」

「老天，喬芝。」賽斯說。「我差點要報警了。」

「你才沒有。」

「也許我有。我正打算開車到卡拉巴薩斯找妳。發生什麼事？」

「我又住在我媽家。我忘記設鬧鐘了。」

那兩句話省略了很多、很多。喬芝半小時前在她媽媽家的沙發醒來，其中一隻巴哥來舔她的臉。然後她吐了二十分鐘。接著她又花了十分鐘在海瑟房裡的衣櫥找衣服——沒有一件合身——只好跑到她媽媽的衣櫥，找到一件天鵝絨的運動褲和一件貼了假鑽的低胸T恤。喬芝甚至連牙都沒刷。（沒必要，她全身都是薄荷味。）「我要過去了。」她告訴賽斯。「我會帶午餐過去。」

「我們這裡有午餐了。還有一半的劇本——他媽的糟透了，快來！」

「我在路上了。」她掛掉電話，上了國道一〇一。

四通未接來電，都是賽斯打的。沒有一通是尼爾。

喬芝的大拇指在觸控螢幕上搓一搓。

她不是在想昨晚的事。昨晚的事是喬芝現在不打算去想的。新的早晨。她會打電話給尼爾，從這裡重新開始。她握著方向盤，同時拿起電話，尋找已撥出的電話，按下「緊急聯絡人」。

通了……

「陽光，好天。」

「嗨！愛麗絲，是媽咪。」

「我知道，我聽到妳的歌了。還有妳打來時的照片，是萬聖節的照片。妳打扮成機器人。」尼爾打扮成獅子。愛麗絲是桃樂絲。努蜜是托托。

「我要和爹地講話。」喬芝說。

「妳在車上嗎？」

「我在上班的路上。」

「妳答應不會在車上講電話的——我要跟爹地講。」

「我答應變換車道以前會等等。爹地呢？」

「我不知道。」

「他不在這裡？」

「不在。」

「奶奶在哪裡？」

「我不知道。」

「**愛麗絲**！」

「是？」

「請妳去找奶奶。」

「但我們在看《救難小英雄》。」

「暫停一下。」

「奶奶家沒有暫停鍵！」

「妳只會少看幾分鐘而已。我會告訴妳發生什麼事。」

「媽咪，妳不要**吵**我啦！。」

「**愛麗絲**，妳聽好，我聽起來像有心情談這個嗎？」

「沒有……」愛麗絲聽起來很委屈。「妳的聲音變得很兇。」

「去找奶奶。」

電話掉了。幾秒後有人接起來。

「媽咪，不要這麼兇。」是努蜜，她哭了，明顯是假哭。努蜜快要哭出來了；她真的哭出來前要假哭好一陣子。

「我沒有兇。努蜜，妳好嗎？」

「我只是很難過。」

「不要難過。」

「但是妳很兇，我不喜歡。」

「努蜜，」喬芝說，用疑似**很兇**的語氣。「我剛才不是在跟妳說話。冷靜，老天爺啊。」

「喬芝？」

「瑪格莉特！」

「妳還好嗎？」

「好。」喬芝說：「我只是……尼爾在嗎？我真的，真的需要和他講話。」

「他趕在來不及之前去採購女孩們的東西。」

「喔。」喬芝說。「我猜他沒帶電話。」

「我猜沒有——妳確定妳還好嗎？」

「嗯，我只是想念他。他們。每個人。」她閉上眼睛，隨即張開。「妳和……保羅。」

她的婆婆很安靜。

喬芝決定繼續說。她不確定她的目的到底是什麼。「很可惜女孩們不像我一樣有機會認識他。」

瑪格莉特深吸一口氣。「謝謝妳，喬芝，也謝謝妳讓尼爾帶她們來奧馬哈。自從保羅走了以後，唉，每年的這個時候，總是特別孤單。」

「當然。」喬芝說，用大拇指下方擦擦眼睛。「告訴尼爾我打電話來。」

她按下「結束通話」，把電話丟到副駕駛座。

這下確定了。

喬芝瘋了。

「我的老天爺啊！」她走進辦公室的時候，賽斯這麼說。他的下巴掉了，可能只是做做效果。「我的上帝、耶穌、基督啊！」

史卡提拿起健怡可樂猛灌。「喔，幹。」他說。「天哪，好辣。」

「我們可不可以——」喬芝努力。

「妳怎麼了？」賽斯從椅子上站起來，在她身旁繞圈子。「妳看起來像小甜甜布蘭妮，她跟後面的舞群約會，光腳在加油站走來走去那個時期。」

「我跟我媽借了衣服來穿。我想你不會希望我再浪費一個小時回家換衣服。」

「或洗澡。」賽斯看著她的頭髮說。

「這些是妳**媽媽**的衣服？」史卡提問。

「她走的是自由路線。」喬芝說。「我們現在要工作了，對吧？我人來了，我們工作？」

「妳臉上有綠色的東西。」賽斯說，摸著她的臉頰。「黏黏的。」喬芝趕緊逃開，在會議桌找了個位置。

史卡提繼續吃午餐。「尼爾不在的時候都會這樣嗎？難怪他要拿狗鍊拴住妳。」

「我沒被拴住。」喬芝說：「我**結婚**了。」

賽斯把一個保麗龍盒推到她面前。喬芝打開。濕掉的韓國烤餅。她想了一秒鐘，自己比較不舒服還是比較餓……比較餓。

賽斯遞給她一支叉子。「妳還好嗎？」

「很好。我看看你們寫的。」

不好。絕對不好。

「我應該告訴妳？我確實告訴妳了。我說：『我不能再這樣下去。』我說：『我愛妳，但我不確定這樣是否足夠。我也不確定未來會是如何。』我說：『我不想要這樣的生活，喬芝。』——記得嗎？」

是說得通的，真的。如果喬芝真的因為她丈夫離開她而神經崩潰，產生錯覺、幻想，導致記憶重現，想起有一次尼爾真的**離開**她，這就說得通了。

多少算是離開她。

他們結婚之前。

當時是聖誕假期，他們大四。他們去了一些派對，一些當時看起來似乎很重要的電視圈的派對。賽斯已經在福斯電視台的一齣喜劇劇組工作了，他希望喬芝跟節目其他的編劇認識——甚至可能有明星會來。那不過是在某人家後院的派對，有游泳池和啤酒，檸檬樹掛上了聖誕節的燈泡。

尼爾整個晚上都站在牆邊，拒絕跟任何人說話。依他自己的原則拒絕。彷彿寒暄——表現**禮貌**——是很大的讓步。（對賽斯讓步，對加州讓步，對喬芝即將跟這些人一樣，做這類的工作，而尼爾來湊熱鬧的事實讓步。）

所以他站在牆邊，拿著最便宜的啤酒，板起下巴。

喬芝對這種靜坐抗議極為火大，她要和尼爾待到最後。她和賽斯工作上的朋友一一碰面，說話。她在《賽斯喬芝秀》中賣力演出。（這是個很棒的角色，喬芝的台詞盡是妙語如珠。）她讓大家都喜歡她。

她坐上尼爾破爛的土星汽車，他載她到她媽媽家。然後他告訴她，他受夠了。

「我不能再這樣下去。」他說。

「我愛妳，」他說：「但我不確定這樣是否足夠。我也不確定未來會是如何。」

他說：「我不想要這樣的生活，喬芝。」

隔天早上，他自己回去奧馬哈。

喬芝整整一個星期都沒有尼爾的音訊。她以為他們完了。

她覺得或許他是對的，他們應該結束。

然後，一九九八年，聖誕節的早上，尼爾來到她家門口——單膝跪在門前綠色的地墊上，拿著他姨婆的結婚戒指。

他向喬芝求婚。

「我愛妳。」他說。「比起那些我痛恨的事情，我更愛妳。」

於是喬芝笑了，因為只有尼爾會覺得這樣說很浪漫。

然後她說我願意。

喬芝把手機插上筆電，確定鈴聲音量開到最大。

「妳在幹嘛？」賽斯問。「編劇室裡不准講手機，記得嗎？這是**妳的**規定。」

「我們還沒正式在這裡。」喬芝說。

「妳人不就正在這裡？」他衝了回去。

「對不起，我心裡很亂。」

「好。我也是，四集劇本，記得嗎？」

她揉揉眼睛。只是場夢，昨天晚上。即使感覺起來一點也不像一場夢——但那一定是一場夢。只是幻覺發作。

人們有時會這樣。正常人。偶而發作。然後他們會用冰毛巾敷在眼睛上，計畫到海邊休息一下。

她心裡一直在想尼爾，她也一直在想尼爾的爸爸——她的大腦就自己發展起來了。這就是喬芝的大腦擅長的——編織情節。

「這可能是我們職業生涯中最重要的一個星期。」賽斯咕噥著。「妳卻決定退出。」

「我還沒退出。」史卡提說。

「我不是在說你。」賽斯對他說：「我從來不會談論你。」

史卡提雙手交叉在胸前。

「你知道嗎？沒人的時候，我可不喜歡成為你惡毒笑話的梗。我可不是這裡的克里夫・克萊文。」[14]

「喔，我的天哪！」——賽斯指著他——「你根本就是克里夫·克萊文。你從現在開始就是克里夫·克萊文了。你看過《天才家庭》嗎？你也有點像史奇比。」[15]

「我太小了，沒看過《天才家庭》。」史卡提說。

「你才太小，沒看過《歡樂酒店》。」

「我在Netflix看的。」[16]

「你甚至長得像史奇比——喬芝，史卡提是我們的史奇比嗎？還是我們的克里夫？」

喬芝以前從沒有這樣發作過。

雖然感覺起來她可能還會再來一段。她把眼鏡放在頭髮上，捏捏鼻尖。

「**喬芝**。」賽斯用鉛筆尾端的橡皮擦戳了她的手。「妳在聽嗎？史卡提——史奇比還是克里夫？」

她把眼鏡戴回去。「他是我們的雷達·歐瑞立。」[17]

「噢，喬芝。」史卡提咧嘴而笑。「別鬧了，你會把我弄哭。」

「你太小了，沒看過《風流軍醫俏護士》。」賽斯嘟囔。

史卡提聳聳肩。「你也是。」

他們開始工作。

他們工作的時候會容易些。對喬芝來說，工作可以假裝沒什麼不對勁。

購。

沒有不對勁。她才剛跟愛麗絲和努蜜講話，幾個小時前，她們很好。尼爾剛出門為聖誕節採購。

所以他根本不急著找她說話——那也沒什麼不尋常。他們要談什麼？自從相遇後，喬芝和尼爾每天都說話。（幾乎）又不是說他們很久沒聯絡。

喬芝寫著她的節目。他們的節目。她和賽斯上了軌道，寫了將近一個鐘頭。你來我往寫著對話，像打乒乓球一樣。（這是他們平常工作的方式，競爭又合作。）

賽斯靈光一現，喬芝抓到他一個特別白痴的「你媽媽」的笑話，然後他回到椅子上，咯咯笑。

「我不敢相信你們這樣做了二十年。」史卡提拍手，真誠地說。

「沒那麼久吧。」喬芝說。

---

14 譯注：克里夫・克萊文（Cliff Clavin）是美國影集《歡樂酒店》（*Cheers*）中的郵差一角，這個角色常說些莫名其妙的話，令人反感或厭煩。

15 譯注：史奇比（Skippy）是美國影集《天才家庭》（*Family Ties*）裡的書呆子鄰居。

16 譯注：Netflix是美國一家網路媒體播放公司。

17 譯注：雷達・歐瑞立（Radar O'Reilly）是美國影集《風流軍醫俏護士》（*M*A*S*H*）中的一角，該影集是帶有諷刺幽默的軍事醫務劇，這個角色鬼鬼祟祟，食量超大。

賽斯抬起頭。「十九。」
她看著他。「真的？」
「妳一九九四年高中畢業對吧？」
「對啊。」
「今年是二〇一三。十九年了。」
「天哪！」
天哪。真的那麼久了嗎？
真的。
喬芝在《湯匙》撞見賽斯，已經十九年了。
她初次注意到尼爾已經十七年了。
她嫁給他十四年了，在他父母家後院的丁香花樹下。
喬芝從沒想過自己會老到用幾十年這麼長的時間來談人生。
不是她以為她活不到這個時候——她只是從沒想過是這種感覺。幾分之幾的重量。二十年相同的夢想，十七年相同的男人。
很快她和尼爾在一起的時間就會多於他們不在一起的時間。身為他的妻子的身份會比其他身份更令她熟悉。
感覺太多了。不是太多而無法擁有，是太多而無法思考。承諾像巨石，太沉重而難以背負。
結婚十四年。

尼爾嘗試離開她已經十五年。尼爾回到她身邊已經十五年。她第一次見到尼爾已經十七年，她見到無法不注視的內在。

賽斯依然看著喬芝，一邊的眉毛挑了起來。

如果她告訴他過去三十六小時發生的事，他會說什麼？

「天哪，喬芝，妳可以下星期再發瘋，什麼事情都可以下星期再說。睡覺、聖誕節、神經崩潰。這星期我們要實現我們的夢想。」

「我去沖杯咖啡。」喬芝說。

9

三人持續工作到晚餐之後。他們開始越寫越快，越來越多進展……

然後他們發現，進展快速的原因是他們套用了《傑夫起來了》的其中一集。

「天哪！天哪！天哪！」賽斯說。「我們太墮落了。我們徹底墮落了。」

「遜爆爆爆爆爆了。」史卡提說。賽斯用手臂擦著白板——待會等他看到他的格紋襯衫變成什麼樣子就會後悔了。

他們決定看個幾集《巴尼·米勒》（*Barney Miller*）洗刷思緒。賽斯有整套的錄影帶在辦公室裡。他們也有播放機，和舊電視一起擠在角落。

「我們在網路上就可以看了。」史卡提說，爬進IKEA的吊床椅。

賽斯在播放機前屈膝，放進一個錄影帶。「不一樣，沒有魔法。」

喬芝帶著她的筆電，旁邊還插上她的電話。她在走廊試著打電話給尼爾。（沒接）

《巴尼·米勒》主題曲的貝斯一下，賽斯嘆了口氣。他給喬芝一個又大又亮的微笑。「我們會成功的。」他說。

她回以微笑——她忍不住——坐在他身邊，兩人一起坐在地上。

喬芝就是這麼度過大學前兩年。如果喬芝沒和賽斯在《湯匙》工作，她就是在他兄弟會的宿舍，看《巴尼·米勒》、《計程車》（*Taxi*）、《風流軍醫俏護士》。他房間的地上排滿了錄影帶。

「你在兄弟會裡頭幹嘛？」她問：「喜劇作家不加入兄弟會的。」

「不要把我歸類，喬芝。我有無限可能。」

「是，但為什麼？」

「很普通的理由。備胎朋友、人脈——而且有天我可能會參選。」

他們已經在賽斯的房間寫了《打發時間》的試播草稿。然後又在《湯匙》寫了第二集，都是喬芝打字的。

她怎麼會直到大三才認識尼爾？他從大一就開始在《湯匙》工作了，和她一樣。喬芝一定看過他幾十次，只是沒有真正看進去。她就真的這麼被賽斯牽著走？賽斯當時特別纏人——固執又招搖，總是要喬芝注意他……

但喬芝一注意到尼爾，她就常在辦公室見到他。他走向編輯室經過她的桌子時，她努力不盯著他。有時候，如果她幸運的話，他會往她的方向看，點點頭。

「我真不懂那種吸引力。」如此一個月之後，賽斯說。

「什麼吸引力？」

他們坐在共用的書桌旁，賽斯在吃喬芝的烤雞。他拿一根筷子戳著烤雞。「妳，對那個矮胖的卡通人。」

喬芝也不懂——尼爾為什麼忽然變成雷達唯一收到的訊號。「我們只是朋友。」她說。

「真的。」賽斯說。

「客氣的點頭之交。」

「對，但這就是重點，喬芝——他**並不**客氣。他會對別人低吼，真的低吼，如果別人太靠近。」

「他不會對我低吼。」她說。

「喔，他不會。」

「為什麼不會？」

「因為妳是個正妹。妳八成是唯一跟他說話的正妹。他無法招架，所以不敢吠叫。」

喬芝試著不要四處張望尋找尼爾。她見到他的時候努力保持淡定。但尼爾一到編輯室，幾分鐘後，她常常就找到藉口走到後面。有時候她會假裝她得去跟某個美編講話。有時候，她會直接走到尼爾的製圖桌，背靠著牆，等著他跟她打招呼。

賽斯是個笨蛋：尼爾又不胖。只是沒那麼魁梧。不高但強壯，流線型的體格。

「妳偷偷摸摸的。」烤雞的那天晚上，尼爾這麼說。

喬芝繞路走到後面的編輯室，無事閒靠在靠近他書桌的柱子上。「我沒有偷偷摸摸，我只是不想嚇到你。」

「妳覺得自己會嚇人嗎？」

這星期的漫畫比以往的複雜，一格裡要畫好幾個人物。尼爾開始在其中一格上墨。

她把頭伸向他的書桌。「我可不希望你跳起來，把墨水灑在你的畫上。」

他搖搖頭。「我才不會。」

「你可能會。」她說。

「我不會跳起來。」

「鋼鐵般神經，呵？」

尼爾聳肩。

「這樣的話，」她說：「我可以偷偷跑到你背後，然後，比如說，**尖叫**，這樣你也不會縮一下。」

「應該不會。」

喬芝拉了一把有輪子的凳子，坐在他面前。「那我說不定是個斧頭殺人魔。」

「不可能。」

「可能。」

「喬芝．麥克庫，斧頭殺人魔……」他把頭抬起來，好像在思考這件事。「不，妳不可能。」

「但你不會知道是我躲在你背後。」她說。

「我知道是妳。」

「你怎麼知道？」

他抬頭看了她一秒，然後回到自己的工作。「妳每次出現都很明顯。」

「感覺得到。」喬芝忍住微笑。「這是讚美嗎？」

「我不知道，妳希望嗎？」

「我走進房間的時候希望別人知道嗎？」

「妳希望**我**知道嗎？」

「我……」

尼爾的目光穿過她的肩膀，又轉回桌上。「妳男朋友找妳。」

喬芝轉身。賽斯站在走廊上，燦爛的笑容看來很假。「嘿！喬芝，妳可以過來幫我看個東西嗎？」

她斜眼看他，想推敲他是真的需要幫忙，或者只是在礙事。「嗯，好。」她說：「等一下。」

他在走廊上等。

「等——一下。」她又說了一次，刻意地對他挑起眉毛。

賽斯點點頭，嘴巴已經翹起來了，人走了回去。

喬芝站起來。「他不是我男朋友。」

「喔。」尼爾正幫一隻卡通兔子畫上笑容。「連體嬰？」

「寫作夥伴。」她滿不情願地走向門口。

「寫作夥伴。」尼爾喃喃自語，繼續自己的事。

賽斯不是真的需要幫忙——當然不是。（而且他把她晚餐的主菜都吃掉了。）

「我知道你是放羊的小孩。」她把外帶的餐盒推到他那一邊的桌子。「下次我不會理你。」

「我不是放羊的小孩。」他移動雙腳，把椅子移動到她旁邊。「我是牧養哈比人的小孩。」

「如果你在泡妞的時候，我也對你這樣呢？」

「喔，天哪，喬芝，收回這句話。妳可不能**打卡通哈比人的主意**啊！」

「我從沒對你的女朋友品頭論足。」

「因為她們全都美麗又善良。個個都是。天哪，她們應該穿制服，聽起來挺誘人的吧？」

「重點是——我得這麼做。賽斯，我要去跟男生講話。你要我孤獨終老嗎？」

「不，不要傻了。」

「那就閃開。」

他往前傾，一隻手肘靠在她椅子的扶手上。「妳寂寞嗎？喬芝？妳有需求嗎？」

「我說閃開。」

「妳可以告訴我妳的需求。」他說：「我覺得我們的友情達到那個程度。」

「我恨你。」

「『恨』等於『愛』，還有『不能沒有你』。」

「我現在不想理你。」

「等等，我真的需要妳幫我這個。」他把電腦螢幕轉向她。「這好笑嗎？這個史努比狗狗的東西，每次查理布朗要餵牠的時候，牠就會說：『謝啦！老查。』」

下一次賽斯試圖打斷她和尼爾說話的時候，喬芝真的不理他。她用一句「我想應該不急吧！」打發了他。

這句話讓尼爾幾乎從漫畫中完全抬起頭來。他挑起一邊眉毛，嘴巴兩邊翹起，變成一個抿嘴的微笑。

也許每個人的嘴唇都很好看，而且只有一直盯著他們的嘴巴的時候才會真的發覺。

喬芝無時無刻不盯著尼爾的嘴巴。盯著尼爾很容易，因為他總是低頭看他的漫畫；沒有被抓包的疑慮。很容易就盯著尼爾，因為盯著尼爾很容易。

也許不會令人窒息，不像盯著賽斯那樣。賽斯打扮體面，肢體動作豐富，手指還會梳過髮際。

尼爾並不會使喬芝窒息。也許相反。但那樣也好——那樣真的很好，真的，和一個讓你肺裡充滿空氣的人在一起。

喬芝只是喜歡看著尼爾。她喜歡他深色但不是很深的頭髮。她喜歡他白皙的皮膚。尼爾真的超白，就連他的臉頰和寬厚的手背也是。喬芝不懂怎麼可能有人可以這麼白，每天在校園走來走去。也許尼爾帶著大陽傘。總之，相較之下，他的嘴唇似乎格外粉嫩。

尼爾的嘴唇是頂級的——小巧、整齊且對稱。上下對稱。上唇和下唇幾乎一樣厚。牙齒也很工整，上排剛好在上唇上方，下排剛好在下唇下方。而且，百分之二十的微噘。

喬芝當然想著親他。

也許只要人們好好看看尼爾，就會想要親他。也許這也是為什麼他這麼討厭與人眼神接觸——人群控制。

尼爾正在畫他連環漫畫的邊角。一個女孩，眼鏡，心型的臉……頭髮亂翹。然後他畫了一個思想泡泡：「我不能整天待在後面。喜劇需要我！」

喬芝擔心自己臉紅了：「我打擾你了嗎？」

尼爾搖搖頭。「這對妳來說一點也不刺激吧？」

「不是刺激，是……著迷。好像看人變魔術。」

「我正在畫一隻戴著一片鏡片的土撥鼠。」

「像是你想要的東西都可以從你手中變出來。」她說。「就是魔術。」
「如果有隻真的土撥鼠從我手中蹦出來，大概就是魔術了。」
「抱歉。」她從椅子上站起來。「我得讓你工作。」
「妳在這裡我也可以工作。」他沒抬頭。
「但是——」
「就算妳說話我也可以工作。」
喬芝坐回椅子上，有點猶豫。「好吧。」
尼爾又加了一朵泡泡在她的漫畫上：「現在我該說什麼？」
他從頁面底下畫了一個泡泡指向他自己：「妳想說什麼都行，喬芝．麥克庫。」
然後是一個小的思想泡泡：「如果那是妳的真名……」
喬芝知道自己臉紅了。她看著他的手回到漫畫上，然後清清喉嚨：「你不是附近的人，對吧？」
這句話讓尼爾笑了，真的笑了，嘴巴的兩邊都笑了。「內布拉斯加。」他說。
「那裡像堪薩斯嗎？」
「比任何東西更像堪薩斯吧，我想。妳對堪薩斯很熟嗎？」
「我看過很多、很多次《綠野仙蹤》。」
「這樣的話，」他說：「內布拉斯加就像堪薩斯，顏色方面。」
「你怎麼會來這裡？」

「迷惑妳。」

「你來到加州迷惑我？」

「我早該這麼做。」他說：「那比真正的理由更好。」

「是……？」

「我來加州讀海洋學。」

「聽起來是個極好的理由。」

「呃——」他的筆輕輕在土播鼠的臉上點著，「——結果，我不是真的那麼喜歡海洋。」

喬芝笑了，尼爾的眼睛也跟著她一起笑。「我來這裡之前，從沒看過海。」他迅速地抬頭瞄了她一眼。「我以為那很酷。」

「那不酷嗎？」

「那真的很潮濕。」他說：「而且在戶外。」

喬芝一直笑，尼爾一直畫。

「曬傷……」他說：「暈船。」

「那你現在在讀什麼？」

「我當然還是在讀海洋學。」他說，對他的畫點點頭。「我拿了海洋學的獎學金，當然還在讀海洋學。」

「但那很糟糕。你不能不喜歡海，卻在讀海洋學。」

「我可能喜歡。」他幾乎又再次笑了。「我也不喜歡其他東西。」

喬芝笑了。

尼爾加了另一個泡泡在頁面底下：「幾乎任何東西。」

「妳還不能離開。」賽斯站在走廊，雙手在胸前交叉。

「賽斯，七點了。」奧馬哈是九點，或者是一九九八年。

「好。」他說：「不過妳一點才來，而且基本上妳一整天都沒貢獻。」

「第一，不是這樣的。」喬芝爭論。「第二，如果我都沒貢獻，不如就回家。」

「別這樣。」他懇求：「也許妳就快要想出來了。」

「我累壞了。」她說。「而且可能還在宿醉。你知道嗎？過去的三個小時，你也沒有貢獻——你的藉口是什麼？」

「妳沒貢獻的時候我就沒貢獻，喬芝——」賽斯無助地揮揮手，「——那是長久以來的事實。」

她把手機電源拔掉。「那也許我們兩人明天的狀況都會更好。」

「妳可以跟我談談。」他說，他小聲地說，放下所有假裝。「妳今天發生的任何事。這星期發生的任何事。」

喬芝抬頭看著她。他棕色的雙眼，頭上完全不見任何白髮。像未拆封一樣。

他是她最好的朋友。

「不。」她說：「我無法。」

10

那天晚上，喬芝在回家的路上把手機接上汽車的充電座，打給尼爾——然後她住手了。尼爾沒有接她打的任何電話，整天。

她最後一次和他講話，仍然是**最後一次**。

喬芝仍然無法釋懷。

喬芝仍然無法接受。

喬芝想到她空蕩陰暗的房子——她那已經感覺像有鬼的房子……

她沒有往回家的方向，反而在里西達下了交流道。

她沒有她媽媽家的鑰匙，所以她得敲門。

海瑟開了門，她比平常看起來更亮眼。她塗了唇蜜，至少畫了三層眼影。

「喔。」她說：「是妳。」她拉著喬芝的手臂。「進來——快點——不要靠近窗戶。」

「為什麼？有人偷窺家裡嗎？」

「進來就對了。」

喬芝進門。她的父母——她媽媽與肯爵克——正在沙發上看電視，抱著其中一隻巴哥，大肚懷孕的那隻，放在他們兩人中間，四隻手愛撫著她。「喬芝！」她媽媽說：「我們不知道妳要來。」

「我只是不想開車回卡拉巴薩斯。這裡離辦公室近多了。」

「當然。」她媽媽露出擔心的表情。喬芝無法判斷是為了她還是為了狗。「妳覺得好多了嗎？」

「是啊，我——」門鈴響了。喬芝後退走向門。

「不！」她媽媽喝叱，狗也大叫。海瑟急忙把喬芝推開，要她後退。

「是披薩男孩。」她媽媽小聲說。

「怎麼可能！」喬芝小聲回她。

海瑟從窗戶偷看，把她的緊身T恤拉好，接著打開門，走到門廊外，把身後的門關上。

「她喜歡上一個人。」

她媽媽搔著巴哥的大肚子。「**妳記得那是什麼感覺，**」她對著狗用娃娃音說：「**對不對？對不對？**」

「我不認為牠記得。」喬芝說：「妳讓牠跟一隻在塔札納的狗配種，牠從來沒見過的狗。」

「噓……」她媽媽把狗的耳朵遮起來。「因為她丈夫射的是空包彈。」

「呃……」喬芝聳肩。

「妳看起來好像好多了。」她媽媽還是用娃娃音，還是對著狗笑。

「是的。」喬芝說。她是。相對而言。她沒有酒醉也沒有宿醉。而且她已經二十四個小時沒有跟死去的人說話了，那也算加分。

「很好。」她媽媽說。「如果妳餓了，冰箱有剩下的瑞士牛排。」

「還有披薩。」海瑟回到客廳，容光煥發。她關上前門，背靠著門，懷裡抱著披薩盒。

喬芝低頭看著披薩。「喔，不。這是非常特別的披薩，我可不敢。總之，我在辦公室吃了——我想直接去睡了。」

她開始從客廳移動到走廊。「那個……」她轉頭看著她媽媽。「妳的手機可以借我嗎？」

「可以，在我的包包。」她媽媽把狗抱到肯爵克的大腿上，從沙發上起身。「我幫妳洗了妳的牛仔褲。」她找到她的包包，翻找著裡頭。「但妳穿這件褲子很好看，妳應該多穿家居服。」她把手機遞給喬芝，一支貼著鑽，不知名的安卓手機，螢幕保護畫面是隻巴哥。

喬芝打了尼爾的手機號碼，轉進語音信箱後就掛上了。然後她又撥了他媽媽家，摒住呼吸。忙線。

「謝謝。」她把電話還給她媽媽。「肯爵克，你的手機可以借我嗎？」喬芝覺得她在測試某件事，但她不確定是什麼。

肯爵克的電話是支樸素的黑色電話，濺上了乾掉的牆壁泥巴。又是語音信箱。室內電話也是忙線。「謝謝。」喬芝把電話還他。

她媽媽低頭看著手機，可能在看她打給誰。「噢，親愛的，妳真的覺得尼爾在過濾電話？」

「我不知道。」喬芝老實說。「謝謝。也謝謝妳讓我住在這裡。」

她媽媽舉起手臂環繞喬芝的肩膀，在她頭的側面親了一下。喬芝半蹲擁抱了一下，回去她的房間。

感覺真的好像在學校度過了很糟的一天，然後回到家。她媽媽把她的牛仔褲和尼爾的T恤摺好，放在枕頭上，彷彿知道喬芝會回來。（彷彿尼爾離開喬芝，又把她趕出家門。）喬芝的舊床甚至鋪上新的床單。

她考慮洗個澡，爬上床，把電話接上筆電。沒有理由再打給尼爾了。她已經試過了；他沒接電話。

他真的在躲她的電話嗎？

看來似乎真是這樣。有人接電話的時候就是他不在的時候……看起來不在。也許他媽媽在掩護他。也許她知道什麼喬芝不知道的事。

瑪格莉特不會希望這樣的，她喜歡喬芝，而且她也不希望女生發生這種事。（**這種事**，喬芝心想，她不想找其他更好的詞來描述最糟的情境。）

瑪格莉特不會希望或想要這種事。

但尼爾是瑪格莉特的兒子。而且她知道他不快樂。

事實就是那樣。

那並不是喬芝危言聳聽，或妄想，或錯覺。那是喬芝說老實話。

尼爾不快樂。尼爾長久以來都不快樂。

他並沒有抱怨。他沒有說：「我不快樂。」（天哪！——某方面來說，說出來反而輕鬆。）

他只是穿戴著，呼吸著。把不快樂揣在兩人之間。睡覺時推到一旁。

尼爾不快樂，而喬芝是原因。

而且不是因為任何她說過或做過的事。只因為她是她。

喬芝是尼爾的靠山。（不是好的那種。不是讓妳感到既安全又踏實，想刺青在胸口的快樂靠山。）喬芝是……沉重的負擔。

好吧。**現在**她是在危言聳聽。

這就是為什麼她從不讓自己去想**這種事**。因為她的腦袋就會下沉、下沉而且永遠觸碰不到底。她不讓自己去想，但她還是**知道**。他們身邊的每個人都知道——瑪格莉特一定知道。知道尼爾不快樂，知道他痛恨加州，知道他在這裡反覆感到失落又挫敗。困頓。

而且每個人都知道喬芝需要尼爾多過他需要她，知道女孩們需要尼爾遠遠多過需要喬芝。

尼爾當然會獲得監護權。尼爾早就擁有監護權。尼爾和愛麗絲和努蜜——他們是一個密閉的系統，獨立的有機體。

尼爾帶她們去上學，尼爾帶她們去公園，尼爾幫她們洗澡。

喬芝回家吃晚餐。

大多數的晚上。

喬芝載愛麗絲去上游泳課，愛麗絲擔心喬芝會迷路。「**我想如果妳找不到路，我們可以打電話給爸爸**。」

星期六早上，尼爾出門去辦事的話，他回家以前女孩們不會要求吃早餐。當她們摔倒受傷了，她們大叫「爹地！」。

喬芝是多出來的，她是第四個輪子。（只需要三個輪子的東西。三輪車的第四個輪子。）

失去她們，她什麼也不是。**什麼也不是**。但失去她？她們的生活還是一樣。而且尼爾……也許尼爾會快樂一點。

她又開始覺得不舒服了。

她拿起黃色的話筒，一隻手指按在活塞上，不想聽見撥話聲。現在沒有什麼理由打給尼爾——她才剛打過。

喬芝明天上班的路上應該去買個手機充電器。

或者就把妳的電池拿去修理，她的大腦對她大吼。**或者就回家，家裡到處都藏著充電器。**

除非尼爾在，不然我不要回家。喬芝大吼回去，第一次明白她說的是真的。

她鬆開活塞，聽著撥話聲。

她告訴自己，不會再次發生的。畢竟，一整天都沒發生什麼怪事。尼爾在躲她，但那不奇怪；那只是很糟。

不會再次發生的。喬芝的腦袋很清楚。她感覺自己深深地紮根在現實世界中。悲哀地紮根。她拿話筒敲敲額頭，確定會痛。然後手指轉著話機的轉盤，撥出尼爾媽媽家的電話。

因為……

她想打。

因為室內電話對打兩次都接通了，先不管後來發生什麼事。

一，她撥著，四，呃，二……

旋轉的轉盤像在冥想。它強迫你慢下來，並且專心。如果你太快轉到下一個號碼，就得從頭來過。

四，五，三……

不會再次發生的。那件怪事。那種譫妄。說不定尼爾根本不會接電話。

四，三，二，一……

11

「喂？」
喬芝聽見尼爾的聲音，吐了一口氣，忍住衝動，不問他現在的總統是誰？「嘿！」她說。
「喬芝。」他聽起來放心。（他聽起來像尼爾，像天堂。）「妳打過電話。」
「對。」
「對不起，我昨晚很可惡。」他急忙說。
昨晚。她感到一陣恐慌。昨晚，昨晚，昨晚。
尼爾不應該記得昨晚，昨晚並沒有發生任何事，除了喬芝發瘋的腦袋裡。
「喬芝？妳在嗎？」
「我在。」
「聽著，昨天我那樣，對不起。」他聽起來很堅定。「我整天都在想這件事。」
「我也很對不起。」喬芝哽咽地說。
「妳出其不意打來。」他說。「嘿——妳又哭了嗎？」
「我……」她在哭嗎？或是換氣過度？也許兩者都有一點。
尼爾的聲音軟化。「嘿，不要哭，陽光。對不起。不要哭。」
「我沒有哭。」喬芝說。「我的意思是，我不會。抱歉，我只是……」

「我們重來，好嗎？」

喬芝啜泣著，有點喘不過來，絕望地笑。「重來？我們可以嗎？」

「這段對話。」他說：「這段對話我們重新來過。還有昨天晚上也是。我們回到昨天晚上，好嗎？」

「我覺得我們好像得回到更早以前。」喬芝說。

「不要。」

「為什麼？」

尼爾小聲說：「我不想要回去更早以前。我不想要錯過其他任何一件事。」

「好。」她說，擦著眼睛。

這太瘋狂了。這既詭異又瘋狂。這不是真的，但依然**正在發生**。

如果喬芝掛掉電話，會停止嗎？

她應該繼續對著電話發瘋？還是追蹤電話？

「好。」她又說了一次。

「好。」尼爾說：「所以……妳打電話來，問我是否平安抵達。是的。我開了很久的車，但我只有三片CD，所以我就聽了一個深夜的廣播節目，叫做《岸對岸》。我覺得現在我相信有外星人。」[18]

喬芝決定配合演出。出現這種幻覺一定是有原因的。如果她合作，也許她會知道它要什麼，它就會離開。（還是只對鬼魂有用？）

「你一直都相信外星人。」她說。
「沒有。」尼爾說：「我是個懷疑論者——**以前**是。現在我相信外星人。」
「你看到外星人嗎？」
「沒有，但我在科羅拉多看過雙虹。」
她笑了。「因為約翰．丹佛流淚了。」[19]
「當時滿驚人的。」
「你一路開過去嗎？都沒停？」
「對啊。」他說：「我開了二十七個小時。」
「那樣很蠢。」
「我知道，但我有很多事要思考——我發現思考讓我保持清醒。」
「我很高興你平安到家。」
以幻覺來說，這樣的對話進展得相當理性。（不無可能；喬芝一向擅長寫對話。）
她猜得是對的：顯然她正在和尼爾說話——或想像她正在和尼爾說話——在他們為聖誕節大吵一架後，大學的時候。

---

18 譯注：Coast to Coast AM是美國廣播電台，討論幽浮、靈異現象、死後的世界等主題。
19 譯注：約翰．丹佛（John Denver），1943—1997，美國鄉村歌手，熱愛科羅拉多聞名，長期居住於此。

但當時，大吵一架後，他們**沒有**說話。

尼爾出發到奧馬哈後就沒打電話給喬芝，喬芝也沒有打給他。直到那個週末，他出現，在聖誕節早上，帶著訂婚戒指……

「妳聽起來還是很難過。」尼爾說。不是真的尼爾。幻想與幻聽中的尼爾說的。

「今天很奇怪。」喬芝回答。「而且——我以為你前幾天已經和我分手了。」

「沒有。」他隨即回答。

她搖搖頭。還是很暈。「沒有？你確定嗎？」

「沒有。我的意思是……我很生氣，我說了一些很過份的話——而且我是認真的——但我沒有和妳分手。」

「我們沒分手？」她的聲音在「分手」這個詞開了岔。

「沒有。」尼爾堅持。

「但我一直以為你和我分手了。」

「一直？」

「一直……自從我們大吵一架後。」

「喬芝，我不想和妳分手。」

「但你說你不能再這樣下去了。」

「我知道。」他說。

「而且你是認真的。」她說。

「我是。」

「但我們沒有分手。」

他發出低吼的聲音，但她知道不是針對她。通常尼爾低吼的時候，是對他自己。「我**不能**再這樣下去。」他說。「但我希望**這些**能夠改變，因為……我也不覺得沒有妳我可以過活。」

「你當然可以。」喬芝不是在開玩笑。

無論如何，尼爾笑了。（呃，他沒有笑——尼爾很少笑。但他鼓起氣，從嘴裡噴出來的呼吸，稱得上是笑。）「妳真的覺得沒有妳我可以過活？至今我還沒有那個好運。」

「不盡然。」喬芝說。她大可順便說出來；這段對話不是真實的，說出來也沒損失。事實上，這就是她在這裡應該做的——把所有從來沒對尼爾說的話全都說出來。只要從胸口說出來。

「我們相遇之前，你有二十年的好運。」

「那不算。」他說，彷彿他也在配合演出。（不，我才是那個配合演出的人。喬芝心想。先生，你，是個幻覺。）「遇到妳之前，我不知道我錯過了什麼。」

「挫折。」她接話：「惱怒，腦包產業的派對。」

「不只是那些。」

「晚歸。」她繼續：「爽約，我取悅別人的那種聲音。」尼爾討厭那種聲音。

「喬芝。」

「……賽斯。」

尼爾又發出噴氣的聲音，這個倒一點也不像笑聲。「妳為什麼想盡辦法把我推開？」

「**因為**，」她豁出去了。「因為你離開前說的話，說這樣行不通，說你不快樂。說你不覺得你可以繼續這樣。我一直想著你說的話——我到現在還在想——而且我想不到任何話來狡辯。你說得**對**，尼爾。我不會改變。我整個人就淪陷在你痛恨的世界。而我只是要把你綁在這裡。也許你該趁還能出去的時候出去。」

「妳覺得我應該跟你分手嗎？」他說。「妳希望這樣？」

「這是兩個不同的問題。」

「妳覺得沒有妳我會更好？」

「應該是吧。」說吧！她告訴自己。就說吧！「我的意思是——**對**。看看派對過後你說的每件事，看看這些證據。」

「我說了那些話之後發生了很多事。」

「你看到雙虹。」她說。「然後現在你相信外星人存在。」

「不。妳打了三通電話，告訴我妳愛我。」

喬芝摒住呼吸，停在那裡。她打給尼爾超出三次許多。

他聽起來像把話筒貼近他的嘴巴。「妳愛我嗎，喬芝？」

「比什麼都愛。」她說。因為她說的就是真話，豁出去了。「比什麼都愛。」

尼爾噴氣，也許是放心的意思。

「但是，」她繼續否認，「你說那可能不夠。」

「那可能不夠。」

「所以……」

「所以我不知道。」尼爾說。「但我現在不要和妳分手。我現在不能。妳要和我分手嗎？」

「**不要**。」

「我們重新來過。」他溫柔地說。

「從哪裡開始？」

「從這段對話的開頭。」

喬芝深吸一口氣。「路途還好嗎？」

「很好。」他說：「我二十七個小就到了。」

「笨蛋。」

「而且我看見雙虹。」

「不可思議！」

「而且我到家後，我媽做了很多我愛的聖誕餅乾。」

「真好。」

「我希望妳在這裡，喬芝——為了妳下雪了。」

這不是真的。這是幻覺。或是精神分裂症。或者……是夢。

喬芝往後靠在床頭板上，把打死結的電話線拿到嘴邊，咬著橡膠。

她閉上眼睛，繼續配合演出。

12

「我不敢相信你直接開回家。」

「沒那麼糟糕。」

「你開了二十七個小時，應該違法了吧。」

「卡車司機才違法。」

「因為很危險才違法。」

「沒那麼糟糕。我在猶他的時候有點打瞌睡，所以我停車，下去走走。」

「你搞不好會死。在那裡。在猶他。」

「妳講得好像死在猶他特別恐怖。」

「你保證不會再那樣。」

「我保證絕不會差一點死在猶他。從現在開始，遇到摩門教會更小心。」[20]

「跟我說外星人的事。」

「跟我說你路上發生的事。」

「跟我說你父母的事。」

「跟我說奧馬哈的事。」

喬芝只是想聽見他的聲音，她不希望聲音停下來。她不希望尼爾停下來。

有時候她會意識到正在發生的事情。她面對的，真的或假的，是尼爾，一九九八年。這件巨大的事——未必有的事——不斷爬上喬芝的後腦勺，像暈眩的感覺，然後她不斷甩掉。

感覺他回來了。真的尼爾。（她從前的尼爾。）

他就在那裡，而且她可以問他任何問題。

「跟我說山上的事。」喬芝說。因為她不確定還能問什麼。因為「**跟我說我哪裡錯了**。」可能會打破這個魔咒。

還有因為她想要的莫過於聽而已。

「我沒等你，自己去看《搶救雷恩大兵》（*Saving Private Ryan*）。」

「很好。」

「我爸跟我要去看《美麗人生》（*La vita è bella*）。」

「很好。你也應該自己去租《辛德勒的名單》（*Schindler's List*），不要等我。」

「我們討論過這件事。」他說。「妳要看《辛德勒的名單》。每個人類都應該看《辛德勒的名單》。」

---

20 譯注：猶他州是摩門教的大本營。

喬芝到現在還沒看。「你知道我對納粹就是沒興趣。」

「但妳喜歡《霍根兄弟》。」

「我就在那裡劃上線了。」

「納粹的線？」

「對。」

「在克林克上校？」

「當然。」[21]

她不哭了。尼爾也不低吼了。

她鑽到羽絨被底下，耳朵輕靠著電話。

他還在那裡……

「要和泳池男一起過聖誕節嗎？」

「天哪！」喬芝說。「我忘記我以前那樣叫他。」

「妳怎麼可能忘記？妳那樣叫他六個月了。」

「肯爵克也沒那麼糟。」

「他似乎沒那麼糟——他看起來蠻好的。妳真的覺得他們不久後會結婚嗎？」

「嗯，可能。」很快就會。

「妳什麼時候開始對這件事這麼淡定？」

「什麼意思？」

「上次我們講到這件事的時候，妳狂飆這件事有多怪。而且這下妳跟妳媽在同一個約會池裡頭了。」[22]

喔，對。喬芝笑了。「而且你說：『不，妳媽的約會池可是真的泳池！』……天哪，我記得。」

尼爾繼續說：「然後妳說，如果妳媽媽以現在的模式和步調進行的話，妳的下一個繼父現在應該是小學六年級。很好笑。」

「你覺得那很好笑？」

「對啊。」他說。

「你又沒笑。」

「你知道我不太笑的，陽光。」

喬芝翻身，把電話換到另一邊的耳朵，又鑽到羽絨被底下。「我仍然不敢相信，我媽四十歲，竟然在注意二十幾歲的年輕人。她看著男大生，心想：『嗯，可以下手。完全無妨。』我

---

21 譯注：《霍根兄弟》（Hogan's Heroes）是美國喜劇影集，描述二戰的集中營，被關在裡面的美國空軍上校Robert Hogan指揮各國戰俘聯手對抗集中營無能的指揮官克林克上校，發生一連串的趣事。

22 譯注：約會池（dating pool），指約會可能性的分類群組。

現在才真正理解那有多奇怪。」那就像喬芝和史卡提，或海瑟其中一個朋友（披薩男孩）結婚一樣。「二十幾歲的男人還是小孩。」她說：「他們鬍子都還沒長齊，嚴格說來青春期都還沒結束。」

「喂！」

「喔，抱歉，不是說你。」

「對，我不是。我和其他同輩不一樣。我成熟到足以跟妳媽約會。」

「別說！尼爾！連說笑都別。」

「我就知道妳不會忽然對這件事這麼淡定。」

「天哪，我媽也太變態了，放蕩。」

「也許她只是愛上了。」

「派對的事，我很抱歉。」她說。

「喬芝，我不想談那件事。」

「我還是很抱歉。」

「為派對？還是為妳大受歡迎？」

「為我把你逼走。」

「妳沒有把我逼走。」他說。「妳不能逼我做任何事——我是個成年人。而且我比妳強壯多了。」

「上半身強壯不代表什麼。我很狡猾。」

「才不。」

「真的，我很狡猾。我是女人。女人都很狡猾。」

「有些女人。又不是每個女人生來就很狡猾。」

「如果我不狡猾，」她說：「我怎麼能叫你做任何我希望的事？」

「妳沒有**叫**我做。我自己去做的。因為我愛妳。」

「噢。」

「天哪，喬芝，不要聽起來那麼失望。」

「尼爾……我真的很抱歉。派對的事。」

「我不想談那個。」

「好吧。」

「而且不只是我的上半身。」他說：「我全身都比妳強壯。我可以把妳釘住不動，大概三十五秒。」

「那是因為我**讓**你。」她說：「因為我愛你。」

「噢，好吧。」

「尼爾，不要聽起來那麼失望。」

「我很確定我聽起來一點也不失望。」

喬芝深深埋進枕頭裡，她把羽絨被拉到臉頰。她閉上眼睛。

如果這只是場夢，她希望她每天晚上都會夢到——尼爾輕聲但清晰地說著甜蜜的話，送進她的耳朵裡。

「妳沒和我一起回家，我父母很失望。」

「我打賭你媽很高興獨佔你。」

「我媽喜歡妳。」

並沒有。一九九八年時沒有。

「我想你誇大了。」喬芝說。「每次我想搞笑的時候她就會故意皺眉——彷彿**不對我笑**還不夠明顯表示否定。」

「她不知道怎麼跟妳相處——但她喜歡妳。」

「她覺得我想靠寫笑話為生。」

「妳是啊！」

「敲門笑話。」[23]

「我媽媽喜歡妳。」他說。「因為妳讓我快樂。」

「現在你又借她的嘴巴說話了。」

「我沒有。她親口告訴我的，上次他們來洛杉磯看我，我們吃完墨西哥捲餅後。」

「她真這麼說？」

「她說我長大以後她從沒看過我笑得這麼開心。」

「你何時笑了？你們家裡沒有人會笑。你們全家都浪費了你們的酒窩。」

「我爸會笑。」

「對……」

「他們喜歡妳，喬芝。」

「你有告訴他們為什麼我沒去嗎？」

「我跟他們說妳媽希望妳在家過聖誕節。」

「確實是。」她說。

「是啊。」

凌晨一點鐘。奧馬哈是凌晨三點鐘。或者不管尼爾在哪裡。

握著話筒靠在耳朵的手已經發麻了，但喬芝沒有翻身。

她應該讓他睡了。他在打呵欠。他搞不好還睡著了——她得重複說她的問題。

但喬芝不想。

因為……

---

23 譯注：敲門笑話（knock-knock jokes），兩人問答的英語笑話橋段，多半包含雙關語。

因為她無法期待這件事繼續。不管這是什麼事。她起頭的這件事，過去這幾個鐘頭的事，當成是一個禮物。

還有因為……她不確定她還會再度聽到尼爾的聲音。

「尼爾，你睡著了嗎？」

「唔……」他回答。「幾乎……抱歉。」

「沒關係。只是——今晚你為什麼不說開來？」

「**說開**，妳的意思是，為什麼我不想吵架？」

「嗯。」

「我——」他聽起來像在移動，也許是坐了起來，「——我離開加州的時候感覺很糟，而且昨晚我對妳大吼，我也覺得很糟，還有——我不知道，喬芝，也許我們兩人永遠行不通。我想到回去洛杉磯，所有怒氣又衝了上來。我覺得很困頓，挫折，我只想火速開車離開那裡。離開妳。老實說。」

「天哪，尼爾……」

「等等，我還沒說完。我那樣想，直到我聽見妳的聲音。然後……我不想和妳分手。不是現在。絕對不是今晚。我只想假裝那些問題都不存在。今晚，我只想與妳相愛。」

她把電話推進耳朵。「那明天怎麼辦？」

「妳說今天。」

「對。」她說。

「到時候我們會想出辦法。」
「你要我晚點打給你嗎？今天？」
尼爾打呵欠。「對。」
「好，我現在讓你去睡覺。」
「謝謝。」他說：「抱歉，我好累。」
「沒關係，時差。」
「再說一次。」
「什麼？」
「妳為什麼打來。」
喬芝握緊電話。「確定你平安抵達。告訴你我愛你。」
「我也愛妳。永遠不要懷疑。」
一滴眼淚滑過她的鼻樑。「我從來不會。」她說：「不會。」
「晚安。」尼爾說。
「晚安。」喬芝回答。
「打給我。」
「我會。」

二〇一三年十二月二十二日，星期日

13

喬芝伸了懶腰，轉身觸碰到某人。

尼爾？

也許就是尼爾。也許她正從管它是什麼當中醒來，而尼爾就在這裡——還有亨利叔叔和艾姆嬸嬸。24

她嚇得睜開雙眼。

電話在耳朵旁邊響了。類似碧昂絲的鈴聲。

喬芝轉身，看著海瑟坐在羽絨被上回答她的電話。

「媽，」海瑟說：「我人就在同一棟屋子——妳也太懶了……好啦。沉住氣，我說我會問她。」她看著喬芝。「妳要鬆餅嗎？」

喬芝搖搖頭。

「不要。」海瑟說。「她說不要……我不知道，她剛睡醒。妳今天要工作嗎？」她對喬芝說。「嘿！**妳**今天要工作嗎？」

喬芝點點頭，看著時鐘。還不到九點，賽斯還不會打給警察。

「好。」海瑟對著電話說，然後嘆口氣。「我也愛妳……不，媽，不是我不想說，但妳就在走廊……好，我愛妳，再見。」

她掛上電話，癱軟在喬芝旁邊。「早安，貪睡鬼。」

「早安。」

「妳好嗎？」

錯覺，疑似精神疾病，詭異的快樂感。「很好。」喬芝說。

「真的？」

「『真的？』是什麼意思？」

「我的意思是，」海瑟說：「我知道無論妳好不好，妳都得跟媽說妳很好，但如果妳真的很好，妳就不會在這裡了。」

「我很好，我只是不想回去空無一人的家。」

「尼爾真的離開你了嗎？」

「沒有。」喬芝說，接著咳了一聲。「我是說，我不覺得。」她伸手找眼鏡。她們一左一右坐在床頭。「他出門的時候很生氣，但——我覺得如果他要離開我，他會告訴我。妳不覺得他會告訴我嗎？」她嚴肅地問。

海瑟做了個鬼臉。「天哪，喬芝，我不知道。尼爾話很少。我甚至不知道你們之間有問題。」

---

24 譯注：亨利叔叔和艾姆嬸嬸（Uncle Henry and Aunt Em）是《綠野仙蹤》裡的角色。

喬芝揉揉眼睛。「我們之間一直有問題。」

「呃，看起來不像。每次我跟妳講話，尼爾就幫妳把早餐拿到床上，或做立體的生日卡給妳。」

「對啊。」喬芝不想告訴海瑟，事情沒那麼簡單；就算尼爾生氣，還是會幫她做早餐；有時候他做早餐**就是因為**他生氣了，表示他存在於他們的關係，甚至他冷靜下來，不跟她講話，還是會做。

「我小的時候，」海瑟說：「總覺得尼爾是妳的白馬王子。」

喬芝詭異的快樂迅速褪散。「為什麼？」

「因為我記得你們的婚禮……妳穿著又大又白的禮服，還有很多花，而且尼爾好帥——他的頭髮完全就和白馬王子一樣——而且他叫妳『陽光』。他還叫妳『陽光』嗎？」

「有時候。」喬芝說，瞥了電話一眼。

「我覺得他好浪漫……」

「幫我一個忙。」

海瑟一臉狐疑。「什麼？」

「打家裡的電話。」

「什麼？」

「室內電話。」喬芝說。「打室內電話。」

海瑟皺起眉頭，但拿起手機撥了電話。

喬芝摒住呼吸，看著黃色的轉盤電話。響了。她吐氣，伸手接起電話。「喂？」喬芝看著海瑟，知道她一定一臉不耐。

「嗨！」海瑟說。「妳要吃鬆餅嗎？」

「不了，」喬芝說。「愛妳，掰。」

海瑟笑了。「愛妳，掰。」

喬芝在她媽媽的浴室洗了澡。她媽媽的洗髮精比海瑟的更難聞，像杏仁蛋白糖霜。

她穿回自己的牛仔褲，還有尼爾的黑色T恤。她的胸罩舊了，還堪穿。她認定胸罩嚴重走樣了，於是把胸罩塞到垃圾桶底下，沒穿就走了。

也許妳回家拿充電器的時候應該順便換件胸罩。她的腦袋說。

也許妳該閉嘴。喬芝的腦袋頂嘴回去。

她穿好衣服後，坐在床上，看著轉盤電話。

該是處理這件事的時候。

她拿起話筒，慢慢地撥出尼爾父母家的電話。

響了三聲後，她媽媽起接電話。

「喂？」

「嗨……葛瑞夫頓太太。」喬芝說。

「是？」

「我是喬芝。」

「喔，嗨！喬芝。尼爾還在睡覺。他昨天一定很晚才睡。要他回電給妳嗎？」

「不用，就跟他說我晚點再打。其實我已經跟他說過我會晚點打，但是——我本來想問他一個問題。」她不能問總統是誰；那聽起來就有問題……「妳知不知道眾議院議長是誰？」

尼爾的媽媽思考了一下。「呃……是紐特．金瑞契，對嗎？換了嗎？」

「沒有。」喬芝說。「我想應該是他，我想講，但一時想不起來。」她靠近電話的底座。「謝謝。嗯，掰，謝謝。」她把話筒放回話機，然後忽然起身，走了幾步。

她跪了下來，爬進床底下，手伸到電話線的插座，拔掉插頭。她把電話線拉開，從床底下退後，爬到另一邊的牆壁，盯著床頭櫃。

她得處理這件事。

還是一樣。

她得處理。

可能性：

一、持續的幻覺。

二、超級長的夢。（或只是一般長度，但置身其中而覺得超級長？）

三、精神分裂症情節。

四、無故身處電影《似曾相識》的場景。[25]

五、已經死了？像《LOST》？[26]
六、服用藥物。想不起來是什麼藥。
七、神蹟。
八、異次元。
九、電影《風雲人物》？（扣掉天使、扣掉自殺、扣掉不盡理性的解釋。）[27]
十、該死的魔法電話。

她必須處理這件事。

她坐在車裡，把iPhone接上充電座。沒有尼爾的未接來電。三十七歲，真的尼爾。（他為什麼不打電話給她？難道他真的這麼生氣？尼爾，尼爾，尼爾！）

她撥了他的手機，她媽媽接起來的時候，她也絲毫不驚訝。

---

25 譯注：《似曾相識》（*Somewhere In Time*），美國電影，描述穿越時空回到過去的愛情故事。
26 譯注：《LOST》，美國影集，描述空難後在小島上的倖存者發生一連串的神祕事件。
27 譯注：《風雲人物》（*It's a Wonderful Life*），一九四六年美國以聖誕節為主題的溫馨勵志電影。James Stewart飾演主角Georgy Bailey，心地善良，經常捨己助人，卻遭人算計。在他準備自我了斷之前，上帝派遣天使開導他，後來又獲得眾人幫助，電影圓滿結局。

「喬芝？」

「瑪格莉特。」

「這次我知道是妳打來的。」他媽媽說。「因為我看到妳的照片在手機上。妳扮的是誰？機器人？」

「綠野仙蹤裡的機器人。嘿，瑪格莉特，眾議院院長是誰？」

「喔，我不知道。是那個眼睛尖尖的共和黨員嗎？」

「我不知道。」喬芝這才發現自己也不知道。南希・裴洛西之後是誰？「總之不是紐特・金瑞契，對吧？」

「喔，不是。」瑪格莉特說。「他不是才剛參選總統？妳在玩填字遊戲嗎？」

真是個絕佳的掩護理由。她應該跟另一個瑪格莉特說她在玩填字遊戲。「對呀！」喬芝說。

「嗯，我可以跟尼爾說說話嗎？」

「他剛走出去。」

他當然剛走出去。

「他昨天有打電話給妳嗎？」瑪格莉特問。「我叫他要打給妳。」

「我八成是漏接了。」喬芝說。

「愛麗絲在這裡，妳想跟愛麗絲講話嗎？愛麗絲，過來跟媽咪說嗨……」

「喂？」愛麗絲的聲音聽起來很遠。

「愛麗絲？」

「大聲一點，媽咪，我聽不到。」她聽起來像是坐在房間的另一頭。
「愛麗絲！」喬芝把電話稍微移開耳朵，然後大喊。「拿起電話！」
「我有啊！」愛麗絲大吼。「但彤恩說不能把手機靠在頭上，會得癌症！」
「才不會。」
「什麼？」
「才不會！」喬芝大吼。
「彤恩說的，彤恩是護士！」
「喵！」
「是努蜜嗎？我要跟努蜜講話。」
「我不希望努蜜得癌症。」
「把手機轉成擴音模式。」
「我不會。」
「有個按鍵寫著『擴音鍵』！」
「喔……這樣嗎？」
喬芝把手機移回耳朵。「聽得到嗎？」
「嗯哼。」
「愛麗絲，妳不會因為手機得癌症，尤其只是講幾分鐘的電話。」
「喵！」

愛麗絲嘆氣。「媽咪，不是我不信任你，但妳不是護士，也不是醫生，也不是科學家。」

「科學家！」努蜜咯咯笑著說。「科學家會做毒藥。」

「你們大家好嗎？」喬芝問。

「很好。」兩人異口同聲說。喬芝幹嘛問那個問題？這個問題總是讓她們立刻閉嘴，和她們爭論得腦癌的事反而讓她覺得好過些。

「爹地在哪裡？」

「他在雜貨店。」愛麗絲說。「我們要一起作奶奶的招牌聖誕餅乾。要用看起來像老鼠的賀喜巧克力。」

「底下有櫻桃的。」努蜜說。

愛麗絲繼續講。「我們還要做花生球跟綠色聖誕樹，而且奶奶已經說我可以用攪拌器了。努蜜會幫忙，但她要站在椅子上，彤恩說聽起來很危險，其實不會，因為爹地會抓著她。」

護士彤恩。「聽起來很棒。」喬芝說。「妳可以留一些餅乾給我嗎？」

「喵！」

「可以！」愛麗絲說。「我會找一個盒子。」

「喵，媽咪！」

「喵，努蜜。」

「我們要走了，因為要去廚房準備。」

「愛麗絲，等等——妳幫我跟爹地說一件事。」

「嗯哼。」

「妳跟他說，我打電話來說：我愛你。」

「我也愛妳。」愛麗絲說。

「我愛妳，寶貝。但跟爹地說我愛他。告訴他我打電話來是為了這個。」

「好。」

「我愛妳，愛麗絲。我愛妳，努蜜。」

「努蜜跟奶奶去廚房了。」

「好。」

「掰，媽咪。」

喬芝正要說再見，愛麗絲已經掛上電話了。

有人在敲她的擋風玻璃。

喬芝抬頭，眼神穿越方向盤。是肯爵克。她聽不太清楚他說什麼。她搖下車窗。

「妳還好嗎？」他問。

「我很好。」

「好。」肯爵克點點頭。「因為，其實，妳看起來像坐在車裡面哭。」

「我哭完了。」她說。「我現在只是坐在車裡。」

「喔，這樣，好吧。」

喬芝把車窗搖回去，把頭藏在方向盤。

又有人敲玻璃。她抬頭。

「妳擋到我了！」肯爵克大叫——不是因為他生氣，而是這樣她才聽得見——指向打開的車庫，他的卡車已經發動了。

「抱歉。」喬芝說。「我只是……」她倒車，把車開出車道。

她直接上班去了。

選項：

一、打電話給醫生。（然後吃藥？說不定要送去療養院……至少會贏得尼爾的同情。）

二、找靈媒。（優點：整個很像浪漫喜劇。缺點：聽起來很花時間；不喜歡坐在陌生人家的客廳。）

三、假裝這件事從沒發生。只要避開黃色電話，很明顯就是那支……

四、砸了黃色電話？（和過去溝通實在太危險了。有可能發生可怕的情況，例如，要是馬蒂・麥佛萊的爸爸沒帶她媽媽去舞會？）[28]

五、萬能的老天爺啊！我並沒有和過去溝通啊！

六、打電話給醫生？

七、

七、

七、繼續配合演出？

「小姐？」

「抱歉，是的？」

「特大杯香草拿鐵，對嗎？」

「對。」喬芝說。

「妳可以往前開了。」

有人按喇叭，喬芝看了後照鏡。後面至少有五台車。

「好，」她說：「抱歉。」

如果這是電影……如果有個天使……

如果有台預言未來的機器……

或一個魔法噴泉……

28 譯注：馬蒂・麥佛萊（Marty Mcfly），電影《回到未來》的男主角。電影描述身在一九八五年的主角馬蒂意外回到一九五五年，並巧遇年輕時候的父母。馬蒂必須讓自己的父母相愛才能確保後續的事情如期發生。

如果這是電影，就不會是隨機的。隨機的電話，打到過去隨機的時間點。一定**代表**什麼。所以這代表什麼？

一九九八年的聖誕節。

喬芝和尼爾參加一個派對。他們大吵一架。尼爾甩了她——至少，她以為他甩了她。然後，一週後，他求婚了。

而現在她正和那個星期的他對話，消失的那個星期——**為什麼**？

要她改變什麼嗎？如果發生**量子跳躍**，就會有某件特定的事必須由她去改變。（這不是《時空怪客》，喬芝——這是妳的人生。妳又不是史考特．巴庫拉。）[29]

但是萬一……

一九九八年聖誕節。他們大吵一架。尼爾回家。他回來。他求婚。他們之後不是真的幸福快樂的在一起。等等，這就是要由她來修補的事嗎？不是真的幸福快樂的部分？

她要怎麼修補那樣的部分，**透過電話**，她甚至不確定能夠修補？

一九九八年聖誕節。沒有尼爾的那個星期。她生命中最糟糕的那個星期。他決定娶她的那個星期……

難道喬芝就是要確保他沒求婚？

---

29 譯注：史考特．巴庫拉（Scott Bakula），在美國影集《時空怪客》（Quantum Leap）中，飾演跳躍不同時空的博士。

14

「我不知道要說什麼。」賽斯說。他靠在白板上，對著她的金屬樂團T恤皺眉。「看來，妳的頭髮是濕的，顯然妳洗過澡，換過衣服。我為此拍拍手。另一方面，我又想念絨布運動褲……喬芝？哈囉？**嘿！**」

喬芝停下手邊試圖把iPhone插進電腦的動作，抬頭看著他。他蹬了一下牆壁一下，把手放在她的肩膀上。

「我知道我整個星期都在問妳這個問題。」他說：「但我再試一次——妳還好嗎？」

她把USB的電源線捲在手指上。「如果你可以回到過去修補一個錯誤，你會嗎？」

「會。」他想都沒想就說了。「妳還好嗎？」

「會，你會？你會跟過去打交道？」

「當然。妳都說是個錯誤——我就會修補。」

「但要是你搞砸一切呢？」喬芝問。「例如，要是某個動作改變了一切？」

「像《回到未來》那樣？」

「對。」

賽斯聳肩。「欸。我不相信那種事——回去修補一個錯誤，所有的事情都會自己解決。不會因為我大學入學考試的分數更高，第三次世界大戰就不會發生。」

「但如果你大學入學考試的分數更高，你可能就不會來洛杉磯大學，那你就永遠不會遇見我，我們現在就不會站在這裡。」

「噗。」他說，垂下眉毛。「妳真的覺得我們兩人在一起就只因為那樣？環境？地點？」他搖搖頭。「我發現妳對時空的認知非常狹隘。」

喬芝繼續摸索筆電。賽斯從她手中拿起電源線，直插進去。「我把昨天的成果列印出來了。」他說。「妳何不看看？」

尼爾發現喬芝不太一樣——昨晚的電話。他也提到。也許他發現了……

他不可能發現事實的。

尼爾怎麼可能忽然就跳到那個完全不可能但實際上為**真**的結論：他在和未來的她講電話。

喬芝沒有說什麼表示自己的日期。她也沒提到網路，或戰爭，或他們的小孩。她沒試著警告他金融海嘯或九一一。

「妳今天晚上聽起來不太像妳。」他這麼說，而且是他們講了半小時的電話後。

「為什麼？」喬芝問。天哪，好像在跟鬼講話。比鬼還詭異的事——某種訊號發送。

「我也說不上來。」

「我的聲音變低沉了嗎？」不無道理。她和更年期的距離是十五年。「也許是哭過。」

「不是。」他說。「我不覺得。妳似乎……好像特別謹慎。」

「我**是**真的很謹慎。」

「妳好像，什麼事都不太確定。」

「我不確定。」她說。

「對，但是喬芝，『什麼都很確定』，有點是妳的招牌特色。」

她笑了。「引用自《鋼木蘭》嗎？」

「妳知道我對莎莉．菲爾德有多著迷。」他說。「我現在可不是要為此道歉。」

她已經忘記尼爾喜歡莎莉．菲爾德了。「我知道你和《玉女春潮》的祕密。」

「其實是因為《飛天修女》才喜歡的。」[30]

喬芝二十二歲的時候，**真的**什麼都很確定嗎？

她當時有所計畫。

她總是有所計畫。看起來是個聰明的舉動——擬訂計畫，然後依照計畫，直到妳有充分的理由改變。

尼爾的方式正好相反。他的重要計畫，海洋學，在他身上行不通了。然後他的計畫變成睜大

---

30 譯注：莎莉．菲爾德（Sally Field）分別演出過電影《鋼木蘭》（*Steel Magnolias*）、《玉女春潮》（*Gidget*）和《飛天修女》（*Flying Nun*），角色分別為為女兒準備婚禮的媽媽、在海灘嬉戲的年輕美女、偶而會飛出修道院調解事情的修女。

眼睛直到其他更好的計畫出現。

喬芝一度以為她可以修補他這一點。她真的很擅長擬訂計畫，而尼爾除了這件事以外其他都很擅長。聽起來好像沒大腦一樣。

「你可以以**此**為生啊。」喬芝有天晚上在《湯匙》對他說，當時他們甚至還沒開始約會。

「娛樂妳嗎？」尼爾說。「聽起來不錯？好處是什麼？」

她坐在他的對面（總是坐在他的對面），靠在他的製圖桌上。「不是。是這個，〈阻止太陽〉，我以為你已經在很多報紙上發表了。」

「妳人非常好。」他說。「大錯特錯，但人很好。」

「我說真的。」

「我不能靠這個維生。」他給他正在畫的土撥鼠加了一根雪茄。「這只是胡搞一通——亂畫的。」

「所以你不想成為馬特．格朗寧？」[31]

「敬謝不敏。不。」

「為什麼？」

尼爾聳肩。「我想做點真實的事。我想造成改變。」

「使人發笑是真實的。」

他的嘴角抽動了一下。「那就讓妳來吧。」

「你覺得喜劇也只是胡搞一通嗎？」

「老實說嗎？」他問。

「當然，老實說。」

「那就是。」

喬芝坐直起來，雙手放在桌上。「你認為我的夢想是浪費時間？」

「我認為妳的夢想是浪費**我的**時間。」他說。「我不會快樂。」

「那**什麼**會讓你快樂？」

「呃，如果我知道的話，我就會去做了。」他抬頭看她，他的眼神痛苦，在當時的情況，在學生會的地下室，明亮的燈光下，幾乎過份真誠。他把墨水筆移到漫畫的邊緣，讓墨水滴下。

「我說真的，如果我知道什麼會讓我快樂，我就不會再浪費任何時間。我會去追求。我就會去**做**。」

喬芝點點頭。「我相信。」

尼爾微笑，低下頭。有點害臊，搖搖頭。「抱歉，我最近太多時間胡思亂想了。」

她等他又開始畫。「你可以當醫生……」她說。

「可能。」

「你有雙醫生的手。我想像你把傷口縫得很整齊。」

---

31 譯注：馬特・格朗寧（Matt Groening），美國卡通《辛普森家庭》的作者。

「好怪。」他說。「但謝啦！」

「律師？」

尼爾搖搖頭。

「印度料理的廚師？」

「完全沒門路。」

「好吧。」喬芝說。「我能想到的就這些——等等。肉販？麵包師傅？燭台工匠？」

「老實說，這些聽起來都不錯。世界需要麵包師傅。」

「還有燭台工匠。」她接話。

「其實，我一直在想——」尼爾抬頭看她，又低下頭，舔了嘴唇。「——我一直在考慮和平志工團。」32

「和平志工團？真的？」

「嗯。我思考其他選項的時候，有件值得做的事。」

「我不知道還有和平志工團。」

「那個，或空軍。」尼爾說。

「這不是兩條截然不同的路嗎？」

「一點也不。」他的目光穿越她的肩膀，垂下眉毛，低下頭。

喬芝知道這個表情的意思。她轉身看賽斯想幹嘛。

賽斯整個人走進編輯室——通常他不會進門。但今晚他在喬芝附近的凳子坐下，靠在桌上。

「嘿！尼爾，在幹嘛？」

「沒幹嘛。」尼爾發出聲音但沒抬頭。

賽斯點點頭，轉向喬芝。「所以我們就只是在等封面故事。麥克和布萊恩還在努力。」

喬芝低頭看看手錶。《湯匙》今晚要送印。她和賽斯是執行編輯，所以他們要等封面故事寫好，編好，然後把檔案送到印刷廠去。今天會到很晚。

「沒必要兩人都留下。」賽斯對她說。「妳就先回去吧。」

「沒關係。」喬芝說。「我留下，你回去。」賽斯皺起鼻子。她很確定他做這個動作是在裝可愛。她很確定賽斯一定在鏡子前練習各種表情和姿勢，決定哪些讓他看起來像小貓和Abercrombie模特兒的混血。[33]

「我真的不介意。」她說。「你沒約會嗎？」

他緩慢點了頭。「我確實有個約會。」

「和可愛的布蘭娜，我聽說了。」

---

32 譯注：美國和平志工團（Peace Corps），美國政府支持的志工組織，到願意接受幫助的國家進行人力訓練。

33 譯注：Abercrombie & Fitch，簡稱A&F，美國休閒服飾品牌，此品牌每開一家分店，便會請帥哥猛男模特兒造勢。

「和可愛的布蘭娜。」賽斯說，還在點頭；他噘起嘴唇，朝臉頰的一邊嘟嘴。

「去吧。」她說。「你可以欠我一次。」

賽斯瞇著眼睛看著喬芝，又看著尼爾，接著似乎下定決心。「好吧。」他站起來。「我欠妳一次。」

「祝約會開心！」她說。

他走到門口，然後轉身。「妳知道嗎？我來打電話給布蘭娜。我不能就這樣丟下妳。要弄到很晚，妳要自己走去開車——」

「不用擔心。」尼爾說。喬芝回頭看他，很訝異聽到他的聲音。「我會在。」他說。「我會確保她安全上車。」

賽斯盯著尼爾。喬芝很確定他們從來沒有四目相接。她等著兩人或其中一人開火。

「好個紳士。」賽斯說。

「沒什麼。」尼爾擋下。

「很好。」喬芝說，試著以眼神示意賽斯——希望他們有個不需開口的暗號叫做：讓我和這個可愛的男生獨處，你這笨蛋！「問題解決啦，去吧，賽斯，快去約會。」

「我看就是這樣了……」賽斯再次點點頭。「好吧，那麼，明天見，喬芝。妳還要來嗎？來我房間？」

「好，你把可愛的布蘭娜和她所有的內衣褲都清空後再打電話給我。」

「好。」他說，終於離開了。

喬芝轉回尼爾，感覺要飛起來。

「妳選擇閨蜜的品味不太好。」過了一會兒後，他說。

「寫作夥伴。」她糾正他。

「嗯。」

尼爾當晚確實陪她走去開車，而且他是個十足的紳士。

喬芝很失望。

昨天晚上在電話中，尼爾聽起來也不同。

他的聲音比較高，他的思緒顯得鬆散。尼爾比較不緊繃，不壓抑。

他聽起來像製圖桌另一頭的那個男孩。

15

賽斯和史卡提都喜歡逗人發笑。

只要喬芝聽了他們的笑話笑出來，他們通常就不會注意到她沒貢獻什麼點子。她只是把他們說的寫在白板上，在底下畫線。

但今天反常。賽斯還是盯著喬芝，像是想要搞清楚發生什麼事一樣……

嗯，他可以繼續努力——他永遠不會想到，**他媽的魔法電話！**（雖然喬芝有點擔心他會發現她沒穿內衣。）

賽斯和史卡提腦力激盪著。

喬芝則像腦震盪。

要是事出必為了某個原因呢？要是她應該要修補她和尼爾之間的不對勁呢？「什麼不對勁？」不是容易回答的問題。

喔，她可以廣泛地回答：

很多。

他們之間很多不對勁，就連好日子也是……

（床上的早餐和早點回家的時候。尼爾的眼神發亮的時候。女兒逗他笑還有他逗她們笑的時候。輕鬆的時候。聖誕節早晨。晚回家但尼爾在門口捉住她，對她壁咚的時候。）

即使是**好日子**，喬芝還是知道尼爾不快樂。

而且這是她的錯。

這不只是她讓他失望，惹他生氣，以及老是讓他等待——是她把他綁在身邊這麼緊。因為她**要**他。因為他對喬芝而言是完美的，即使她對他而言不完美。因為她要他，多於她要他快樂。

如果她愛尼爾，如果她真的愛尼爾……

她不應該為他著想嗎？與其把他**留在身邊**，**永遠留在身邊**？

如果喬芝能給尼爾重新開始的機會？他會怎麼做？

他會加入和平志工團嗎？他會回去奧馬哈嗎？娶彤恩為妻？娶其他比彤恩更好的人為妻？

他會快樂嗎？

他每天晚上結束工作，會微笑著回家？彤恩，或比彤恩更好的人已經在餐桌上準備好晚餐？

尼爾會爬上床，拉近她，鼻子靠在她頭和肩膀的空位上睡著嗎……

喬芝已經想像得這麼遠了——到尼爾拿湯匙餵著優於喬芝的妻子——他想像尼爾人生重新來過的**小孩**，在他重新來過的世界。然後她在他假想的幸福世界中，關上了門。

如果老天以為喬芝打算把**她的孩子**從時空中擦掉，就是另一個他媽的事情了。

她跑到廁所，哭了幾分鐘。（身為編劇群中唯一一個女性的好處就是幾乎獨佔廁所。）

接著數個小時，她在心中把黃色轉盤電話丟進深深的井裡，並灌進水泥。

她不打算再**碰**那個電話了。

那不是真的和過去聯絡。那不是魔法。沒有魔法這種東西。（我不相信精靈。抱歉了，彼得潘。）但喬芝還是不敢冒險。她不是時間之主，她不想要時光隧道。她連自己在祈禱這些事都覺得詭異——因為這和她向上帝祈求某個不在計畫中的事情不同。

要是喬芝打了這些電話，卻意外抹滅她的婚姻呢？要是她抹滅她的孩子呢？要是她已經破壞了什麼——她會知道嗎？

她試著提醒自己，這是幻覺。她不用擔心會有嚴重的後果，因為幻覺不會造成後果。

她試著如此提醒自己，但她不確定自己是否相信。

幻覺

錯覺

海市蜃樓

他媽的魔法電話

「又吃韓國捲餅嗎？」賽斯問。

喬芝點點頭。

在《湯匙》的編輯室晃了兩個月後，喬芝百分之五十三確定尼爾喜歡她。

他容忍她；那似乎意味著什麼。他從沒叫她走開。（她真的要把這一點當成加分嗎？沒叫她走開？）

他跟她講話……

但只有喬芝先跟他講話的時候。如果她坐在他對面夠久。

有時候看似尼爾在跟她曖昧。其他時候，她甚至無法分辨他有沒有在聽。

她決定測試他。

下次尼爾進來《湯匙》的時候，喬芝說嗨，但她待在她的書桌，希望說不定**他**會來找**她**這麼一次。

他沒有。

過了幾天，她又試了一次。喬芝說哈囉的時候，尼爾點點頭，但他沒有停下腳步或走過來。

她要自己領會這個暗示。

「我注意到妳似乎在閃躲哈比洞。」賽斯發現。

「我沒有閃躲。」喬芝說。「我在工作。」

「喔，好。」他說。「妳在工作。我也注意到妳無懈可擊的敬業精神，這幾天晚上比爾博一露臉，妳就遠離後面的哈比洞。」[34]

「你現在是在抱怨我的工作態度嗎？」

「我不是在抱怨，喬芝。我在**觀察**。」

「呃，別。」她說。

34 譯注：比爾博（Bilbo），《魔戒》其中一個哈比人。

「他放棄了嗎？妳對他而言太高了？」
「我們身高一樣，事實上。」
「真的，真可愛，就像鹽巴和胡椒罐。」
喬芝看起來必定像是五十三％破碎了，賽斯的話使她墜落。後來，他們在寫專欄的時候，兩人擠在喬芝的電腦前，賽斯用力拉了一下她的馬尾。「妳太好了，他配不上妳。」
他小聲地說。
喬芝眼睛不離開螢幕。「也許不是。」
他又拉了一次她的頭髮。「太高，而且太漂亮，還有太好。」
喬芝吞了一口。
「我不擔心妳。」賽斯說。「有天妳的王子會來的。」
「然後你會盡全力把他嚇跑。」
「我很高興我們有這方面的默契。」他拉她的頭髮。
「會痛，你明知道。」
「我在試著讓妳分心，不去想情傷。」
「你再拉一次我就要呼你巴掌了。」
他立刻又拉了她的馬尾，這一次輕輕的。喬芝就算了。
賽斯總是得強迫喬芝參加派對。一旦她人到了，她就沒事了。一旦她人到了，她通常都很棒——如果不是派對的靈魂人物，也必定很活躍。人群（新的人、陌生人）讓喬芝緊張，而緊張的喬芝比平常的她更外向。緊張的喬芝基本上是瘋狂的。

「妳就像變成一九八二年的羅賓．威廉斯。」賽斯告訴她。

「喔，不要這麼說，很丟臉。」

「什麼？一九八二年的羅賓．威廉斯很搞笑。每個人都愛一九八二年的羅賓．威廉斯。」

「我可不想在派對上當莫克。」[35]

「我想。」賽斯說。「莫克很殺。」

「帥哥不會想跟莫克回家。」喬芝哀嚎。

「我覺得妳錯了，」賽斯說：「但我懂妳的意思。」

（過了好幾年還是沒有改善；喬芝在派對、宣傳和大型會議上還是很緊張。賽斯說，如果喬芝發現她有多棒，並且不再發抖的話，其他人就沒戲唱了。）

喬芝放棄尼爾不久後，賽斯說服她參加《湯匙》的萬聖節派對。賽斯穿得像史提夫．馬丁（Steve Martin）。他有一件白色西裝，他把頭髮噴成灰色，頭上戴著看似貫穿腦袋的箭。[36]

---

35 譯注：此指羅賓．威廉斯一九七八—一九八二年飾演的美國喜劇影集《莫克與明迪》（*Mork and Mindy*）中一角。

36 譯注：此為史提夫．馬丁在電影《大笨蛋》（*The Jerk*）中的造型。

喬芝打扮成《風流醫生俏護士》裡頭的「熱唇郝麗涵」（Hot Lip Houlihan），其實就是軍人的工作服，墨綠色上衣和狗牌。還有，她吹整了頭髮。她心想，她看起來應該不錯，因為賽斯似乎被她的胸部吸引了。

他們一進去派對，他又被其他女孩的胸部吸引了。有一大票的女孩來參加《湯匙》的派對。必定有些異花授粉——也許某人的室友主修商業。

喬芝抓了瓶調酒，倒進一個杯子，這樣她看起來就不像在喝酒。

她和一個打扮成美枝．辛普森的男生聊天，看到屋裡另一邊的尼爾，開始緊張起來。他站在兩群人之間——看著她。

喬芝沒有別過頭，他稍微舉了一下手上的啤酒瓶，點點頭。她捏著手上的杯子，直到凹陷，然後試著點頭。其實像抽筋。

喬芝把注意力轉回打扮成美枝．辛普森的男生。（一個男的怎麼會打扮成美枝．辛普森？）他正試著猜她扮成誰。「《古墓奇兵》裡頭那個美女嗎？」喬芝轉頭看尼爾。他的頭倒向一邊，仍然看著她。

她感覺自己臉紅，於是低頭盯著飲料。

也許他會過來。也許尼爾最後會走上十五步，過來跟她說哈囉。喬芝轉頭看他，同時，他的目光也從啤酒往上瞥向她——他甚至不抬起頭來看她。

媽的。

「抱歉，能否……失陪一下？我剛看到我的，呃，那個——我朋友在那裡。失陪一下。」喬芝離開美枝・辛普森，東躲西閃，穿越可悲的舞池，走到尼爾的牆邊。他和隔壁的人之間沒有什麼空隙。他往旁邊挪了一點位置給她。

「嘿！」她往旁邊靠。

尼爾背對著牆，雙手握著啤酒。他沒抬頭。「嘿！熱唇。」

喬芝笑了，轉動眼珠。「你怎麼知道我是誰？」

他的嘴唇微微上揚，只到剛好看見酒窩的程度。「我知道妳對七〇年代喜劇偏執的熱愛。」他喝了口啤酒。「我很驚訝妳沒打扮成探員威則好威。」[37]

「找不到對的領帶。」喬芝說。

尼爾差點笑了。

她打量他的衣服。他穿得幾乎像個正常人——牛仔褲、黑色T恤，但有一道銀白色花紋從袖子往上，延伸到領口又往下。一定是他自己畫的。看起來幾乎像水晶。

「放棄了？」他問。

「第一道霜。」他又喝了口啤酒。

她點點頭。

「很美。」喬芝說。有人調高了音樂的音量，所以她又大聲說了一次。「**很美**。」

37 譯注：探員威則好威（Detective Wojciehowicz）是美國影集《巴尼・米勒》中的一角。

尼爾挑挑眉毛。

「我得承認，我很驚訝在這裡看到你。」

「有什麼好驚訝。」

「你不像會參加派對的人。」

「我很討厭派對。」尼爾說。

「我也是。」她同意。

他蹙起眉頭看著她。「真的？」

「真的。」

「我從妳走進來的樣子，還有大家大叫『喬芝』，然後妳送了上千個飛吻，音響開始播〈隨著音樂晃動吧〉（Getting' Jiggy wit It）……可以看得出來。」

「第一、你誇張了。第二、我擅長參加派對，不代表我喜歡派對。」

「妳喜歡妳不擅長的事情？」

喬芝無奈地灌了一大口調酒，打算走了。「沒錯。」

接著她背後發出一陣笑聲，有人撞上喬芝的背，把她推向尼爾的肩膀。她把杯子往胸口收，以免灑在他身上。尼爾很快地從牆上轉身面向她，騰出多一點空間，雙手扶著她的手臂，幫她穩住。

「抱歉。」她背後的人對她說。

「沒關係。」喬芝回答。她和尼爾這下站得更靠近了，他們的肩膀靠著牆壁，幾乎碰在一起。

他們真的幾乎一樣高。喬芝一百六十五公分，尼爾一百六十七公分。也許。這樣也不錯——有個男人的雙眼就在可及的距離。如果他願意看她一眼的話……

「所以，」尼爾說：「妳和不是妳男友的男友一起來，對吧？」

「他**不是**我的男朋友。」

「好。我想我看到他進來。他穿得像《大笨蛋》（*The Jerk*）。」

喬芝閉上雙眼。她又開口說話的時候，說得極小聲，她甚至不確定尼爾聽不聽得見。「有時候我覺得你來跟我說話，只是因為你知道賽斯會生氣。」

他的回答又冷又快。「有時候我覺得那是妳來跟我說話唯一的原因。」

她睜開雙眼。「什麼？」

「大家都知道。」尼爾的下巴根本抵在他的胸口上——這是他**不**看她的方法。「《湯匙》的每個人都知道妳多愛賽斯。」

「不是每個人。」喬芝說。「**我**從沒那樣說過。」

尼爾聳聳肩，又喝了口啤酒，但酒瓶空了。

喬芝推了牆壁往後一步。她開始哭之前必須離開這裡，但首先——「你知道嗎？這就是為什麼你會孤單在派對裡。因為你是個王八蛋。你對真的、默默喜歡你的人，像個王八蛋。」她又後退一步，撞到某個人。

「嘿！喬芝！」那個人大叫。「妳是《小迷糊當大兵》（*Private Benjamin*）嗎？」

「嗨。」她想要閃過那個人。

「喬芝，等一下。」她聽見尼爾說。她感覺到一隻手抓住她的手腕。堅定，但不粗魯——她依然可以甩開。尼爾說個不停，但沉沒在音樂聲中。（**天哪！**她討厭派對。）他越站越近，很近。他們站在一群不知道該不該跳舞的人群中。尼爾的頭靠近她的耳朵，對著她的耳朵大喊：「對不起！」還說了別的。

「什麼？」喬芝大喊。

他看起來很無奈。他們彼此對望了幾秒——無法招架的幾秒（對喬芝而言）——然後他把她拉回牆邊。

喬芝跟著。尼爾抓著喬芝的手握得更緊。

他穿越人群，帶她下樓到走廊，直到唯一關起來的門前。有張警告標語把門封起來，寫著：

離開！

若有人闖入，

我室友會殺了我。

行行好。

——輝特

輝特也在《湯匙》工作。

「我們不能進去。」喬芝說。

「沒關係。」尼爾打開門，從標語底下鑽進房裡。

喬芝跟著。

他蹲下打開一盞落地燈，手仍緊抓著她。他們身後的門幾乎關上，沸騰的音樂退散。

尼爾轉身面對她，端正下巴。「妳說得對。」他用正常的聲音說，鬆開了手，在牛仔褲上擦了擦。「對不起，我是王八蛋。」

「這一點賽斯會同意你。」

「我不想再提到賽斯了。」

「是**你**起頭的。」

「我知道。對不起。」尼爾會雙手捧著臉頰低下頭，眼睛瞄著上方，即使不在製圖桌的時候也會。「我們可以倒帶重來嗎？」

「從哪裡開始？」喬芝想要交叉雙手，但她還握著該死的調酒。

「從牆壁開始。」他說。「從妳從客廳另一邊走向我開始，然後對我說『我很驚訝在這裡看到你』。」

「你是說你想回去客廳？」

「不，照做就是了。妳現在再說一次。」

喬芝一臉詫異，但她說了：「我很驚訝在這裡看到你。」

「怎麼會。」尼爾說。

他抬起臉頰，直視她的眼睛。五分鐘內第二次。有史以來第二次。「我來這裡是因為我知道妳會來。因為我希望妳會來。」

喬芝感覺彷彿有條蛇在她的脖子背後展開，沿著她的肩膀移動。她抖了一下，張開嘴巴。

「喔。」

尼爾移開目光，喬芝大口吸了三加侖的空氣。

他搖著頭。「我……很抱歉。」他說：「我想見你，但我又很生氣。我不知道該怎麼——**妳一直冷落我**。」

「我沒有冷落你。」她說。

「妳不來後面找我講話了。」

「我以為我打擾到你。」

「妳沒有打擾我。」他再度面對著她。「妳怎麼會那樣想？」

「因為你從來不會來找**我**講話。」

「我從來不用去找妳講話啊。」尼爾看來很困惑。「妳會來找我。」

「我……」喬芝把飲料喝掉，這樣才能放下杯子。

尼爾接過她手上的杯子。他把杯子和他的酒瓶放在背後的桌上。

「我以為我打擾了你。」她說。「我以為你只是在遷就我。」

「我以為妳對我厭倦了。」她說。

她舉起手按住額頭。「也許我們應該停止思考。」

尼爾噴氣，點點頭，順順後腦勺的頭髮。他們都沉默了十幾個尷尬的心跳；然後尼爾往床上移動。「妳想坐下嗎？」

「喔。」喬芝看著床。有另一個標示：

真的不要。他會殺了我。
離開這裡，好嗎？
——輝特

「我們最好不要。」她說。

「沒關係啦。」

他們應該離開。他們冒犯了別人的隱私。但是……喬芝抬頭看著尼爾，他黑色的T恤和白皙的皮膚。他又在順他的頭髮了——真好笑，後面的頭髮根本沒幾公分。他手肘在空中，他的三頭肌伸縮著。

喬芝倒向床，坐在地板上。

尼爾低頭看著她，點點頭。「好吧……」他喃喃自語，在她身邊坐下。幾秒鐘後，她的肩膀輕碰了尼爾的肩膀。「那……我錯過什麼了？」

「什麼時候？」

「自從我回到自己的桌子，」她說：「玩若即若離。」

尼爾微微笑了，低著頭：他的睫毛輕輕刷著眼睛底下。「喔，妳知道的，墨水，講話的兔子，唱歌的烏龜。一隻希望自己是松鼠的花栗鼠。」

「我很喜歡你上星期的漫畫。」

「謝謝。」

「我把它放進我的儲存盒。」

「那是什麼？」

「其實就是個盒子。我，呃……我很討厭一種感覺，你知道的，就是有什麼你看過或聽過的事，當時你覺得很聰明，但現在卻想不起來了。我會把我不想忘記的事保存起來。」

「一定是個大盒子。」

「沒你想得那麼大。」她說。「我知道你一定之前就把你的連環漫畫放進你的盒子。」

「妳明白？」

「你知道我的意思。」

「謝謝。」尼爾彎曲雙腿，手挑著大腿處褲子脫落的線頭。

他似乎不太自在。喬芝又有那種感覺了，她是唯一找話題聊的人。也許她應該閉嘴，看尼爾會不會開口說什麼。不，別再試探了。「如果讓你拿枝筆，跟我講話會比較容易嗎？」

尼爾垂下眉毛，頭彈了起來。「嗯。我想是吧。可惜我不抽煙。」

「什麼？」

「喔，妳知道的——就是手上有事做。」

「喔。」喬芝說。然後，因為她知道她想要，她伸手牽起他的手，把她的手心放在他的手背上，在他的大拇指底下彎曲手指。尼爾低頭看著他們的手，慢慢地把手掌轉過去，把她的手指包起來。喬芝緊握。

尼爾神奇的手。（這是左手，所以也許比較不神奇。）

尼爾寬闊的手掌。尼爾短而筆直的手指——比喬芝以為的更柔軟，比自己的還光滑。

尼爾，尼爾，尼爾。

「我知道妳是妳之前……」他搖搖頭。「沒有什麼『我知道妳是妳』。」

喬芝的肩膀湊近他的肩膀，把尼爾的肩膀推過去，他仍看著他們的手。

「我第一次進去《湯匙》就看到妳了。」他說。「妳坐在沙發上，賽斯在那裡，妳一直把他推開。妳穿著一件裙子，藍綠格紋的，妳知道嗎？還有，妳的頭髮一團亂。」

她用肩膀戳了他一下。他嘴角的一邊笑了，一個酒窩的微笑，在他收起來前持續了一秒。

「看起來像金色的絲線一樣——我記得我是這麼想的。妳的頭髮不像真人的顏色。妳不是金髮，妳知道嗎？妳的頭髮不是黃色。不是黃色交雜白色或褐色或橘色或灰色。不是印刷四分色CMYK的模式。是金屬色澤。」

尼爾不停搖頭。「輝特告訴我妳的名字，我根本不相信——**喬芝．麥克庫**——但我開始讀妳在《湯匙》上面寫的所有東西，而且每次我下樓，妳就在那裡。在沙發上，或在妳的書桌，永遠圍繞著十幾個男的，或只有……他。我以為……」他又多搖了幾下頭。「當妳來後面自我介紹——喬芝，妳根本不用介紹自己。我早就知道妳是妳。」

她把尼爾的手拉到她的大腿，轉過去面對著他。然後，因為喬芝一輩子中，都無法等別人先吻她，她把嘴唇抵在他的臉頰上。尼爾咬緊牙齒，她的雙唇感受到力量。

「喬芝。」他輕聲說。他閉上雙眼，頭傾向她。

她親吻他的鼻子到太陽穴，用嘴唇輕啄他的臉頰，希望他會笑。

他緊緊抓著她的手。「喬芝……」他又輕聲說。

「尼爾……」她親吻著他的下巴，從耳朵到脖子。

他開始把身體轉向她，輕輕地，而她靠近他的肩膀，想加快動作，讓他更靠近。他抓住她的手腕，但仍任她把自己拉過去。

喬芝以為他們當下會接吻，她試著尋找他的嘴巴。

但尼爾不斷搓揉她的臉頰，很舒服——兩人臉上柔軟與堅硬的部位不斷交纏著。顴骨與前額。下頜與脖子。尼爾的皮膚發紅且溫暖。他的手緊實地握著。他的笑容像香皂、啤酒和布料顏料。**天哪**……

那比接吻還棒。

那是……

喬芝拱起脖子，感受尼爾的下巴，然後是鼻子，接著他的額頭下降到她的鎖骨。她把頭靠在他的短髮上——閉上雙眼。

喬芝小的時候，每當她聽到人家說「脖子交纏」，她腦中就會浮起這個畫面——兩個人的臉和脖子互相搓揉，像長頸鹿一樣接吻。她曾經愛上保母的兒子，而這就是她幻想自己和他做的事，脖子交纏搓揉，把臉埋進西門．勒龐般的短髮。（她當時九歲，而他十五歲，幸好從沒發生。）[38]

她再次抬起下巴，尼爾把臉挪回她的臉龐，在她耳邊幾近無助地悶哼。

不管這是什麼——不接吻，狠狠地以鼻子輕撫對方——感覺之好，好到下一次尼爾的嘴唇疊在她的嘴唇上方，喬芝卻別過，讓他的嘴巴落在她的臉頰。

尼爾再次悶哼。

喬芝微笑。

臥房的門打開了。

「你他媽在搞什麼？」某個人說。「不識字嗎？」

客廳的音樂再度轟隆進入臥房，是艾拉妮絲·莫莉塞特（Alanis Morissette）的〈你要知道〉（You Oughta Know）。喬芝抬頭，是《湯匙》的輝特。輝特住在這裡，在《湯匙》寫懇求文，尼爾放開喬芝的手，但她抓住他的手。她飛快地抓著他的雙手。

「喔。」輝特看起來有點傻眼。「尼爾……還有喬芝。抱歉，我以為是哪個王八蛋在你的房間。呃，繼續吧，我看。」

輝特關上門——然後喬芝哈哈大笑。

「這是你的房間？」

尼爾的頭垂下。「嗯。」

---

38 譯注：西門·勒龐（Simon Le Bon），英國樂團Duran Duran的主唱。

「你幹嘛不告訴我？」

他聳聳肩。「我不知道。『妳怎麼不來我房間？』——聽起來好輕浮。」

「聽起來好過『我們去這個陌生人的房間親熱』。」

她張開手掌，扣住他的手指，再次緊握他的手。她靠過去，先是嘴巴。是的，不接吻的親熱很好，但尼爾天生麗質的嘴唇就在眼前——對稱與細胞分裂的見證——接吻當然會更好。

「喬芝。」他別過頭。

她又親了他的臉頰，他的耳朵。尼爾的耳朵也同樣完美。即使他上方微尖的部分像鍋子的把手一樣。她張開嘴巴含著他的耳朵，而尼爾抓住她的手，將她推開。

「喬芝。」他說。「我不能。」

「你可以。」她說。「你這不就是。」

「不。」他鬆開她的手，抓著她的肩膀，往外推。「我想，但我不能。」

「你想？」

尼爾僵著下巴，閉上雙眼，痛苦地說。「我不能。喬芝，我……我有女朋友。」

喬芝猛地往後，彷彿他著火了一樣。（彷彿他著火了，而滅火也不是她的責任。）他的雙手鬆開她的肩膀。

「喔。」她說。

「不是——」他看起來很生氣，也許是對自己生氣。他舔了舔嘴唇。「我的意思是……」

「沒關係。」她的雙手放在地板上，撐起身體站起來。當然有關係，關係可大了。「我看……」

尼爾也急忙站起來。「喬芝，聽我解釋。」

「不。」這次換她搖頭。「不用，沒關係。我看……」她伸手尋找門把。

「不是妳想得那樣。」

喬芝笑了。「不，不是。」她跌跌撞撞出了門，把門關上。天哪，外面很吵。外面……

天哪。

尼爾。

他**當然**會有女朋友。他喜歡她，想要親她，而每次他們講話，感覺就像她的耳朵發出腦袋嘶嘶作響的聲音。可是，一切的理由只有一個，就是他有**女朋友**。

尼爾怎麼可能有女朋友？他都藏在哪裡？

《湯匙》的辦公室外面，很明顯。天哪，天哪，天哪，天哪——並不是說他勾引喬芝。他從來沒去糾纏她。每次都是喬芝在他的製圖桌旁徘徊，像個國中生盯著他。尼爾幾乎沒正眼看她。（金色絲線。**CMYK**。十幾個男的。）

賽斯會愛死這件事。

喬芝不打算告訴賽斯。

她不打算告訴任何人。

天哪！她以為尼爾**喜歡**她。相對其他人來說比較喜歡，這樣說吧。（他甚至**說過**他喜歡她。他說他想要親她——）（顯然不足真正行動的程度。）

她不應該主動親他的。

她不應該主動親任何人……

喬芝**總是**主動親的那個。

她總是喜歡上房間裡面看起來對她最沒興趣的男生。要不自大得像中毒，要不羞怯得像跛腳。或兩者都是。在派對上看起來寧願去任何其他地方的男生。

「妳應該試著跟好男人交往。」高中的時候，她的朋友露蒂這麼說過。「他們**人很好**，我覺得妳會喜歡他們。」

「無聊。」喬芝說。「沒特色。」

「怎麼會沒特色——**好人**耶。」

她們會在餐廳進行這樣的談話。她們在門口等待，這樣喬芝就能排隊排在傑．安賽莫的後面——比她們大兩歲，超迷不要懷疑合唱團（No Doubt）和賽車音響，而且毫不懷疑會忽視她的男生。「和一個像我一樣的好人交往有什麼意義？」喬芝說。「好人喜歡所有人。」

「妳不應該**要**某人喜歡妳，喬芝。妳應該跟某個無法控制喜歡上妳的人交往。」

「沒優點還不簡單。」

「未必。」露蒂說。「睡覺、電視、Jell-O布丁粉。」（露蒂是個叛逆份子。喬芝想念她。）

「我不想跟Jell-O布丁粉約會。」喬芝說。

「我會跟Jell-O布丁粉**結婚**！」

喬芝轉動眼珠。「我想跟米奇出去。」

「我以為妳想跟傑．安賽莫出去。」

「傑．安賽莫就是米奇。」喬芝解釋。「他就是穀片廣告裡面什麼都討厭的人。如果米奇喜歡妳，妳就知道妳很好。如果米奇喜歡妳，意義非凡！」

後來某天晚上足球比賽結束後，在露蒂家後院的派對上，喬芝親了傑．安賽莫。整個二年級，傑．安賽莫都讓喬芝親他。後來他去上大學，喬芝找到其他男生親吻。

她從沒想過主動親吻會是個問題；喬芝傾向跟欣賞這種大方的男生在一起。

但今晚，在尼爾的房間，是個問題。

她完全猜錯尼爾：她以為他是米奇。她以為他是整個夏爾性情最乖戾的哈比人。但事實上，他只是有女朋友。

喬芝不要再主動親吻了。下一個和她親吻的人得負責全部的工作。假設她會找到覺得她值得的人。

喬芝想要回家。

她想要一路哭回家，想著尼爾上下對稱的嘴巴和他徒手畫出完美的直線。

她想要找賽斯。

16

喬芝的電話響了。她拿起來。

「呼叫喬芝。」

她看看簡訊，又看看賽斯。他就坐在對面編劇的桌子。

他與她四目相接，然後低頭看著電話，輸入訊息。

電話響了。她看著電話。

「我們沒時間了。」

喬芝想了一秒鐘，回覆訊息。

「我知道。我很抱歉。」

賽斯回頭看她，他的眉毛在棕色的眼珠上方擠弄。

她感覺到自己的眼淚在打轉。

他歪著頭，不高興地皺起鼻子。賽斯討厭喬芝哭。他又拿起電話快速輸入。

「跟我談談。」

「我無法。我不知道怎麼談。」

「我不在乎妳怎麼談。」

她把眼淚擦在肩膀上。賽斯嘆氣。

「喬芝，無論如何——我們會克服的。」

她注視著電話。幾秒後，「緊急聯絡人」出現在螢幕上，電話響了。只是一般的鈴聲——巴林馬琴——喬芝從來沒時間挑選鈴聲。

她抓起筆電站起來，一邊接起電話，一邊走向門，小心不讓筆電闔上或讓電話插頭鬆脫。

「喂？」

「喵！」

喬芝感覺失望如冰冷的浪潮。然後又覺得罪惡。聽到妳四歲女兒的聲音不應該感覺失望如冰冷的浪潮。

「喵。」喬芝靠在編劇室外面的牆上。

「奶奶說我可以打電話給妳。」努蜜說。

「妳隨時可以打給我。寶貝，妳好嗎？妳有沒有做餅乾給我？」

「沒有。」

「喔，沒關係。」

「奶奶好像有。我做了一些給聖誕老公公，一些給自己。」

「好棒喔！我敢說一定很好吃。」

「喵。」努蜜說：「我是綠色的小貓。」

「我知道。」喬芝試著專注。「妳是世界上最棒的綠色小貓。我好愛妳，努蜜。」

「妳是世界上最棒的媽咪。而且我愛妳超過牛奶和魚骨頭和……小貓還喜歡什麼？」

「毛線球。」喬芝說。

「毛線球。」努蜜咯咯笑了。「太誇張了。」

喬芝深呼吸冷靜下來。「努蜜，爹地在嗎？」

「嗯哼。」

「我可以跟他講話嗎？」

「不可以。」

喬芝頭倒向牆壁。「為什麼？」

「他在睡覺。他還說我們不能上樓尿尿。」

喬芝應該直接叫努蜜上樓。尼爾是她的丈夫。而且她三天沒和他講話了。（或十三個鐘頭。）（或十五年。）

喬芝嘆氣。「好吧，那我可以跟愛麗絲講話嗎？」

「愛麗絲在和奶奶玩大富翁。」

「好。」

「我要走了。我的熱巧克力現在冷了。」

「喵。」喬芝說。「喵喵，愛妳，綠色小貓。」

「喵喵，媽咪，我愛妳超過毛線球。」

努蜜掛掉電話。

我小時候的房間有一支魔法電話。我可以用它打電話給我以前的丈夫。（我丈夫還不是我丈夫的時候。我丈夫也許根本就不該成為我丈夫。）

我小時候的房間有一支魔法電話。我今天早上把線拔掉，藏在衣櫥裡。

也許屋子裡所有的電話都有魔法。

也許**我**就有魔法。暫時有魔法。（哈！穿越時光的梗！）

這也算時光旅行嗎？如果只有我的聲音穿越？

有一支魔法電話藏在我的衣櫥。我可以和從前聯繫。而且我覺得我應該要修補什麼。我應該要改變某件事。

喬芝回到編劇室，賽斯看來已在崩潰邊緣。他多解開一個扣子，耳邊和脖子後面的頭髮都翹了起來。

她站到白板前，接手劇本大綱。

沒那麼困難——他們已經討論這些角色好幾年了。他們只是需要把想法寫出來，型塑成可行的劇本。喬芝睡覺的時候都能做。有時候她還真是睡覺的時候做。她會半夜醒來，在她那頭的床邊踱步，搜尋紙張。（她清醒的時候從不記得在床邊放本筆記本。）

尼爾睡到一半會翻身，抓著她的臀部，把她拉回床上。「妳在找什麼？」

「紙。」她會再度爬到床邊。「我有個想法，我不想忘記。」

她會感覺到他的嘴巴抵在她脊椎的底端。「告訴我，我會記得。」

「你也在睡覺。」

他會咬她。「告訴我。」

「是一支舞。」她會說。「有個舞會。克柔伊，就是主角，她得穿她媽媽的老舊禮服。她想把禮服改造得很酷。像《紅粉佳人》一樣。但一點也不酷，很醜。然後在跳〈試試一點點的溫柔〉（*Try a Little Tenderness*），發生一些糗事。」[39]

「我了！」然後尼爾會把她拉回床上，拉進懷中，乖乖躺好。「跳舞。洋裝。〈試試一點點的溫柔〉。現在回來睡覺。」

接著他會把喬芝的睡衣拉起來，咬她的背，直到兩人都不能回去睡覺。

接著，最後，他的手在她的臀部上，他的額頭在她的肩膀上，她漸漸入睡。

隔天早上她起來沖澡，佈滿水蒸氣的鏡子就會寫著：

跳舞。洋裝。〈試試一點點的溫柔〉。

喬芝搖搖頭，看著白板，試著回想上次的進度。

尼爾告訴她他有女朋友的那天晚上（他**當然**他媽的有），賽斯送喬芝回家，接著回到萬聖節派對。喬芝熬夜聽著她媽媽凱洛·金（Carole King）的專輯，寫了一段非常焦慮的獨白，是一堂劇場課的作業。

那是她還想要演出喜劇的時候。後來她考量她的臉蛋和腦袋比較適合編劇室。「妳到底為什麼想演出？」賽斯的反應是：「站在那裡，說別人的話。讓其他人告訴妳該怎麼做……演員只是漂亮的玩偶。」

「如果真是那樣，」喬芝說：「你必定跟很多玩偶約會。」

喬芝不是真的想演戲——她想做脫口秀。但她討厭酒吧，那是個問題。還有，她想結婚生子。賽斯說，沒什麼比寫電視劇本更好。「那是有健康保險的喜劇。」他說。還有大房子和車子。還有陽光。

萬聖節派對隔天，喬芝去賽斯兄弟會的宿舍時，在路上買了貝果。她在走廊上與昨晚的女孩擦肩而過——可愛的布蘭娜。布蘭娜見到喬芝似乎很驚訝，但喬芝只是點點頭，好像她們是同事。

當她走到賽斯的房間，他的頭髮是濕的，正在換被單。

「噁心。」她說。

「什麼噁心？」

「這個。」

「妳寧願我**不要**換被單？」

---

39 譯注：《紅粉佳人》（Pretty in Pink），一九八六年描述美國高中生的愛情喜劇電影。

「我寧願你把這些事——女生、被單、沖澡——在我出現前都處理好，這樣我才不用想像你做愛的樣子。」賽斯暫停，雙手拿著床單，露齒而笑。「妳就是在想那件事嗎？」

喬芝在他的書桌坐下，不理會他。

他大四了，沒有室友。她打開他的電腦，看著他整理床鋪。

他真是帥慘了。故意如此的。

多數的男生都是不修邊幅走來走去。漂亮的眼睛，糟糕的頭髮，不合身的衣服。多數的男生根本不知道自己哪裡好。但賽斯像個女孩——他是比喬芝更棒的女孩——他知道自己的優勢在哪。他讓自己銅棕色的頭髮留長，展現捲度與光澤。他穿淺色的衣服，視覺效果上如有一身小麥色皮膚。他將自己**呈現**給妳，給每個人。**我在這裡，看我**。

喬芝看著。她盯著。胸口卻沒有任何騷動。人在這裡，身為賽斯和可愛的某某某完事後想見的人，並不會令她特別歡喜。

尼爾將她從賽斯那裡治癒了。

現在誰能幫她從尼爾那裡治癒？

而且為什麼她只會喜歡上**跟別人一起睡**的男生？如果喬芝是動物的話，她就要瀕臨絕種了。

賽斯倒在床上，打開電視，《瘋狂調皮貓》（*Animaniacs*）。喬芝把他的貝果丟過去。

「所以——」他打開貝果，「今天早上好點了嗎？」

她把雙腳放在他的書桌上，看著節目。「我很好。」

節目完畢後，喬芝轉向電腦，打開一個資料夾。除了他們的專欄，喬芝的也寫星座運勢，他們也是執行編輯——兩人還固定幫《湯匙》寫諷刺的影評，篇名是〈你媽媽的影評……〉，頁面還有賽斯媽媽的照片。這個星期，他們寫《猜火車》（*Trianspotting*）。

賽斯仍在看卡通。

「他有女朋友。」喬芝說。

賽斯的臉猛地轉向她，垂下眉毛。「這段時間都有？」

「是啊。」

他把電視關掉，從床上跳起來，拉了另一張椅子，面對椅背跨坐。「賤人。」他用手肘推了她一下。「我跟妳說，這不是命中注定。」

「你何時開始相信命中注定？」

「一直都是，喬芝，聽好，我很浪漫。」

「去跟星期六早上列隊遊行的女生說。」

「遊行很浪漫。誰不愛遊行？」

他們一起寫影評，直到賽斯得去工作（他另一個工作，在J. Crew的門市）[40]。他加倍努力逗喬芝笑；她打字的時候，他靠在她的肩膀上，她也由他。

她走出兄弟會的宿舍，感覺好多了，尼爾和他不可避免的女友……

---

40 譯注：J. Crew，美國服飾店。

不，並沒有。

她還是覺得很糟糕——但她想到未來感覺好多了。至少喬芝可以成為那種很酷的單身女性，有份有趣的工作、時髦的朋友，還有漂亮的頭髮。如果她降低標準，說不定半路有些稱得上不錯的一夜情。

她一看到尼爾坐在對街的公車站，又感覺糟糕透了。一台公車停了，公車開走後，尼爾還站在那裡，直盯著她。

他舉起手，示意要她過來。

喬芝雙手交叉，皺著眉。

尼爾站起來。

她應該乾脆忽視他，直接走回她的車上，把他晾在那裡。他到底來這裡幹嘛？

尼爾再度對她示意。喬芝皺著眉，左看右看，跑步穿越半條街道。

靠近他的時候喬芝慢了下來。「竟然在這裡遇到你。」她說了蠢話。

「倒不是。」他說。「我一直在這裡等妳。」

「你一直？」

「對。」

喬芝瞇起眼睛。尼爾看起來很累，又很認真，而且在日光下竟是粉紅色。

「我在想這樣到底奇不奇怪。」她說。

「我不管奇不奇怪。」他往她靠近一步。「我知道妳會來這裡，而我有話對妳說。」

「你可以打電話。」

「對。」尼爾撕下筆記本的第一頁，遞給她。是賽斯家門前絲柏木的素描。還有一個討厭鬼開著AMC Gremlin。然後，是尼爾的名字——尼爾・葛瑞夫頓——以及一個電話號碼。

喬芝雙手收下那張紙。

「我只是要告訴妳——」他吞了一口口水，把瀏海撥開，即使瀏海很短，根本不需要撥開。「——我沒有女朋友了。」

喬芝也吞了一口口水。「你沒有？」

他搖搖頭。

「還真快。」她說。

尼爾噴了半口氣，只是再度搖搖頭。「那真的，**真的**不是。」

「好吧……」喬芝說。

「所以。」尼爾看起來很堅決。「我想讓妳知道，這件事，還有，我想也許……我們可以再試一次。或只是**試試**。妳知道的，一起出去或什麼的。找一天。現在，我……沒有女朋友。」

喬芝忍不住微笑。她想要故做鎮定。

尼爾沒有女朋友。

這可能甚至是喬芝引起的。即使她不覺得自己是破壞別人家庭的人——即使她並不想和一個先親了別的女生，然後跑回家和女朋友分手的人約會——喬芝確實想和尼爾約會。或者她只是想再磨蹭一次臉。

「我可以。」她說。

尼爾的頭垂下——放心的意思，她心想。他咬了下唇，吐了口氣。「很好。」

「很好。」喬芝重複他的話。

她跨出一步。事實上，走過他。她的車子就在那裡，甚至不到下一條街。「好。」她尷尬地拿著他的號碼揮揮手。

他也對她揮手，把手放進牛仔褲口袋裡。

喬芝又走了幾步，然後轉頭。「嗯，好啊——要不現在？」

「什麼？」

「我們何不現在再試一次？」

「現在。」

她開始往回走。「嗯，我想……我可以假裝我需要考慮一下，不想倉促行事。但我真的不太擅長那樣——我比較擅長倉促。而且又不是說你剛離開你妻子。」

「我們訂婚了。」尼爾說得彷彿告知是他的義務。

喬芝停頓。「喔，天哪，你已經？」

「不是最近。」他一臉痛苦。「我們訂婚。然後我們只是約會。後來分開一段時間。」

「那昨天晚上是？」

「我們分開一段時間。」

「所以，昨天晚上，你可以說你**沒有**女朋友。」

尼爾一陣畏縮。「這樣似乎有點取巧。」

「你什麼時候分手的？」

「今天早上。」

「你今天早上起來立刻跟你女朋友分手？」

「我打電話給她。」

「不。」喬芝閉上眼睛。「不要告訴我你用電話分手。」她真的不想跟一個某天可能會用電話跟她分手的男生出去。

尼爾抱住頭，推開臉上的頭髮。「我沒辦法。她在內布拉斯加。」

「內布拉斯加？」

他點點頭，又咬了下唇。

「你們在一起到現在多久了？」

「**曾經**在一起。」尼爾說。「從高中開始。」

「老天。」喬芝說。「你和你的高中女友暨未婚妻，為了我分手？」

「不是我的未婚妻。」他說。「現在不是了。而且不光是因為妳。」

喬芝皺起眉頭。現在她又不是理由了，她還有點希望是。

「我們橫豎都會分手的。」他說。

她眉頭皺得更深。

「我的意思是，」尼爾說：「我們一直說要再試試。但我遇見了妳。我發現，我對她沒有像對妳那樣的感覺，也許明顯代表她和我應該分手。」

「我好像從來沒聽你連續說過這麼多話。」喬芝說。

「我有點不太像我。」

她笑了。一點點。「我害的嗎？」

「天哪。」他對自己說。「對，眼前的就是整晚不睡，然後為了妳跟高中女友分手的我。」

她站得更近。「**不只是**因為我。」喬芝真的一點也不懂得裝作很難追求。甚至是要人稍微追求也不會。她完全不會。

「我今天早上做的事，百分之百是因為妳。」尼爾說。

喬芝不該為此高興。如果是那個在內布拉斯加的女孩，那有多可憐——妳的男友今天早上第一件事就是和妳分手，這樣他才可以趕快去和別人在一起？喬芝想像一個金髮女孩，淚流滿面，孤單地站在大草原的中央。

「你難過嗎？」她問他。「你需要回家聽你那些錄音帶，然後思考你生命其中一章的終結嗎？」

「也許吧。」他說。「我想我需要睡一下。」

「好，那就……」尼爾的嘴巴和她的嘴巴就在同一個高度上，她要怎麼避免不去親他？她甚至不需要踮腳尖。喬芝抓住他胸前的運動衫，向前靠過去。

她親了他的臉頰。

「謝謝。」她後退之前說了。「謝謝你告訴我這件事。」

「打電話給我。」尼爾輕聲說。

「會的。」

「不用想太多，就打給我。」

「我晚上打給你。」

喬芝走到車子，一路上都在笑。

尼爾沒有女朋友。

大約，有三個小時吧，至少。

她那天晚上打給他。然後她帶他去威尼斯大道盡頭的凡爾賽餐廳吃蒜香烤雞和油炸大蕉。尼爾對洛杉磯的樂趣一無所知——他全部的時間都待在公寓或校園，或他討厭的水上。

他討厭水。

尼爾超愛海洋的**概念**。

你讓他談海洋生命和珊瑚，他已經算是神采奕奕。

從來不會有人用「整個人神采奕奕」來形容尼爾。或表情豐富。他的想法不像光映照在水面那樣表現在臉上。意味著喬芝研究過每個細微的動作，以及他眼神中的閃爍，解讀那些是什麼意思。似乎是度過她下半生的好方法。

尼爾不確定如何度過下半生。

他開玩笑說，每逢重大抉擇時總會悲劇地拙劣。他決定讀海洋學系，因為沒有其他吸引他的。然後他落到困在加州四年。他和高中的女朋友——名字叫彤恩（草原上的彤恩！），第一年開始漸行漸遠——尼爾的解決辦法是向她求婚。

「我一向不太知道我想要什麼。」那天夜晚的尾聲，清晨的開始，他這麼說。他們坐在海灘上，尼爾握著喬芝的手。「我通常不太會去**想要**什麼。」

沙灘潮濕，有一陣清涼的微風。喬芝以此為藉口，靠他很近。她穿著藍綠色的格子裙，還有紅色的馬汀大夫鞋。她把膝蓋靠在他的大腿之間，因為真實的尼爾——沒有女朋友的尼爾，說他喜歡她的尼爾——太真實而無法忽視。

「那我們會很合，」她說：「因為我超懂如何想要東西。我要到除非我有點厭煩。我要兩個正常人的份，至少。」

「真的。」尼爾說。他沒有什麼好說。只是想讓她繼續說話的時候，他總是吐出這句。這兩個字伴隨著笑容，有點像揶揄，要不是他眼中的光芒，看起來還有點惡意。

「真的。」她說。

「妳想要什麼？」

如果說「你」，就有點太輕易——甚至油滑，雖然當下這是第一個答案。

「我想寫作。」喬芝說。「我想使人發笑。我想創立一個節目，然後又一個。再一個。我想要成為詹姆斯．布魯克斯。」[41]

「我完全不知道他是誰。」

「俗人。」

「他是個俗人？」

「我還想要寫一本散文。我想要加入《屋裡的小子》。」[42]尼爾說。

「那妳得假裝妳是男人。」

「而且是加拿大人。」她同意。

「妳要男扮女裝、女扮男裝演出很多喜劇段子——會傻傻分不清楚。」

「我準備好了。」

尼爾笑了。（幾乎。他笑了，而他的肩膀和胸口抽動了。）

「我也想要蠟筆卡第（Crayola Caddy）。」

「什麼是蠟筆卡第？」

「就是我們小時候的一種東西啊。有點像餐桌轉盤，上面有蠟筆、麥克筆和顏料。」

「我好像有。」

喬芝猛拉他的手。「你有蠟筆卡第？」

---

41 譯注：詹姆斯．布魯克斯（James L. Brooks），美國電視電影製片人、導演。著名作品《辛普森家庭》。

42 譯注：《屋裡的小子》（*The Kids in the Hall*），加拿大電視台播出的喜劇小品。當中女性的角色都是由男性反串。

「應該是吧。是黃色的，對嗎？還附廣告顏料？我想應該還在我家地下室。」

「我一九八一年開始就想要一組蠟筆卡第了。」喬芝說。「那是我向聖誕老公公許的願，連續三年。」

「妳爸媽幹嘛不直接買一組給妳？」

她轉動眼珠。「我媽覺得那很蠢。她直接買蠟筆和顏料給我。」

「呃——」他垂下眉毛，若有所思，「——那我的給妳。」

喬芝舉起兩人緊握的雙手，搥了他胸口一下。「不會吧！」她知道那很蠢，但她是真的欣喜若狂。「尼爾．葛瑞夫頓，你這下完成我最老的願望。」

尼爾把她的手拉向他的心臟。他面無表情，但他的眼睛在**跳舞**。他輕聲說：「喬芝，妳還想要什麼？」

「兩個小孩。」她說。「一男一女。但要等我的電視帝國開始。」

他睜大雙眼。「天哪。」

「還有一棟房子。前門有個很大的門廊。還有一個老公，喜歡假日開車出去。當然還有一台車，後座要寬敞。」

「妳這方面還真的很會想。」

「我還想要迪士尼樂園的年票。想要有機會和伯納黛特．彼得斯一起工作。我想要快樂，呃，七、八十%的時候是快樂的。我想要自然、周全的快樂。」

尼爾揉著他們的手，放進他的藍色運動衫裡頭，上頭寫著：北高摔角。幹掉他們吧，維京！他的下巴緊繃，藍色的雙眼幾乎暗了下來。

「我還想飛過大海。」她說。

他吞了一口，空著的手伸過去輕碰她的臉。那時很冷，手中的沙掉落在喬芝的脖子。「我覺得，我想要妳。」他說。

喬芝緊握他胸前的手，當成著力點，把自己拉得更近。「你**覺得**……」

尼爾舔了下唇，點點頭。「我覺得……」她靠得越近，他的目光越遠。「我覺得我只想要妳。」他說。

「好。」喬芝同意。

尼爾看起來很驚訝——他幾乎笑了。「好？」她點點頭，靠得更近，近得鼻子可以碰到鼻子。「好。你可以擁有我。」

他的頭往前，額頭碰在她的額頭上，收起下巴和嘴巴。「妳說的。」

「對。」

「真的。」他說。

43 譯注：伯納黛特・彼得斯（Bernadette Peters），美國電視電影女演員，曾演出《大笨蛋》（*The Jerk*，1979）。

「真的。」她保證。

她的嘴巴往前，而他抬起頭往後，看著她。他的鼻子用力地呼吸。他仍捧著她的臉頰。

喬芝試著讓她的臉龐說明一切。

真的。你可以擁有我。因為我很擅長想要一個東西，接著得到我想要的東西，而且除了你，我想不到其他更想要的東西。真的，真的，真的。

尼爾點點頭。彷彿自己方才接下一個命令。他鬆開喬芝的雙手，輕輕地（穩固地）讓她坐在（把她按在）沙灘上。

他靠近她，雙手搭在他的肩膀上，搖搖他的頭。「喬芝。」他說。吻了她。

事情就是這樣，真的。

她把尼爾列入想要而且需要的清單，而且總有一天一定會得到。她決定尼爾就是那個要徹夜開車的人。而且尼爾就是那個艾美獎頒獎典禮上要坐在她身邊的人。[44]

他吻著她，像他正畫著完美的直線一樣。

他吻著她，在墨水筆上。

在那堅定不移的吻上，喬芝決定，有了尼爾，她才會快樂。

他們都累了。

賽斯的手指梳過每一根捲翹的頭髮。現在看起來不像小甘乃迪，比較像喬．彼斯科普。「我們可沒要加一個印度男同志的角色。就是這樣。」[45]

史卡提往桌前靠。「但喬芝說她想加點不同的元素。」

「她沒說她要把**你**加進去。」

「瑞豪又不是我。他很高，而且沒戴眼鏡。」

「他比你還糟。」賽斯說。「他是劇中的你。」

「那麼，所有白人男性都是劇中的你。」

賽斯又更加撥弄他的頭髮。「劇中的我永遠不會出現在這個節目。劇中的我已經在《花邊教主》裡了。」[46]

「喬芝。」他們異口同聲。

「瑞豪可以留著。」喬芝說：「但這是個衝突的喜劇；他一定得是矮的，而且戴眼鏡。」

「妳為什麼要這樣對瑞豪？」史卡提雙手在胸前交叉。「這下他永遠尋覓不到愛情了。」

賽斯白眼。「老天，史卡提，你會尋覓到愛情的。」

「第一、我在說瑞豪。第二、我不覺得你誠懇。」

---

44 譯注：艾美獎（Emmy Award），美國表揚電視工業傑出人士和節目的獎勵，媲美電影界的奧斯卡金像獎。

45 譯注：喬・彼斯科普（Joe Piscopo, 1951—），美國喜劇演員，代表作品為綜藝節目*Saturday Night*。

46 譯注：《花邊教主》（*Gossip Girl*），美國影集，描述紐約上流社會貴族高中的青少年男女種種八卦與愛恨情仇。

喬芝把手放在史卡提的肩膀上。「他會尋覓到愛情的，史卡提。我會再給他寫個夢幻的男朋友。」

「妳會為了我那麼做？」

「我是為了瑞豪。」

「那一集最好超他媽好笑。」賽斯說。

史卡提站起來，把筆電塞進背包中。「瑞豪留下。」他對賽斯說。「我這下捧紅了一個印度小孩！」

史卡提昂首走出房間。

賽斯依然皺著眉頭。「意思是我們要再回頭把瑞豪寫進試播裡面嗎？」

「他可以到第三集才出現。」喬芝說。「你剛才在說我們需要幾個同志的角色。你說我們一九九五年就想好了。」

「我知道。」

喬芝闔上筆電。「我知道我們說好回家要寫一些，但我不知道我今晚能寫多少。」

「留下。」賽斯說。「我們去吃晚餐，然後一起寫……」

「我不行。我得打電話給尼爾。」奧馬哈已經八點了。喬芝想要十點以前打給他。

賽斯端詳著她，將近一分鐘。彷彿她沒告訴他的那件事就是他唯一不懂她的事。

如果她今晚用黃色電話打電話給賽斯會發生什麼事？電話會接到一九九八年兄弟會的宿舍嗎？其中一個週六早晨的女孩會接起來嗎？

賽斯現在不再提起週六早晨的女孩，但喬芝假設遊行仍繼續。

「謝謝。」他說。「謝謝妳今天的努力。我知道妳遇到一件很糟糕的事情。」喬芝把手機的插頭拔掉。

「而且妳不說，讓我很難過。」他說。

「抱歉。」

「我不要妳抱歉，喬芝——我要妳好笑。」

17

喬芝把車開進她媽媽家的車道時，她百分之百確定，如果今晚用黃色轉盤電話打給尼爾，過去的他會接起來。

或者一切會看似那樣——就是巨大的幻覺又開始了。

而且她百分之一千確定她會打給他。即使那樣可能有危險。（如果那是真的。）（喬芝必須選一邊——真的或不是真的——然後堅持下去。）

她一定得打。你就是不可能不管一支可以打到過去的電話。你不能知道電話在那裡但卻不打。

總之喬芝無法。

不管發生什麼事，這是她被賦予的角色。尼爾不是那個有支魔法電話，可以打給未來的人。

（天哪，也許她可以測試看看。她可以叫他打給她……不。絕不。要是她媽媽接起來，開始講一些關於愛麗絲、努蜜還有離婚的事怎麼辦。要是喬芝自己在一九九八年接起電話，講了些可怕、不成熟的話，搞砸一切怎麼辦？一九九八年的喬芝顯然無法信任。）

喬芝敲門前，海瑟已經打開屋子的門。

「外送披薩嗎？」喬芝問。

「沒有。」

喬芝站在門前。

「焗烤通心粉。」海瑟轉動眼珠。「快進來。」

喬芝進門。她媽媽和肯爵克在廚房吃晚餐。

「妳今天比較早。」她媽媽說。「如果妳餓了，我做了凱薩沙拉。還有穀片當點心。」

桌底下的巴哥吠了起來。

「不是給妳的，小媽媽。」喬芝的媽媽低頭看著懷孕的那隻。**「穀片是給大媽媽和大爸爸的。小媽媽不能吃巧克力**——肯尼，我發誓，我們說的牠們都懂。」

海瑟站在前門旁，拉開窗簾，如此一來她可以從某個角度偷看。

他們完全習慣喬芝在這裡的事實。就連小狗也不再睜著沒有眼白的雙眼緊緊跟著她。

喬芝說不定不需要跟她媽媽談過就可以直接搬回家。她媽媽只需要多拿一塊豬肉出來解凍做晚餐，叨唸喬芝把包包丟在桌上——也許她媽媽覺得她已經搬回家了。

「謝謝。」喬芝往房間走去。「我不是很餓。」

「妳等等要出來嗎？」她媽媽對著她的背影問。

「不。」喬芝大聲回答。「我要打給尼爾。」

「跟他問好！說我們還是愛他。告訴他，他永遠是家人。」

「我一句話也不會說。」

「為什麼？」

喬芝在走廊上。「因為他會覺得我瘋了！」

她打開房門，接著快速在身後關上——然後考慮搬個衣櫥擋著。相反的，她急忙走向衣櫥，把裡頭的東西清空，丟在地上。她把電話埋到最底下，在一個老舊的睡袋、幾卷包裝紙、小學的溜冰鞋底下……

找到了，**在那裡**。

喬芝蹲坐在地上，盯著電話，不確定她是否該碰，不確定她是否應該搓三下然後許個願。

她拿起話筒，靠在耳朵上。沒有撥號聲。

欸，當然沒有撥號聲——線沒接上。線沒接到床後面牆上的時空要阜。（接罐頭笑聲）

她爬到床底下，扭動身體把電話線接上，有點期待插座「喀」的一聲然後閃燈。接著她後退出來，解開纏在彈簧床的頭髮，靠在床上，電話放在大腿上。

好。準備好了。要打給尼爾了。

尼爾……

喬芝撥電話的時候摒住呼吸，只響了一聲就被接起來，喬芝岔氣。

「喂？」

「尼爾？」

「嘿！」他說。她可以聽見他聲音中有四分之一的笑容。臉頰上鮮少出現的笑容。「我想應該是妳。」

「是的。」她說：「是我。」

「妳好嗎？」

「我……」喬芝閉上雙眼，發現她還沒好好吐一口氣。她現在好好吐了一口氣，屈起膝蓋，把電話放在旁邊的地板上。那是尼爾，他還在那裡。他還會接她的電話。「現在好多了。」她用手腕背後揉揉眼睛。

「我也是。」他說，而且，天哪，真高興。天哪，真高興聽到**他**的聲音。

喬芝和尼爾從沒分開這麼久，結婚之後從來沒有。在當下，現實生活中，不能每天跟他講話，不能得知他的消息，她簡直要瘋了。

這是這一切發生的原因嗎？因為想念尼爾，所以喬芝幻想這些通話？因為她需要他？

她**需要**他。

尼爾是家。他是基地。

喬芝就是從尼爾那裡把線接進去，搭上線，開始清新的一天。他是唯一一個完全瞭解喬芝的人。

她應該告訴他魔法電話這件荒謬的事。現在就說。她可以告訴他，她總是可以告訴尼爾任何事。喬芝和尼爾在很多方面都很笨拙，但他們擅長站在彼此那一邊。尼爾尤其擅長站在喬芝那一邊，當她需要時，就在那裡。

她想起他總是熬夜幫她想劇本。愛麗絲出生後，他寸步不離（喬芝憂鬱、疼痛和不知該怎麼哺乳的時候。）他從不讓她覺得瘋了，即使她的舉動就是瘋了，而且從不讓她覺得失敗，即使她顯得失敗。

如果她可以告訴某個人這件事，那就是尼爾。

「喬芝？聽得到嗎？」

「聽得到。」她說。天哪。她不能告訴尼爾。「我在。」

「妳今天做了什麼？」

呃，首先我拔掉我的魔法電話，然後上了我的電動汽車……

「我和賽斯一起寫《打發時間》。」喬芝這麼說——因為這是唯一一件真實的事，說出來還算安全的事。

她立刻想把話收回來。提到賽斯就像打開尼爾的開關；當時是這樣，現在也是這樣。（好吧，也許她不能和尼爾談**所有的事**。）

「喔。」他的聲音明顯冷淡。

「你呢？」她問。

「我……」他輕輕喉嚨。她可以聽見他刻意甩開心煩的感覺。尼爾現在還是這樣。怒氣會在他的臉上凍結，他會集合起來，然後甩掉。「我幫我媽烤了更多餅乾。」他說。「她留了一些給妳。」

「謝謝。」

「但我吃掉了。」

「可惡！」

他笑了一聲。「然後……我見了一個我爸希望我見的人，在鐵道局工作的人。」

喬芝過了一秒才意會過來。尼爾的爸爸，鐵道員。對。那是尼爾考慮過的工作——從來不是很認真——在奧馬哈。「我還是覺得那是你捏造的。」

「我才沒有捏造。」

「**鐵道探員**。聽起來像CBS一小時的影集。」[47]

「聽起來真的很有趣。」尼爾說。「就像警察工作全部最好的部分，推理和解題，但不用巡邏或接報案電話。」

「本週《鐵路探員》，」喬芝搞笑地說：「小組發現流浪漢的藏身處……」

「類似那樣。」

「鐵道局會聘請海洋學家嗎？」

「不，謝天謝地。麥克——就是我爸的朋友——他說讀什麼科系都沒關係，任何科學的領域都有幫助。」

「喔。」喬芝說。「那很好。」她努力表現出認真。

「滿好的。」他說。「我回家，遇到彤恩，結果和她去吃冰淇淋。」

天哪。尼爾一整天竟然在排練沒有喬芝的生活。「彤恩。」她說。「那……很好啊。我打賭彤恩一定覺得你應該當個鐵道探員。」

「妳不是嗎？」

「我沒那樣說。」

---

47 譯注：CBS是美國一家商業無線電視網，也是全球第三大聯播網。

「那妳怎樣說？」他的聲音又冷淡了起來。

「**沒有**。抱歉，只是……**彤恩**。」

「妳在吃彤恩的醋嗎？」

「我們談過這件事。」喬芝說。

「不，我們沒談過。」尼爾不同意。

他是對的。一九九八年，他們還沒。

「妳不是真的吃彤恩的醋。」他說。

「我當然是，她是你以前的未婚妻。」

「勉強算是。然後我為了**妳**和她分手……」

「尼爾，你不能有個**勉強算是**未婚妻的女人。」

「妳知道我甚至不是真心向她求婚……」

「聽起來更糟。」

「喬芝，妳不能吃她的醋——就像太陽嫉妒電燈泡一樣。」

她笑了，但繼續爭辯。「先前和你在一起的任何人我都可以嫉妒。如果我去冰淇淋店，和我的前男友暨勉強算是未婚夫的人同喝一杯奶昔，你也會吃醋的。」

「對。」尼爾哼了一聲。「但妳和賽斯每天都在一起，我卻不能吃醋。」

「賽斯不是我的前男友。」

「拜託，不是，他更糟。」

規矩，喬芝想大喊。規矩、規矩、規矩！一九九八年的時候對這些規矩還沒有默契嗎？

「你不能拿賽斯和彤恩比較。」她說。「我可從沒跟賽斯睡過。」

一陣響亮的咔嚓聲，有人拿起另一支電話。喬芝驚慌起來，彷彿她是國中生，宵禁後還在講電話——她差點掛斷。

「喬芝？」她媽媽聽起來猶豫。誰知道上次她拿起室內電話是什麼時候？

「是，媽？妳要用電話嗎？」

「不……我只是想問妳要不要吃穀片。」

「謝了，還是不用。」

「是尼爾嗎？」

「是的。」尼爾說。「嗨！麗喜。」

喬芝縮了一下。她媽媽以前堅持要尼爾叫她「麗喜」。他和喬芝訂婚後，她堅持改叫「媽媽」——一開始這件事讓他**非常**彆扭。

「我覺得我好像背叛了我自己的媽媽。」他當時說。

「就試著乾脆都不要叫她。」喬芝建議。「我一度很生她的氣。我十四歲的時候，一整年都沒叫她『媽媽』。」

「喔，親愛的。」喬芝的媽媽在電話裡深情款款。「我還是『媽媽』，我們還是一家人，本來是喬芝要告訴你的。什麼都不會影響我們對你的感情。」

喬芝可以察覺尼爾無言。

「好的，媽。」喬芝說：「謝謝，我等等再跟妳說。」

「謝謝，麗喜。」

她媽媽嘆了口氣。「好吧，尼爾，代我向你媽媽問好。」

天哪！天哪！天哪！一九九八年，喬芝的媽媽還沒見過瑪格莉特。

「**媽**。」喬芝打斷她。「尼爾和我在討論很重要的事，得請妳現在先掛上電話。」

「喔，當然。尼爾，親愛的——」

「現在，媽，我求妳了。」如果再繼續下去，喬芝就要一路倒退到搖搖學步的時候了。

她媽媽嘆氣。「好吧，我收到暗示了。再見，尼爾。很高興聽到你的聲音。」

如果她甚至提到女孩們，喬芝就要尖叫了。她會的。她晚點還得想辦法解釋。「**再見**，媽。」

她媽媽對著電話長嘆了一口氣，直到掛上的聲音。

喬芝不知道要怎麼自圓其說。

「看來，」尼爾說：「妳媽以為我們分手了。」

聽到他這麼想，足足有一秒鐘，喬芝大鬆一口氣，然後說：「我也這麼以為，直到幾天前。」

「但現在不會？」

「不會。」喬芝說。「現在不會。」

「不管發生什麼事，」他說：「我都不會叫妳媽『媽媽』，那太奇怪了。」

「我知道。」她說。「我會幫你掩護。」

尼爾欲言又止，又開口。「喬芝，我——呃——我沒有和彤恩上床。」

「但是——」喬芝停頓。「有，你有。你們當時訂婚了。」

「我從沒和她上床。」尼爾聽起來無奈。「她想等到結婚。她第一個男友是個禽獸，所以她要收回她的初夜。」

「她要**收回她的初夜**？」

「算了，喬芝，她的初夜，她想怎樣就怎樣。」

「是。」喬芝點頭。「是的……其實，這個主意聽起來不錯。你回來之前我搞不好也可收回我的。以伊利莎白女王之名。」

尼爾聽起來像笑了。

「因為她是處女國王。」喬芝說。

「我懂了。」

喬芝無聲。尼爾從沒和彤恩上床。她一直以為他和彤恩有過多次激情熱烈的性愛。青春正盛、鮮嫩欲滴的青少年。**在漢堡店外面吸吮辣味熱狗**，那一類的。

那表示他從沒和喬芝以外的人發生過性關係嗎？

她想起他們的第一次。在尼爾的公寓，半夜。嘻笑摸索著保險套——喬芝想要一起度過這個第一次，這樣他們就是**在一起**了，不管在一起是什麼意思。

那是尼爾的第一次嗎？

那種事他是不會告訴她的。尼爾不喜歡談性。而他也不喜歡談「之前」。他們在一起之前，喬芝之前。（他不喜歡談**昨天**。）

她想著尼爾。幾乎是個青少年，像紙一樣白。集中精神又難以專注，緊緊咬著牙齒而笑，觸碰她，彷彿她是玻璃做的。

尼爾。

「你不能嫉妒賽斯。」喬芝低聲說。

「真的。」尼爾哼了一聲。

「真的，那就像太陽嫉妒……」

「差不多大的太陽？」

「我本來要說月亮。」

「太陽搞不好真的嫉妒月亮。」尼爾說。「差得可遠了。」

「賽斯和我只是朋友。」她說。是真的，一直是真的。最好的朋友——但只是朋友。

「你和賽斯不**只是**那樣。」

「他是妳的靈魂伴侶。」尼爾說。他說這話的樣子，彷彿他已經想過了——彷彿他想了又想，彷彿他刻意選了那些字。

喬芝在電話那頭愣住。「賽斯，**不是**，我的靈魂伴侶。」

「不是嗎？妳的人生規畫不是都圍繞著他？」

「不。」喬芝的身體向前。即便是一九九八年，也不是真的。「不。天哪，我的人生規畫是圍繞著**我**。」

「有差別嗎？」

「**尼爾**……」

「不，喬芝，我們就說開吧。我對妳來說可有可無——我知道。我知道妳愛我，我知道妳想和我在一起。但妳可以想像沒有我的生活。如果我現在從妳身邊走開——如果我不回去——妳不用改變妳的主計畫。但賽斯**是**妳的主計畫。很明顯是。我不覺得妳可以想像二十四小時沒有賽斯。」

「你是要我——？」

「不。」尼爾聽起來很沮喪。「不。我知道——我知道你們兩個人的情誼。我永遠不會要妳在我們之間抉擇。」

他從來沒有。

尼爾從來就不喜歡賽斯——過了幾年還是一樣。但他從不抱怨他。他從不抱怨喬芝和賽斯相處的時間。每天相處好幾個小時，半夜的簡訊——或者尼爾和喬芝帶女兒去迪士尼樂園，結果她卻坐在動物天地的路邊和賽斯講電話，討論劇本的緊急事件。

而喬芝為此**感謝至極**。為尼爾的包容。（即使只是順從。）

有時候她覺得自己走在他們兩人之間一條極細、不穩定的界線。彷彿她的角色永遠無法滿足兩邊的需求。

如果尼爾推她，或拉她——如果其中一邊這麼做——就會全部崩潰。

喬芝會崩潰。

但尼爾從來沒有。他從不顯得嫉妒。生氣、憎恨、疲憊、痛苦、失落——有，但從不嫉妒。他總是相信她和賽斯。

如果尼爾真的要她在兩人之間選擇，她會怎麼做？

如果一九九八年的時候他這麼問她，她當時會怎麼做？

她會生氣。她可能會選擇賽斯，只因為賽斯沒要她選擇。而且因為賽斯先出現的——時間順序上。賽斯老早就在了。

當時喬芝不知道她有多需要尼爾，他將會成為她的空氣。

那是互相依賴嗎？或那只是婚姻？

「你可以。」她說。

「什麼？」

「你可以要求我選擇。」

「什麼？」他聽起來很驚訝。「我不想。」

「我也不希望你那樣。」她說。「但你可以。」

「喬芝，我看過你們兩個在一起。沒有他妳連一個笑話都寫不完。」

「那些只是笑話。」

「妳今晚還真是狂用『只是』這個字，是吧？」

「你可以**要求**我選擇。」她堅持。

「我**不想**。」他幾乎快咆哮。

「我想都不用想，尼爾。我會選擇你。我會一再、一再、一再選擇你。賽斯是我最好的朋友——我想他永遠會是我最好的朋友——但你是我的未來。」儘管一九九八年的時候還不是真的，那會成為真的。一定會成為真的。「你就是我的人生。」

尼爾吐氣。她可以想像他搖頭、眨眼，鬆開下巴。

「請不要嫉妒賽斯。」她輕聲說。

他沉默。

喬芝等待。

「如果妳向我保證我不需要嫉妒，」尼爾終於開口，「我**永遠**都不需要嫉妒，那我就不會。」

「你永遠都不需要，我保證。」

「好。」他說，然後更堅定地說：「好，我相信妳說的。」

「謝謝你。」

「現在，相信我說的，喬芝，看在老天的份上——我沒有愛上彤恩，我從沒真的愛上她。即使妳和我分手，敲碎我的心，我也永遠不會回頭和彤恩在一起。我知道世界不是平的，但我不會回頭。」

「所以你是說，如果我們分手，你絕對會去找比彤恩更好的。我聽了應該覺得好一點嗎？」

「妳為了彤恩已經把我毀了。那應該讓妳覺得好一點。」

「尼爾，為了任何人，我都想把你毀了。」

「老天。」他的聲音靠得更近，彷彿把話筒推向下巴。「妳已經是了，妳不用再嫉妒任何人了。特別不用嫉妒彤恩了，好嗎？」

「好。」她說。

他嘆氣。「我們不要再這樣了。」

「怎樣？」

「嫉妒又討厭彼此。」

「和你比起來，我比較容易做到。」她說。

「為什麼？」

「因為你說得對，賽斯比任何前男友都更糟。絕不可能是賽斯。」

「我有什麼理由去嫉妒賽斯嗎？」

「沒有。」

「那我就不會。話題結束。」

喬芝問了尼爾更多鐵路員的問題。她感覺得出來他想談那件事。

顯然他考慮那個工作，比她以為得要認真。

她試著不要強調這個職業規畫明顯的問題——要搬到奧馬哈。而喬芝**永遠**不會搬到奧馬哈。

她要在電視圈工作，尼爾知道的。而待在電視圈的意思就是待在洛杉磯。

部分的她只想告訴他：

這件事不會發生的。我們留在加州。你很討厭。但你能自己種酪梨，也很不錯。

你喜歡我們的房子。你挑的。你說這個房子讓你想到家——山丘、挑高的天花板、只有一間浴室。

而且我們離海很近——夠近——所以你不討厭海，不像以前那樣討厭。有時候我覺得你喜歡海。你在海邊愛著我，還有女兒。你說海讓我們更甜蜜，讓臉頰粉嫩，讓頭髮捲翹。

還有，尼爾，如果你不回到我身邊，你永遠不知道你是多棒的爸爸。

而且如果你和其他人有孩子也不會一樣，最好是女兒，因為她們不是愛麗絲和努蜜，而且就算我和你不是絕配，你和她們是。

天哪，你們這三個。你們這三個。

當我星期天早晨醒來——很晚才起來，你總是讓我睡到很晚——我去找你，你在後院，膝蓋都是泥巴，兩個女孩圍著你像行星一樣打轉。你把她們的頭髮綁得像豬尾巴，你讓她們穿任何她們想要的奇裝異服。愛麗絲種了一棵果樹，努蜜抓了一隻蝴蝶，而且她們長得像我，因為她們圓潤，膚色金黃，但她們為你發光。

而且你幫我們做了張野餐桌。

而且你學會烤麵包。

而且你在每道面西的牆壁畫了壁畫。

而且不是一切都很糟，我保證，我向你發誓。

百分之七十到八十的時間，你可能不是主動、特別地快樂，但也許你無論如何都不是。而且甚至當你難過，尼爾——甚至當你在床的那一邊睡著——我覺得你是快樂的。因為一些事情，幾件事情。

我保證不是一切都很糟。

「喬芝？妳還在嗎？」

「在。」

「我以為妳睡著了。」

「我很清醒，現在這裡才十點。」

「我剛說我得帶著槍——妳可以接受嗎？」

「我不知道。」她說。「我從沒想過。很難想像你帶著槍。」尼爾連蜘蛛都不殺。他在紙上玩蜘蛛，然後輕輕把牠們放在門口。「你能接受嗎？」

「我不知道。」他說。「可能吧。我一直都很討厭槍。」

「我愛你。」她說。

「因為我討厭槍？」

「因為一切。」

「因為一切。」她可以聽見尼爾幾乎笑了。她也幾乎可以看見他。

不……

喬芝想的是**她的**尼爾。幾乎四十的尼爾。更瘦，更靈敏。頭髮較長，魚尾紋，還有每年冬天蓄的鬍子中略見的灰色。「冬天可惜的是，」他會說：「我的小孩永遠不會知道從天寒地凍中回到家的感覺，感受溫暖重新回到她們的手指上。」

「聽起來好像你說她們永遠不會凍傷似的。」

「我無法和沒有堆過雪人的人進行這個對話。」

「我們的小孩看過雪。」

「在迪士尼樂園。那只是肥皂泡。」

「她們不知道差別。」

「如果是柏瑟芬綁架黑帝斯的話……」

「你又講希臘神話了。」[48]

她的尼爾已經減掉了嬰兒肥、鬆軟的肚子和像哈比人的雙下巴。

愛麗絲出生後，尼爾開始騎單車。他現在去哪裡都騎單車，拉著一台鮮黃色的拖車。拉著兩個女孩、幾袋雜貨、填充玩偶、幾疊圖書館的書……

身為職業媽媽，喬芝沒身材也沒力氣，而且看起來總是很累。她再也沒有充足的睡眠。再也沒辦法找回她的腰，或為這個新的事實（其實也沒那麼新了，真的）買新的衣服。喬芝第二次懷

---

48 譯注：希臘神話中，冥王黑帝斯綁架宙斯的女兒柏瑟芬，宙斯命令黑帝斯交出柏瑟芬，卻又讓柏瑟芬先吃下冥界的石榴，使她一年當中有一半的時間必須待在黑帝斯身邊，世界因此有了四季。

孕的時候，婚戒變得很緊，她甚至沒時間去調整。就放在他們衣櫥裡的一個瓷盤。

這些年尼爾的輪廓越來越清晰——明顯的下巴、明亮的眼睛——喬芝已經看不清楚自己在鏡子裡的模樣了。

有時候，她休假的時候，他們會散步到公園，四個人一起，喬芝就會看到保母和全職媽媽盯著尼爾。那個藍色眼睛、酒窩很深的帥哥爸爸，以及兩個笑容滿面，娃娃臉龐的行星圍繞著他。

「喬芝？斷線了嗎？」

「沒有。」話筒按著她的耳朵。「我在這裡。」

「訊號是不是不好？」

電話那頭的人是以前的尼爾。在他還不完全屬於她以前。他還在考慮與喬芝的可能性。這個尼爾比較尖銳。慘白。壞脾氣。但這個尼爾還沒放棄她。這個尼爾還將喬芝視為全新、超自然的景象。他還會為她驚訝、為她歡喜。

即使現在，挫敗如他。

即使現在，相隔十個州，和她一半玩完，這個尼爾還是覺得他配不上她。生命給他的，多於他所求。

「我愛你。」她說。

「喬芝，妳還好嗎？」

「嗯，我很好。」她的聲音斷續。「我愛你。」

「陽光。」尼爾聽起來溫柔、擔心。「我也愛妳。」

「但還是不夠，」她說：「你現在是這樣想的嗎？」

「什麼？不。我現在想的不是這個。」

「那是你一直在想的。」她說。「你從加州想到科羅拉多。」

「話不是這樣說……」

「如果你是對的呢？尼爾？」

「喬芝，請不要哭。」

「你是這麼說的，而且你說你是認真的。而且什麼都沒有改變，不是嗎？為什麼我們**現在**不談？為什麼我們假裝一切都沒問題？問題還是存在。你在內布拉斯加，而我在這裡，現在是聖誕節，我們應該要在一起。你愛我，但也許那樣還是不夠。你是這樣想的。」

「不。」尼爾輕輕喉嚨，再說一次。「**不**。也許我是那樣想。從加州到科羅拉多。但那時候……我很累。我真的很累——累到危險，而且還有外星人，然後是日出，彩虹。我跟妳說過彩虹的事，對吧？」

「對。」她說。「但我不懂那個重點。」

「沒有重點。我只是**很累**。生氣得很累，想到沒有希望也很累，想到所有不夠或可能不夠的事情，想得很累。」

「所以清醒二十四個小時後，又覺得不跟我分手比較好了？」

「別這樣。」

「如果你說得對呢？如果那樣不夠？」

他嘆氣。「最近我一直在想，我不可能知道。」

「知道什麼？」

「知道那樣夠不夠。人怎麼可能知道愛到底夠不夠？那是很蠢的問題。好像，如果你戀愛了，如果你很幸運，你又要去找誰問那樣夠不夠讓你快樂？」

「但那隨時會發生。」她說：「愛**不總是**足夠。」

「什麼時候？」尼爾直問。「什麼時候是真的了？」

喬芝能想到的是《北非諜影》（*Casablanca*）的結局，還有瑪丹娜與西恩潘。「只因為你愛某人，」她說：「那不代表你們的人生就會契合。」

「沒有人的人生剛好契合。」尼爾說。「契合是需要付出的，是因為努力才會發生的——因為你們相愛。」

「但是……」喬芝不讓自己說下去。她不想在這件事上勸退尼爾，即使他錯了。即使她是唯一一個知道他錯得有多離譜的人。

他聽起來像被激怒了。「我不是說如果人們足夠愛對方，所有的事情都會神奇地解決……」

喬芝聽到的是，如果**我們**足夠愛對方。

「我只是說，」他繼續：「也許沒有所謂的足夠。」

喬芝靜默。她用尼爾的T恤擦了眼睛。

「喬芝，妳覺得我錯了嗎？」

「不。」她說。「我覺得——喔，天哪，**我知道**——我愛你。我好愛你。太愛你了。我覺得天旋地轉，像要被甩出去一樣。」

尼爾安靜了一下。「那很好。」他說。

「是嗎？」

「天哪，是的。」

「你現在想掛電話嗎？」

他對著話筒笑了一聲。「不。」

但也許他想。尼爾很擅長和她在電話裡聊天，但他也不是十五歲的女孩。

「連一點點也不想。」他說。「妳呢？」

「不。」

「我不介意到床上去。我可以打給妳嗎？」

「不。」她接得有點太快，只好說謊。「我不想吵醒我媽。」

「好吧，那妳打給我。給我二十分鐘，我想簡單沖個澡。」

「好。」他說。

「我盡量電話一響就接。」

「好。」

「好。」他對著電話親了一下，然後喬芝笑了，因為尼爾似乎不可能會在電話親嘴。但其實他會。

「掰。」她說，等著電話掛上的聲音。

18

喬芝決定也沖個澡。她媽媽說可以借她睡衣。她媽媽的睡衣都是成套的——搭配好的上衣和褲子，或是性感睡衣，搭配撩人、無用的睡袍。

「給我T恤就好！」喬芝圍著毛巾站在她媽媽的浴室，對著門外大喊。

「我沒有睡覺穿的T恤，肯爵克的好嗎？」

「噁，不要。」

「那妳就勉為其難吧！」她媽媽打開門，丟了一些衣服進去。喬芝展開一件水藍色的短褲——人造緞布，上有奶油色的蝴蝶結，還有一件相襯的低胸蕾絲邊上衣。她哀嚎。

「妳剛才一直都在和尼爾講電話嗎？」她媽媽問。

「對。」喬芝說，她希望自己有乾淨的內褲。並不想再借用。

「他好嗎？」

「很好。」她發現她在笑。「真的很好。」

「女孩們呢？」

「很好。」

「你們的問題解決了嗎？」

「沒什麼好解決的。」喬芝說。是的，她心想。我想是吧。她偷看了浴室外面。「肯爵克呢？」

「在客廳，看電視。」

喬芝走出浴室。

「看看妳。」她媽媽說。「妳看起來真美。妳偶而應該讓我跟妳一起去買衣服。」

「我得打電話給尼爾。」喬芝說。「謝謝，呃，睡衣。還有所有的事。」她向前親了她媽媽的臉頰。喬芝自己有了小孩後，比較常做類似的事。愛麗絲和努蜜總是想找喬芝；她在家的時候，她們幾乎是黏在她身邊。要是她們不敢靠近她，或她想親她們的時候，她們卻怕得僵直——喬芝想到就難受。要是她們一整年都沒叫她「媽媽」呢？

所以喬芝努力對自己的媽媽親密點。她可以的時候。

她親她媽媽的臉頰，她媽媽把臉轉過來對著她的嘴巴。喬芝皺眉然後閃開。「妳為什麼老是這樣？」

「因為我愛妳。」

「我也愛妳。我要打電話給尼爾。」喬芝拉拉緞布短褲；無法拉到合適的長度。「謝謝妳。」

她左右張望了一下才走到走廊。她在海瑟的房門前停下——海瑟躺在床上。她在用筆電，頭上戴著耳機。

她看到喬芝，把耳機拿下。「哈囉，維多利亞，妳是來告訴我一個祕密的嗎？」[49]

「幫我個忙。」

「什麼？」

「我餓死了，但我不想穿這樣走到客廳。」

「我想如果爸看到妳穿媽的性感睡衣，可能會驚嚇一輩子。」

海瑟叫肯爵克「爸」也是合理，因為他撫養她長大。而且他也不只大海瑟三歲。

「**我**才會驚嚇一輩子。」喬芝說。「為什麼她的睡衣都是這種的？」

「她是個非常肉慾的女人。我知道，因為她喜歡跟我談那些事。」海瑟下床。「妳想吃什麼？我把通心粉都吃光了。還有穀片——也沒剩多少。嘿！要不要幫妳叫個披薩？」

「不了。」喬芝說。「廚房裡有什麼都行。」

「妳可以跟我借睡衣，妳知道的。」

「妳真貼心。」喬芝說。「不如把妳備用的都給我，我可以搭配成寬鬆又舒服的。」

「我一定有**超適合妳**的衣服。」

「喔，我的天，停。幫我弄點吃的就好。我要躲回房間了。」

「妳剛剛在跟尼爾講話嗎？」

喬芝露齒而笑。「對啊。」

「還不錯，對吧？」

喬芝點點頭。「去吧，我餓了。」

海瑟拿了一顆蘋果，三片個別包裝的乳酪，還有一大瓶墨西哥可樂。

派愛麗絲去好像會好一點。

「打給尼爾。」海瑟說。「我想跟女孩們講話。」

「那裡現在超過凌晨一點了。」喬芝說。「她們在睡覺。」

「喔，對，時差。」

喬芝打開乳酪吃了起來。「謝謝，現在出去吧。」

「妳應該要把乳酪包著蘋果一起吃；就像焦糖蘋果。」

「聽起來一點都不像焦糖蘋果。」

「現在打給他。」海瑟說。「我想說嗨！」

「不行。」

喬芝的媽媽，奇蹟似的，沒有搞砸和尼爾的通話，但喬芝不可能讓海瑟靠近電話。

「為什麼？」海瑟問。

「妳知道為什麼。」喬芝說。

「我不知道。」

「因為。我們有些……私事要談。」

「好比離婚的事？」

「不是。」

「好比電話性愛？」

49 譯注：維多利亞的祕密（Victoria's Secret），是美國最大的女性成衣零售店。

喬芝皺起臉。「**不是**。」

「因為妳穿著媽的性感睡衣，無法電話性愛？」

「我只是想跟我丈夫說話，好嗎？私底下說？」

「好，我打個招呼就可以。」

喬芝想打開可樂。「妳有開罐器嗎？」

「有，喬芝。在我的睡衣裡。這裡。」海瑟抓起瓶子，用旁邊的牙齒轉動瓶口。

「**停！**」喬芝伸手拿瓶子。「妳的牙齒會壞掉。」

海瑟大嘆一口氣，把瓶子遞給喬芝。喬芝放進自己的嘴裡，盡可能小心地咬著。

電話響了。

喬芝來不及反應，海瑟已經抓起電話。「嗨！尼爾。」

喬芝放下瓶子，撲到自己的妹妹身上，在海瑟的頭底下挖著電話。

「是海瑟……是的，海瑟。」

「海瑟。」喬芝小聲說。「我要殺了妳，放手。」

海瑟在床上捲成一團防禦，一隻手還推著喬芝（的臉），另一隻抓著電話。她的表情從既可惡又勝利，轉變成困惑。她忽然放下電話，喬芝把她推下床。

喬芝抓起電話。「尼爾？」

「嗯？」他聽起來很困惑。

「等一下。」

海瑟站在房間中央，瞪大雙眼，雙手交叉。「那不是尼爾。」她小聲說。至少她放低音量。

「是。」喬芝爭辯。

「那他為什麼不知道我是誰？」

「他應該是不知道妳為什麼對他大叫。」

「**聽起來**不像尼爾。」

「海瑟，我發誓……」

「妳外遇。喔，天哪，妳外遇了。所以尼爾離開妳？」

喬芝衝過去，用手摀住海瑟的嘴。海瑟眼睛瞪得老大，而且充滿淚水。喔，天哪。

「海瑟，我發誓我沒有外遇。我向妳保證。」

海瑟把頭移開。「用生命發誓。」

「我用我的生命發誓。」

「用愛麗絲和努蜜的生命。」

「不要那樣說，很恐怖。」

「恐怖是因為妳在說謊。」

「好吧，是的，我發誓。」

海瑟噘起嘴巴。「我知道那不是尼爾，喬芝。我知道一定有問題。女人的直覺。」

「妳還不是女人。」

「少來，我老到可以當兵了。」

「拜託，拜託，出去。」喬芝央求。「我必須跟尼爾講話。我們可以明天再談。」

「**好吧……**」

喬芝把海瑟推到門外，關上門。她的心臟怦怦跳。（她真的得回去練瑜珈，或隨便一樣最近流行的東西。飛輪。愛麗絲出生後，喬芝就沒上過健身房了。）她希望她的房門有鎖，卻連個門栓都沒有——她媽媽說狗兒喜歡進來這裡睡覺。

喬芝走回電話，拿起話筒。她把話筒舉到耳朵，小心地說：「尼爾？」

「喬芝？」

「是。」

「剛才是誰？」

「是……海瑟，我表妹，海瑟。」

「妳有個表妹叫海瑟，妳媽媽還幫海瑟取名『海瑟』？」

「對啊，差不多，同一個名字，我表妹。」

「她要留下來和你們過聖誕節嗎？」

「對。」

「妳那裡還有其他的家人嗎？」

「沒有。就只有海瑟。」

「我不知道妳有表妹。」

「大家都有表親吧。」

「但妳沒有阿姨或舅舅。」

喬芝在地板上坐好。「你已經在預演《鐵道探員》了嗎？」

「妳好像不喜歡妳表妹。」

「我只是不想和寶貴的『你』，浪費時間討論海瑟。」

「寶貴的『我』。」尼爾小聲說。

「對。」

「我想妳，喬芝。」

「我也想你。」

「抱歉。我等妳的電話等得累了。」

「沒關係。」

「妳在床上嗎？」

「沒有。我坐在地板上，吃乳酪。」

「真的。」他笑了出來。「妳穿什麼？」

喬芝咬了一口乳酪。這實在荒謬。太荒謬了。「你不會想知道的。」

「這裡下雪了。」

喬芝感覺胃抽動了一下。她到現在還沒看過雪。

她在奧馬哈的時候從沒下雪，即使是十二月——瑪格莉特說喬芝帶著陽光一起來了。

但為了愛麗絲和努蜜，現在下雪了。

為了尼爾，一九九八年也下雪了。

「真的？」她說。

「是啊。」尼爾的聲音聽起來溫柔又溫暖。聽起來像在被窩裡。「才剛開始。」

喬芝爬上床，輕聲關上燈。「告訴我雪的事。」

「我無法。」他說。「妳無從想像。」

「我在電視上看過雪。」

「那通常是假的。」

「真的雪有什麼不同？」

「比較不像粉末。比較黏。妳走過去的時候不會飛起來，通常不會。妳腦袋裡的雪是怎樣的？」

「我不知道。我從沒想過。就像雪。」

「想一想。」

「呃……像水晶——雪花就像——但我知道雪是軟的。我猜我想像雪的質感像陶瓷？但不會碎掉，在手裡會變成一團。」

「嗯……」

「對嗎？」她問。

「幾乎完全不對。」

「跟我說嘛。」

「呃，就是冰。」

「我知道是冰。」

「有部分是對的——雪是軟的。妳吃過刨冰嗎？妳有那種史努比的手搖刨冰機嗎？」

「當然沒有。我媽從不會買好東西給我。」

「但妳吃過刨冰。」

「吃過。」

「所以妳知道冰是軟的。是固體，但是軟的。妳把舌頭往上頂就會壓扁。」

「嗯。」

「嗯，就像那樣。像冰，但是軟的。而且很輕。幾乎和空氣合為一體。有時候，像今晚，就是厚的。黏在一起變成團，像棉花糖和濕的羽毛。」

喬芝笑了。

「我希望妳人在這裡。」他說。「妳就會看到。如果妳在這裡，妳會睡在地下室，有張折疊的沙發床。」

她知道那張沙發床。「我不喜歡地下室。」

「妳會喜歡這個地下室，有很多窗戶，還有桌上足球。」

喬芝爬進棉被。「喔，好吧，桌上足球。」

「還有一整面牆的桌遊。」

「我喜歡桌遊。」

「我知道……妳現在在床上了，對吧？」

「嗯……」

「我聽得出來，妳的聲音放棄了。」

「放棄什麼？」她問。

「我不知道。強硬，還有能幹。聰明。妳一整天必須展現的樣子。」

「你是說我不聰明了。」

「我是說，」他說：「我喜歡妳卸下一整天武裝的樣子。」

「我喜歡你在電話裡的樣子。」喬芝說。「我一直都喜歡你在電話裡的樣子。」

「一直？」

「嗯。」

「如果妳在這裡，」尼爾說：「妳會睡在地下室。我會發現下雪了，不希望妳錯過。我會下樓……」

「別，如果你被抓到溜進我的房間，瑪格莉特會留下陰影。」

「噗。我會偷偷的。我會下樓，叫妳起來。我會借妳我的靴子和舊外套。」

「借我你那件『優秀運動員』的外套。」

「那件不夠暖和。」他說。

「這是想像中的雪，尼爾，就借我『優秀運動員』的外套。」

「我真不懂——妳覺得摔角很粗魯，但又喜歡我的『優秀運動員』外套。」

「你又沒穿那件摔角。」她說。

「這可能成真，妳知道的。這個情景。明年聖誕節。」

「嗯。」

「所以我會帶妳到外面，借妳靴子和我的『優秀運動員』外套，到後院去——我告訴過妳那裡沒有路燈，對吧？妳可以看見星星……」

喬芝曾與尼爾站在那個後院。感覺像是森林邊陲的後院。幾年來去過十幾次。從沒下雪，但有星星。

「我想看妳認識雪。」他說。

「認識？」

「感覺雪。嚐嚐雪。我想看雪落在妳的頭髮和睫毛上。」

她的臉頰搓搓枕頭。「就像《真善美》（*The Sound of Music*）一樣。」

「妳覺得太冷的時候，我就會抱緊妳。我碰到妳的地方，雪就會在我們之間融化。」

「我們在家應該多講電話的。」

他笑了。「真的。」

「對啊，從隔壁房間打電話給對方。」

「我們應該來辦手機。」

「好主意！」他同意。「但你要保證接電話。」

「我為什麼不接？」

「我不知道。」

「然後，」他說：「如果我也沒辦法讓妳覺得不冷——想必很快就會，因為妳被陽光寵壞了——我就會帶妳回屋裡。我們會拍拍雪花，把濕掉的靴子放在泥巴房。」

「為什麼那叫泥巴房？」

「因為沾上泥巴的東西就脫在那裡。」

「房子還為沾上泥巴的你特別設計一個房間，我愛這個想法。就像包含在建築結構裡一樣。」

「接著我會跟著妳回到地下室……妳還是很冷。妳的睡褲都濕了，妳的臉紅紅的，臉頰也凍僵了。」

「聽起來真危險。」她說。

「不危險。很正常，很好。」

「嗯。」

「我會不停地撫摸妳。」尼爾說：「因為我從來沒摸過冰冷的妳。」

「你真是迷戀冰冷。」

他低沉而堅定地說：「我迷戀妳。」

「別那樣說話。」喬芝輕聲說。

「怎樣？」

「那種聲音。」

「哪種聲音？」他又用了低沉的聲音。

「你知道是什麼聲音。你那種『要我勾引你嗎？』的聲音。」

「我的聲音像色誘小鮮肉的老女人嗎？」

「對。」她說。「你這個騷貨。」

「我為什麼不能色誘妳？喬芝。妳是我的女朋友。」

她吞了一口。「對，但我現在在我小時候的房間。」

「喬芝，我在那個小時候的房間對妳為所欲為，事實上，不過才上個星期的事。」

「對，但你現在在**你**小時候的房間。」而且你事實上，根本上，就是小時候的你。喬芝不能跟這個尼爾打情罵俏，否則就像欺騙**她的**尼爾——不是嗎？

「妳把去年夏天的事都忘光了嗎？」他問。

她微笑看著遠方，儘管他無法看見她。「超棒的電話性愛在夏天。」她說。他當然記得超棒的電話性愛，還有那個夏天。

「正是。」他說。「遠距離洞房的夏天。」

喬芝忘了那個暱稱，她聽到後笑了。「不，我沒忘。」

「有什麼不對嗎？」

「我不能跟你來個超棒電話性愛。」我已經十五年沒有電話性愛了。「我穿著我媽媽的性感睡衣。」

尼爾笑了，真心地，大聲笑了。幾乎從沒這樣過。「如果妳想挑逗我，我必須告訴妳，親愛的，這樣沒用。」

「我**真的**穿著我媽媽的性感睡衣。」喬芝說。「故事很長，我沒有其他東西可穿。」

她可以聽見他笑，即使是他開口說話前。「喔，天哪，喬芝——脫掉！」

尼爾。

尼爾，尼爾，尼爾。

「我明天打給妳。」

「不。」她說。「別掛。」

「我要睡著了。」他呼吸中帶著笑聲，像被摀住一樣。她可以想像他的臉埋在枕頭裡，電話靠在他的耳朵——她想成手機了。**不對**。

「沒關係。」

「我可能已經睡著了。」他咕噥地說。

「我不介意。那樣很好。我也要睡著了。把電話放在旁邊就好，這樣你醒來我就聽得見。」

「那麼我會跟我爸解釋，我打了十個鐘頭的長途電話，因為在電話裡睡覺感覺很浪漫。」

天。長途電話。喬芝忘了長途這件事——現在還有這回事嗎？「但是那樣很浪漫。」她說。

「就像在對方的腦袋裡醒來。」

「我起來的時候打給妳。」

他有些不耐。

「我不是當真的。」她說。「不過說真的，別打給我，我會打給你。」

「好吧，妳打給我，陽光。妳一起床就打給我。」
「我愛你。」喬芝說。「我愛這樣的妳。」
「睡著的嗎？」
「沒上鎖的。」她說。接著又說：「尼爾？」
「妳換衣服前打給我。」他說。
她笑了。「我愛你。」
「我也愛妳。」他的聲音聽來含糊。
「我想你。」她說。
他沒答話。
喬芝感覺到自己的眼睛閉上。話筒滑到臉上——她抓住，又拿起來。「尼爾？」
「嗯。」
「我想你。」
「再幾天。」他咕噥。
「晚安，尼爾。」
「晚安，甜心。」
喬芝等待他掛上電話，然後把話筒放回電話上，電話推到床頭櫃上。

二〇一三年十二月二十三日，星期一

19

喬芝第一次醒來的時候，天剛破曉，而且她醒來是因為她沒穿褲子。一開始有點驚慌，後來覺得好笑。然後她把被子拉高過頭，想再回去睡覺。因為她感覺好像在作夢，夢著什麼好事。好像如果她不完全睜開雙眼，就可以再回到夢中。

她睡著的時候想著，她不記得上次覺得這麼溫暖是什麼時候——也許「溫暖」和「戀愛」是一樣的——顯然她和尼爾正談著戀愛。她一直愛著尼爾，但上一次她和他講六小時的話是什麼時候？純粹和他講話？只有他，只有她。她想，也許這就是上一次。然後她又睡著了。

喬芝第二次醒來，因為有人大叫。而且用力敲她的門。

「喬芝！我要進去了！」是賽斯嗎？

「喬芝！他不可以進去！」還有海瑟……

喬芝睜開雙眼。門打開了，隨即又甩上。

「幹，海瑟。」賽斯哀嚎。「我的手指！」

喬芝坐起來。她穿著她媽媽暴露的背心。衣服，她需要衣服。她看到地上尼爾的T恤，奮力抓了起來，往頭上套。

「我不能讓你隨便闖進我姊姊的房間。」海瑟大叫。

「妳在保護她的名譽嗎?因為船已經開走了。」

「還沒開走。他只是去看他媽媽。」

「什麼?」賽斯聽起來很喘。門開了,門又甩上前他看見喬芝。「喬芝!」

門又打開,賽斯和海瑟同時跌了進去,兩人疊在一起。

「天哪!」喬芝說。「放開我妹妹。」

海瑟抓著賽斯毛衣的領口。

「妳叫**她**放開**我**。」他說。

「下來!」喬芝大叫。「這像我從沒做過的惡夢一樣。」

海瑟鬆手,站起來,雙手交叉。她懷疑地看著喬芝,就像剛才懷疑賽斯一樣。「我去應門,他就衝進來。」

賽斯俐落地拉直他的袖口,瞪著喬芝。「我**知道**妳在這裡。」

「超棒的推論。」喬芝說。「我的車停在外面。你來這裡做什麼?」

「**我**來這裡做什麼?」他放下袖口。「妳在開玩笑嗎?我說,妳在開**我**玩笑嗎?**妳**在這裡做什麼!妳在這裡**做什麼**,喬芝?」

喬芝的臉搓搓尼爾的T恤,瞄了一眼電話——電話在她以前的鬧鐘旁邊,顯示時間是中午。

「天哪!」喬芝大叫。「已經中午了?」

「對。」賽斯說。「中午了,妳沒來上班,也不接電話,而且妳還穿著這些荒謬的衣服。」

「電池沒電了。」

「什麼？」
她把羽絨被拉緊圍著腰。「我沒接電話，因為電池沒電了。」
「喔，很好。」他說：「妳為什麼在妳媽媽家，還大剌剌躺著，這下說得通了。」
門鈴響了。海瑟看著喬芝。「妳還好嗎？」
賽斯雙手攤在空中。「拜託！海瑟！妳可以信任我跟妳姊姊獨處。她是我最好的朋友，**在妳出生之前我們就是了**。」
海瑟盯著他。「她現在很脆弱！」
門鈴又響了。
「我很好。」喬芝說。「去開門吧。」
海瑟用力踏出房門。
賽斯一手梳著頭髮，同時搖頭。「好。我們不要慌，我們還有時間——而且我帶了咖啡。今天還有十二個小時可以工作，對吧？然後還有很多明天。聖誕節也有五、六個小時吧？」
「賽斯……」
「她說『脆弱』是什麼意思？」
「聽著，賽斯，對不起。先讓我穿好衣服。」
「妳已經穿了妳特別的金屬樂團T恤。」他說。「看起來像妳已經穿好衣服了。」
「那就讓我換件衣服。然後刷牙，清醒清醒。對不起。我知道我們有劇本要寫。」
「天哪，喬芝——」他用力坐在床上，面對著她，「——妳覺得我在乎那些劇本嗎？」

喬芝的雙腿在羽絨被底下盤起來。「是的。」

賽斯雙手抱頭。「妳是對的。我是。我很在乎那些劇本。」他一臉沮喪抬起頭。「但如果妳搬回妳媽媽家，整天睡十八個小時，即使我們的夢想節目完成了，也沒意義。」

「對不起。」她說。

他雙手撥弄著頭髮。「不要再這樣說。只要……告訴我妳怎麼了。」

她瞄了一眼黃色電話。「我不行。」

「我已經知道了。」

「你知道？」不，他不可能。

「我知道是尼爾。我沒賭。」

「我從不覺得你賭了。」喬芝說。「只是太自戀。」

「妳可以跟我談這個。」

「我真的無法。」她說。

「宇宙不會解體的，喬芝。」

「其他部分可能會。」

賽斯嘆氣。「那……是他離開妳嗎？」

「**不**。」

「但你們兩人都沒講話。」

沒有。她心想，星期三以來都沒有。然後——有，一整晚。

「你為什麼那樣說？」她問。

賽斯抬頭，看起來像是為她感到難堪。「妳把筆電帶進廁所，以免妳的電話響了。」

「我要讓它充電啊！」她說。

「去弄支新的！」

「我要去了。我最近很忙。」

賽斯皺起迷人的紅褐色眉毛。他看起來像個擔憂的菜鳥參議員。像個會拿到擔憂的菜鳥參議員這個角色的演員。像個美國電視網上劇情比人物重要的影集當中的明星。「妳不能直接告訴他都是我的錯嗎？就把我丟到公車底下。」

「那其實沒用。」喬芝的手握拳，放在羽絨被底下的大腿上。「把你說成一個混蛋只會讓我自己像一個混蛋的忠實粉絲。」

賽斯白眼。「不管你我多坦蕩，他都覺得我是混蛋。」

她嘆了口氣，抬頭看天花板。「天。賽斯，這就是為什麼我們不能談這件事。」

「什麼？我又不是說他是混蛋。我是說我知道他怎麼看我。」

「尼爾不是混蛋。」

「我知道。」賽斯說。

「而且我討厭那個詞。」

「我知道。」

她想揉眼睛，但不想鬆開羽絨被。

「我是說，他**多少**是個混蛋……」賽斯說。

「**賽斯！**」

「怎麼？那是他的特色，對吧？妳知道那是他的特色。他就像山繆·傑克森（Samuel L. Jackson）的角色。」

「我不喜歡山繆·傑克森。」

「我知道，但妳就喜歡那種『妳想跟我胡搞，小妞，哼？想吧？』妳愛那種。」

「閉嘴，你根本不瞭解尼爾。」

「我瞭解他，喬芝。我他媽整個人生就和他相隔一個座位，他這個人就像妳吐出來的二手煙，就像我們共同擁有妳的監護權。」

「不——」喬芝的手指按住額頭，「——這就是為什麼我們不能談這件事。你並不擁有我的監護權。」

「我有部分。平常日。」

「**不**。尼爾是我的丈夫，他擁有完全的監護權。」

「那他為什麼不在這裡搞清楚妳怎麼了？」

「因為！」喬芝大吼。

「因為什麼？」

「因為我搞砸了。」

賽斯生氣了。「因為妳沒去奧馬哈？」

「最近是因為我沒去奧馬哈。因為我**從不**去奧馬哈。」

「妳一年去一次啊！還送我我喜歡的千島沙拉醬。」

「我的意思是，譬喻啦。我永遠選擇節目。我永遠選擇工作。我永遠不去奧馬哈。」

「也許妳應該問自己為什麼，喬芝。」

「也許我應該去！」她幾乎大吼。

賽斯盯著他的大腿。

喬芝盯著她的。這不像他們——賽斯和喬芝從不吵架。或者說，他們總是吵架；他們鬥嘴、他們羞辱彼此、他們互相吐嘈。但她們從來不為重要的事吵架。

她知道賽斯曉得她和尼爾之間並不好。

賽斯當然知道。他坐在她身邊已經二十年了。他眼見著他們越來越不好——至少從他的角度看來是這樣——但他從不提。

因為有**規矩**。

而且因為有些事情是神聖的。不是喬芝的生活，而是**工作**——工作是神聖的。賽斯和喬芝把各自的生活在辦公室門口卸下，然後工作。這麼做有其美妙之處。開懷之處。

不管他們各自的生活有多糟糕，他們兩人永遠還有節目，不管他們在做什麼節目，他們永遠擁有彼此——他們保護這件事。

他們保護工作，如此一來工作永遠在那裡，一方讓他們沉迷的綠洲。

天。天哪。喬芝就是這樣搞砸所有事情的。

因為她對某件事很在行。因為她和某個人很要好。因為她撤退到生活中最簡單的部分。

她開始哭。

「嘿！」賽斯的手伸向她。

「別。」喬芝說。

他等著，直到她擤鼻涕。「妳昨天晚上有寫劇本嗎？」

「沒有。」

「妳今天要來嗎？」

「我——」她搖搖頭，「——我不知道。」

「我們可以在這裡工作，如果妳希望的話。換個環境也許對我們有幫助。」

「那史卡提怎麼辦？」

賽斯聳聳肩。「他已經在家工作了。他甚至寫完一集。還……不錯。感覺不像我們，但還不錯。蠻好的。」

工作。喬芝應該去工作。她沒去過聖誕節所以她才能做節目。如果她不做節目，整個星期就都浪費了；喬芝毀了婚姻也砸了工作。她正要告訴賽斯。「好，好，我會過去，我會工作。」

此時電話響了。

室內電話。

她和賽斯都看了電話一眼。沒有繼續響。

「來吧！」賽斯說。「我帶了咖啡來。我不知道咖啡跑去哪裡了——我拿給妳妹妹，好支開她。天哪，她很拼命，有人威脅要殺了妳嗎？」

有人從走廊過來，門打開了。海瑟的頭和肩膀探了進來。「找妳的。」她對著喬芝皺眉。「是**尼爾**。」

喬芝的心跳頓時錯拍。（很好，這下她心悸。）（等等，尼爾也可以打到廚房的電話？這簡直失控了。）「謝謝。我接起來後妳掛掉好嗎？」

「妳要我掛他電話？」

「不是。」喬芝說。「我要從這裡接起來。」

「妳可以嗎？」

「妳真的不懂？」

海瑟眉頭皺得更深。「抱歉，我不懂你們二十世紀的科技。」

「妳去廚房，等妳聽到我把電話接起來後，再掛上電話。」

「妳先接起來。」海瑟說。

喬芝看著電話，在伸手不可及的地方，在賽斯旁邊——而且不在掉到地上的睡衣短褲旁。

「**好吧**。」海瑟端詳著喬芝，彷彿想戳破她的把戲。「我等妳的時候先跟尼爾聊聊。」

「馬上就接。」她說。

「不要跟他講話，海瑟。」海瑟的眼睛瞇成一條線。「我只會跟他打個招呼，問候女孩們……」

喬芝踢了賽斯。「接電話。」

「什麼？妳要**我**跟尼爾講話？」

「沒人要你跟尼爾講話。接電話——」喬芝又踢了他，「——然後拿給我。還有妳——」她指著海瑟，「——是個壞妹妹，還有壞人。」

喬芝又踢了賽斯。他站起來拿起話筒——提著話筒在半空中，拎著把手，彷彿那是炸彈一樣——然後扔給喬芝。

海瑟在門口等著。**掛掉**，喬芝用嘴形示意。**現在**。

她把電話拿到耳邊，等著掛掉的聲音。她可以聽見尼爾家裡的聲音——他的父母。她可以聽見尼爾呼吸。

海瑟「喀」一聲掛上廚房的電話。

「喂？」喬芝說。

「嘿！」尼爾回答。

喬芝感覺她的表情都溫柔了；她低下頭以免賽斯發現。「嘿！我回電給你好嗎？」她希望這是對的尼爾。（她不是說這個尼爾才對，她的意思是**年輕**的尼爾。）

「我知道我不應該打來的，」他說：「但是時間不早了，而且我想——我不知道我在想什麼，但我想跟妳說話，我想是這樣。」

那是對的尼爾。「沒關係？」她說：「但我打給你好嗎？」

「好。」他說。「抱歉。」

「不用抱歉。我馬上回電給你。」

「早安，喬芝。」

喬芝看看時鐘。「那裡差不多兩點了，對吧？」

「嗯。」尼爾說。「但是，妳那裡不是吧？我現在打電話來，因為我不想錯過跟妳說早安。」

「噢。」喬芝感覺自己的臉都放鬆了。「早安。」

「啊哈！」賽斯說。

喬芝抬頭看他，有如被雷擊。

他靠著衣櫥，一臉得意。「妳沒穿褲子。」

「是賽斯嗎？」尼爾問。

喬芝閉上眼睛。「對。」

她可以聽見尼爾防禦升起——然後下降，像鋼鐵的人盔甲喀啷就位。穿越整個國家和十五年的時空她也聽得見。

尼爾的聲音就像冷氣：「他剛才是不是說妳沒穿褲子？」

「他幹了蠢事。」

「是啊，好。妳要打電話給我，對吧？等妳和賽斯完事？事情是這樣嗎？」

「對。」喬芝說。「事情就是這樣。」

「好。」他在電話中用力吐氣。「那再說吧。」

他掛上電話。

喬芝把話筒丟向賽斯，**用力丟**。但不夠用力——電話線拉住了話筒，把話筒拉回來，掉到地上。有那麼一秒，她怕自己把電話摔壞了。（她可以插進一台新的電話嗎？顯然咖啡色的壁掛電話也有魔法，所以她還是可以從廚房打給尼爾。）

「你此時此刻毀掉我的婚姻還不夠，」她大怒，「是嗎？你非得隨時隨地毀掉它。」

賽斯的眉毛挑得老高——看起來好像她真的把話筒扔到他身上。他看起來像要大喊：「規矩、規矩、規矩！」

「毀了妳的婚姻……」他說。

喬芝吐一口氣，搖搖頭。「我不該那樣說。」她不斷搖頭。「抱歉。我只是……你為什麼要開口？」

「妳覺得我正在毀掉妳的婚姻？」

「不。賽斯。不是。我覺得我正在毀掉我的婚姻。你只是同謀。」

「我不是同謀——我是妳最好的朋友。」

「我知道。」

「我**永遠**都會是妳最好的朋友。」

「我**知道**。」

「即使——」

「**別說！**」她說。

他又靠回衣櫥，輕輕踢著衣櫥，把腳靠在上面，彷彿在展示橘色卡其褲（他正穿著橘色卡其褲），雙手交叉。「那又是什麼意思？」賽斯問：「隨時隨地？」

「沒什麼意思。我只是累了。」

「還有嚇壞了。」他小聲說。

她低頭看著羽絨被。「還有嚇壞了。」

「跟我談談顯然又是個**極為不妥**的想法……」

她抿起嘴唇咬著，點頭。

「所以我們別談吧，喬芝。我們就寫吧。」

喬芝抬頭看著他。賽斯盡可能的看起來誠懇——他的表情如此直白，她幾乎認不出來。

「這是我唯一能為妳修補的事。」他說。

她的眼睛又看著電話。「我必須打給尼爾。」

「好。妳打給尼爾，然後穿好衣服。我去找我們的咖啡，找個地方……妳準備好了以後就出來——我不會提起妳沒穿褲子睡覺，但從現在開始我知道這件事了，喬芝——**永遠**——我們會繼續寫劇本。我們會變成艾美．舍曼—帕拉狄諾，大幹一票。」[50]

「我愛艾美．舍曼—帕拉狄諾。」

「我知道。」他對著她，意有所指地挑眉。「我是妳**最好的朋友**。」

「我知道。」

「我現在去廚房了。」

「賽斯……」

「妳馬上出來。」

「賽斯，現在不行，我要打給尼爾。」

他的頭倒向衣櫥。「我可以等。」

「我不希望你等。」

「**喬芝**。」

「**賽斯**，我要盡我所能修補。」

「那我這段時間要做什麼？」

「去工作。」她說。「寫劇本。」

「那妳等等會進辦公室嗎？」

「可能。」

「但妳明天一定會進來。」

「對。」他的頭輕輕敲著合成木板。「好吧，只要……好。」他踢開門。「**四天**。」他哀嚎。

「我們有四天就要完成。」

「我知道。」

---

50 譯注：艾美・舍曼—帕拉狄諾（Amy Sherman-Palladino），美國知名電視編劇、導演、製作人。著名作品有《心舞》（*Bunheads*）、《奇異果女孩》（*Gilmore Girls*）。

「好吧……但是如果妳今天到頭來還是不能挽救妳的婚姻，不妨來找我寫劇本。」

「不要再講我的婚姻了。講個不停。」

賽斯在門口停下腳步，回頭對她露齒一笑。「喔，來嘛——妳會送我到門口吧？」

喬芝把手放進羽絨被。「讓海瑟把你踢出去吧！會讓她開心點。」

「我一直以為海瑟喜歡我。」他喃喃自語，讓門在背後關上。

喬芝等不及賽斯離開家門，她等不及腦袋和眼睛清醒過來——她不斷想著尼爾打電話給**她**，已經**兩次**了，意思就是她的魔法電話是雙向的，意思就是……誰知道是什麼意思？那是魔法電話，沒規則可循。

她火速撥了尼爾的號碼。她撥錯號，又得重頭來過。

他爸爸接的，讓喬芝更加覺得不妙。

「嗨！保羅—葛瑞夫頓先生，我是喬芝。呃，尼爾在嗎？」

「叫我保羅就好了。」他說。

「保羅。」喬芝又想哭了。

「妳打得正是時候。」他說。「尼爾在這。」

一陣轉接的聲音——「喂？」

「嗨！」喬芝說。

「嗨！」尼爾冷冷地說。但也許不是生氣。他總是很難分辨。「賽斯讓妳休息？」

「他走了。」

「喔。」

「你要出門了嗎？」她問。「你爸說——」

「對。我們要去探望我奶奶的妹妹。她在安養院。」

「你們人真好。」

「倒不是。她在安養院，而且要獨自過聖誕節。這是我們至少能做的。」

「喔。」喬芝說。

「抱歉。我只是……很討厭安養院。我姨婆自己沒有小孩，所以我們——」

「真抱歉。」

「妳抱歉？」尼爾哼了一聲。「我以為妳在**睡覺**。」

「什麼時候？」

「我打過去的時候。」

「我本來在睡覺。」她說。

「妳和賽斯在一起。」

「他把我叫醒。」

「妳醒來應該要打電話給**我**。」

「我**正要**打給你。」

「終於打了。」他說。

「尼爾，你說過你不會嫉妒賽斯。」

「我不嫉妒賽斯。我在生妳的氣。」

「喔。」

「我要出門了。」他說。「我回來再打電話給你。」

別打給我。喬芝差點脫口而出。「好，我會在。」

「好。」

她現在不打算說「我愛你」來試探他會不會回她。「我會在。」她又說了一次。

「好。」他掛上電話。

20

尼爾掛掉電話。

對他來說這不難。

有那麼一秒鐘，喬芝希望他知道——她其實是誰，她真正所在的**時間**，所有的事情。如果尼爾知道他掛掉的是來自未來的電話，他不會就這樣掛掉。你不會掛掉魔法電話。

喬芝晃到廚房，餓了。

海瑟站在前門門口，跟某人講話。喬芝從車窗上的圖案認出那是送披薩的車，心想如果過去從他們手中把披薩拿來，會不會打擾他們。或者，沒了披薩，他們的曖昧會不會就此瓦解。

她打開咖啡機，翻遍冰箱，什麼也沒找到。

幾分鐘後，海瑟微笑走進廚房。

「披薩呢？」喬芝問。「我餓死了。」

「喔，我沒叫披薩。」

「但披薩男孩來了。」

海瑟跨步穿過喬芝，靠在冰箱上。「送錯了披薩。」

「披薩這種東西不會錯。」喬芝說。「所有的披薩概念上都是對的。」

「錯的地址。」海瑟說。「可能搞混了。我們常叫他們的披薩。」

「海瑟，我說真的。披薩這種東西不會錯。那個男孩想跟妳講話。」

海瑟搖搖頭，打開蔬菜抽屜。

「進行多久了？」喬芝問。

「沒什麼在進行。」

「為了男孩，而不是為了食物才訂披薩，這樣多久了？」

「賽斯提供喚醒服務多久了？」

喬芝一推，關上冰箱的門——海瑟急忙閃開，以免被打到。「太過份了。」喬芝說。

海瑟看起來欲言又止，似乎是更難聽的話，但她緊閉嘴唇，雙手交叉。

喬芝決定走開。她在廚房旁邊停了下來。「我要去洗個澡。如果尼爾打來，叫我。」

海瑟不理會。

「**拜託**？」喬芝說。

「好吧。」海瑟答應，頭也沒回。

喬芝走進浴室前檢查了黃色電話，確定聽到撥號聲，鈴聲打開。（好像有人會偷偷進來搗亂一樣。）

曾經，國中的時候，她擔心會錯過男生的電話，每次要進浴室就把電話拉進去。（男孩並沒有打。）（喬芝卻絲毫不感到洩氣。）

她站在蓮蓬頭底下直到水變冷，然後偷了一件她媽媽的瑜珈褲和有巴哥圖案的運動衫，走到洗衣間。
喬芝成長的歲月中，洗衣機和烘衣機都在車庫外面，有塊帆布蓋著。但肯爵克幫她媽媽在房子後面蓋了一個洗衣間，有磁磚和整理桌。喬芝在那裡還是聽得到廚房的電話響，如果響的話。
她打開洗衣機，丟進牛仔褲、T恤、胸罩……
一件看了就難過的胸罩。
曾經是粉紅色，在生愛麗絲和努蜜之間買的，現在變得灰撲撲的。而且一邊的鋼圈一直從喬芝雙峰之間的破洞戳出來。有時候鋼圈幾乎整個跑出來，像襯衫領口底下的勾子。往另一邊彎時，就會戳到她。你以為這會促使喬芝買新的胸罩，沒有，她只是趁沒人注意時火速把鋼圈推回去，然後忘了這件事，直到下次又跑出來，如此循環。
喬芝買什麼東西都不在行，特別是買胸罩。妳不能在網路上買，妳也不能找別人幫妳買。買胸罩永遠都是最糟的，即使她的胸部還年輕可愛的時候也是。（如果喬芝知道怎麼打電話給從前的自己，她會告訴她自己，她從前是多麼年輕可愛。「我是來自未來買胸罩的鬼。每個人都有點左右不均，妳就接受吧！」）
她關上洗衣機的蓋子，設定洗衣機為「柔洗」，坐在烘衣機前面的地板上，靠著烘衣機。溫暖的烘衣機嗡嗡作響，喬芝感覺自己像喜歡布娃娃媽媽的恆河猴。
事情不應該變成這樣。
喬芝昨晚睡著的時候，一切顯得多麼美好。比美好還要好，也許是有史以來最好……
很奇怪。她和從前的尼爾聊天時，比共享過去或共享現在的兩人相處得更好。也許這是他們命中注定在一起的組合——成熟的喬芝和幾乎樸實的尼爾。可惜他們不能像這樣下去。

這樣能持續多久？

今天是十二月二十三日。

喬芝知道一九九八年發生什麼事：尼爾聖誕節當天來到她家門口。意味著尼爾——室內電話中的尼爾——明天早上就會離開奧馬哈，從前的明天，向她求婚。

事情還會是那樣嗎……

尼爾還是會求婚？或者喬芝一小時前剛剛搞砸了，在賽斯的俯衝襲擊下？

也許當她第一次打電話給從前的尼爾時就搞砸了。

昨天，喬芝心想她是否應該勸退尼爾愛她——如果這是魔法的意義的話，從她身邊救他出去。但要是她光是開口就已經勸退他了呢？

她狂亂、絕望地陷入這樣的思緒，這時海瑟下樓走到洗衣間，拿著一碗可微波加熱的罐頭濃湯。是雞肉通心粉口味。

「妳曾經煮給自己吃嗎？」海瑟問。「還是尼爾每天早上都會幫妳準備好？」

「有時候我會叫外賣。」喬芝說。

「妳會幫女兒弄食物嗎？」

「尼爾會弄。」

「如果尼爾不在家呢？」

「優格。」

海瑟把湯遞給她，和平地給她，坐在她旁邊，靠在洗衣機上。

「謝謝。」喬芝說。

海瑟對喬芝仍然小心翼翼。她深吸了一口氣，從牙齒之間吐出。「我知道有什麼事情，也許妳可以告訴我——妳和賽斯上床嗎？」

喬芝啜吸一口湯，燙到嘴巴。「沒有。」

「沒有。」

「妳有沒有一個男朋友，聲音聽起來有點像妳丈夫，但不是妳丈夫，但名字也叫尼爾？」

「是不是發生什麼奇怪的事情？」

喬芝轉頭面對海瑟，輕敲著烘衣機。「對……」

海瑟面對著他，把頭靠在洗衣機上。「我甚至不記得妳沒有尼爾的時候。」她說。

喬芝緩慢地點點頭。然後小心地，又喝了一口湯。「我們結婚的時候妳在場，妳記得嗎？」

「應該吧。」海瑟說：「但我可能只是記得照片。」

海瑟本來要當花童，但喬芝的朋友都無法負擔到奧馬哈的旅費，所以海瑟變成她唯一的伴娘——還有賽斯，他認為自己只是來幫喬芝站台。

喬芝不確定她該不該邀請賽斯（因為婚禮在奧馬哈，還有因為**尼爾**），但賽斯開始自稱是喬芝的伴郎，而她也不知道怎麼反駁……

婚禮上，他穿了一件咖啡色的三件式西裝和淺綠色的領帶。海瑟穿了薰衣草色的山東絲綢和綠色羊毛衫。賽斯牽著她進場。

而且他堅持海瑟也要參加喬芝的單身派對——「只為新娘舉行的派對」，地點在尼爾家附近一間千百年老店的義大利餐廳。他們吃了像糖一樣甜的蕃茄義大利麵，賽斯不停地說著他正在做的情境喜劇，他才剛說服公司雇用喬芝的那一齣。喬芝喝太多紅酒，海瑟趴在桌上睡著了。「還好我是指定駕駛。」賽斯說。

隔天典禮的相片中，賽斯以見證人的身份在結婚證書上簽名，海瑟踮起腳尖看。賽斯穿著咖啡色的西裝，喬芝穿著白紗，尼爾微笑著。

喬芝大口喝了湯。「妳很可愛。」她告訴海瑟。「我覺得妳以為那是妳的婚禮——尼爾跟妳跳舞，妳臉紅了一整天。」

「我記得這件事。」海瑟說。「我的意思是，我看過那些照片，我看起來就像努蜜。」

喬芝和尼爾沒有舉行傳統的教堂婚禮，也沒有盛大的宴會。他們在尼爾家的後院結婚。丁香花開了，喬芝握著一束她媽媽綁的丁香花。

一切從簡。她和尼爾都剛畢業，而喬芝蜜月回來後才開始做情境喜劇。（內布拉斯加郊區五日遊，在一條泥濘的河上，某人的小木屋裡。）（最棒的五日。）

他們試著自己負擔婚禮的費用；她媽媽和肯爵克已經掏出很多錢買機票，喬芝不想請尼爾的父母幫忙。

是喬芝提議在奧馬哈結婚的。她知道尼爾會喜歡。他們分手，幾乎分手那一次，對她來說記憶猶新，而喬芝希望尼爾回顧婚禮的時候是快樂的——一切都是快樂。她要他那天是快樂的，完全地輕鬆自在。

結果尼爾的家人還是幫了忙。他的父母買了蛋糕，他的姑姑做了奶酪薄荷糖和三明治。幫尼爾受洗的牧師幫他們證婚。典禮過後，尼爾的爸爸把他的音響搬到露台當起DJ。

喬芝唯一堅持的一首歌是〈皮革與鞋帶〉（Leather and Lace）。

一開始其實有點搞笑。他們剛開始約會的時候，某家餐廳播了〈皮革與鞋帶〉，喬芝大呼，告訴尼爾這是「我們的歌」。他們努力過——但是失敗了——想起其他更荒謬的「我們的歌」。（尼爾提議〈吉普賽人、遊民與小偷〉（Gypsies, Tramps & Thieves）；喬芝說要《計程車》（*Taxi*）的主題曲。）

之後，〈皮革與鞋帶〉在他們兩人重要的時刻總會出現……

一次是她媽媽家外面，尼爾在車上吻她。

一次是開車到舊金山旅行。

一次是喬芝以為她懷孕了，他們在藥局排隊買驗孕棒。（尼爾的手在喬芝的背上。喬芝握著驗孕棒，像拿著一包口香糖。史蒂薇·尼克斯低聲唱著自己的人生，還有她比你想得要堅強。某個時間點開始，〈皮革與鞋帶〉就變成他們的歌。正式成立。[51]

結婚那天，這首歌在尼爾父母家的露台播出時，喬芝說不出話。

她意識到自己真的要結婚了，是在那一刻嗎？

---

51 譯注：史蒂薇·尼克斯（Stevie Nicks）與Don Henley合唱〈皮革與鞋帶〉。

或她只是意識到她找到一個男人和她一起跳舞，誠心誠意，額頭碰著額頭，在〈皮革與鞋帶〉的歌聲中。（留在我身邊，留下——）

〈皮革與鞋帶〉之後，尼爾和他媽媽跳了〈月河〉（Moon River）。（安迪．威廉斯的版本）喬芝和賽斯，尼爾和海瑟跳了〈雙方此刻〉（Both Sides Now）（茱蒂．歌琳的版本）。

幾個小時後，所有人都走了或進去屋裡——切完蛋糕後賽斯就去了機場——尼爾和喬芝待在露台，在懷舊電台播的歌曲中慢舞。

那天之前，他們從沒真的跳過舞。或說那天之後。還有，說真的，他們就連當時也不是真的跳舞……尼爾一手放著喬芝背後的肩胛骨，另一手在脖子後方，而喬芝雙手搭在他的胸前，靠在他身上，兩人左右搖晃。

那不算跳舞，只是讓婚禮持續。停留在當下，在腦海裡一再重複。我們現在結婚了。我們結婚了。

二十三歲的時候你不懂。

你不懂什麼是潛入一個人的生命並待在裡頭。你不能預見彼此將如何纏繞，如何皮肉相連。分開的念頭，五年、十年、十五年，分別是什麼感覺。當喬芝現在想像離婚，她想像和尼爾並肩躺在兩張手術台上，一群醫生正要分離他們的血脈。

二十三歲的時候她不懂。

那天，在外面的露台，感覺只是目前為止她生命中最重要的一天，而不是從今以後她生命中最重要的一天。也不是改變所有事情的那一天。那會改變她，打從細胞改變。像重寫你的

DNA的病毒。

喬芝假裝在跳舞。她抓著尼爾的襯衫，他們鼻子碰著鼻子。「妳是我的妻子。」尼爾說，他笑了，她想用牙齒咬住他的酒窩。（好像如果她抓住了，她就可以收藏起來。）

「你的。」她說。

也許當時喬芝**瞥見**了，無限在他們搖擺的地方偏離了線軸。她所有的可能性都不可回復地受到限制，在那天，那個決定。

尼爾穿著海軍藍的西裝。他忍到婚禮前一天才去剪頭髮，所以有點太短。

「你的。」她說。

尼爾捏捏她的脖子後方。「我的。」

烘衣機停了。

「我從來沒談過戀愛。」海瑟說。「我不覺得我容易心動。」

喬芝放下湯罐，把眼鏡推上去，揉著眼睛。「妳怎麼會知道？」

海瑟聳肩。「呃——因為還沒發生，是吧？」

「也許妳披薩叫得不夠多。」

「我是說真的，喬芝。」

「好——**說真的**，海瑟，妳才十八歲。妳有很多時間戀愛。」

「媽說她在我的年紀已經談過三次戀愛了。」

「呃——」喬芝皺眉，「——她**通常**是容易心動的。遇到愛，她的免疫系統就不靈了。」

海瑟把玩著運動衫上的繩子。「我還沒真的跟誰約會過。」

「妳試過嗎？」喬芝問。

她妹妹皺起鼻子。「我不想試。」

「大學就會有了。」

「妳高中就約會了。」海瑟堅持。「尼爾之前，妳談過戀愛嗎？」

「妳為什麼問我這個？」

「因為我需要找人談談，」海瑟說：「而媽又不算正常。」

「妳不能跟妳的朋友談嗎？」

「我朋友都跟我差不多沒有頭緒。尼爾之前，妳談過戀愛嗎？」

喬芝想了想。十一年級的時候和一個男的好像算是有點認真——幾個星期，然後就吹了。接著是她和賽斯坐在同一張沙發的那些年。

「也許。」喬芝說。「也許我逐漸的，經過兩、三段關係之後，慢慢接近戀愛。」

「但不像和尼爾在一起。」

「不像和尼爾在一起。」

「妳怎麼知道他是對的人。」

「我當時不知道，我不覺得我們誰知道。」

海瑟訝異。「尼爾知道——他向妳求婚。」

「不太一樣。」喬芝說。「妳以後會知道。比較像是妳遇到某個人，妳戀愛了，妳希望那個人是對的人——在某個點，妳必須下注。妳必須許下承諾，然後希望妳是對的。」

「沒有人會那樣形容愛。」海瑟皺眉。「也許妳的方式不對。」

「**顯然**我的方式是不對的。」喬芝說。「但我還是覺得對多數的人來說，愛的感覺是那樣。」

「所以妳覺得多數的人都在下注，他們對整個人生懷抱希望，只是**期待**他們感覺的是真的。」

「真假不是重點。」喬芝轉過去完全面對海瑟。「就像是……你們兩人在丟一顆球，你們只是希望能維持球在空中。這和你們愛不愛對方無關。如果你們不愛對方，就不會玩這個愚蠢的遊戲了。你們彼此相愛——而且你們只希望可以繼續玩球。」

「球譬喻的是什麼？」

「我不確定。」喬芝說。「一段關係。婚姻。」

「妳真的很令人洩氣。」海瑟說。

「也許妳不該跟一個丈夫剛離開她的人談婚姻。」

「他沒有離開妳。」海瑟說。「他只是去探望他媽媽。」

喬芝低頭看著大腿上的空湯罐。

「我一直等著聽妳說，一切都值得……」海瑟說。

喬芝吞了一口。「那樣說並沒有意義。」

她們安靜坐了一會兒。直到其中一隻巴哥——大腹便便那隻——快步下樓到洗衣間。看著巴哥快跑下來很像看著巴哥滾下樓。喬芝後仰，看著遠方。巴哥跑到她身邊停下，瘋狂吠叫。

「我也不喜歡妳。」她說，接著轉身背對著狗。
「是衣服。」海瑟說。「牠討厭那件衣服。」
喬芝看著借來的衣服上頭的巴哥，閃閃發亮。
「牠們非常在乎地盤。」海瑟說。「來吧，過來——讓牠爬進烘衣機。」
「我可能不喜歡牠，」喬芝說：「但我可不想煮了牠。」
「牠喜歡。」海瑟推開喬芝，打開烘衣機的門。「裡面很溫暖。」她把狗抱進烘衣機，放在衣服上面。
「要是裡頭太熱怎麼辦？」
「那牠就會跳出來。」
「真是危險。」喬芝說。「要是妳不知道牠在裡面，然後開始烘衣服？」
「我們會先看。」
「我就不會。」
「好吧，現在妳會了。看吧——牠喜歡！」
喬芝看著嬌小的狗兒躺在一疊深色衣服上，慶幸自己的衣服還在洗衣機裡。她對著狗兒皺起眉頭，又對著海瑟。「提醒我千萬不要再找妳帶小孩。」
喬芝的胸罩在洗衣機裡徹底解體了。她媽媽的洗衣機是皇后牌，老舊的攪拌式型號。掉出來的鋼圈卡進中軸，喬芝猛力把鋼圈拔出來。

尼爾掛上電話還不到九十分鐘。他可能還沒抵達姨婆在愛荷華的安養院。喬芝不能枯坐乾等一整天。她應該去工作……天哪，不行，她現在不能應付賽斯。

她拿起胸罩，思考只有一邊鋼圈的胸罩能不能繼續穿，然後把胸罩和其他衣服一起塞進烘衣機（先把巴哥抱出來），跑回屋子裡。

海瑟坐在沙發上玩手機。「妳想去購物中心嗎？」喬芝問。

「平安夜的前一天？好啊，聽起來是個好主意。」

「好，走吧。」

海瑟已經瞇起眼睛，這下更是瞇成一條線。「妳不穿胸罩嗎？」

「我要去購物中心買胸罩。」

「妳幹嘛不回家拿幾件衣服？」

喬芝想想她的家。一片漆黑，而且很遠，幾乎和尼爾出門前一樣。「我要在尼爾打電話來之前回來這裡。」

「那就帶著妳的電話。」

「他會打來**這裡**——妳去不去？」

「不啦。」海瑟說。「我待在家。這樣**尼爾**打電話來的時候就有人接。」她講到他的名字時手比了個引號。

她們對著彼此皺眉。

「跟我一起去。」喬芝說。「我買個東西給妳。」

「什麼？」

「我可能得去蘋果一趟。」

海瑟從沙發上跳了起來，然後停住。「我不接受賄賂，我不會幫妳保守骯髒的祕密。」

「我才沒有骯髒的祕密。」

喬芝的手機還插在汽車座充上，喬芝一發動車，電話立刻活了起來。她有七通未接來電和四則語音留言，都是賽斯。還有兩通未接來電和一則語音留言來自尼爾的手機。喬芝停了下來——在她媽媽家的車道和馬路中間——聽語音留言。她摒住呼吸，等待聽到**現在的**尼爾的聲音。

「媽？」是愛麗絲。「奶奶想知道我們可不可以看《星際大戰》第五集。我跟她說可以，但她說太暴力了。爹地去墓園看爺爺了，他沒帶手機，所以我們不能得到他的同意。我告訴奶奶沒關係——路克砍掉達斯．維達的頭的時候我們閉上眼睛就可以了——但她不相信。所以妳回電好嗎？我愛妳。」愛麗絲對著電話親了一下。「——掰。」

喬芝把電話放在儀表板上，把車開上馬路。

「妳還好嗎？」海瑟問。

「我很好。」喬芝說，她把眼鏡推上去，手背擦著一隻眼睛。

「因為我們剛離開家裡，妳開車又像個混蛋嗎？」

「我很好。」喬芝說。

21

賣場沒有停車位——她們繞了又繞，終於找到位置。然後喬芝打開手套的收納盒，翻出駕照和信用卡。

「妳沒有包包嗎？」海瑟問。

「我通常不需要用到包包。」

「我以為媽媽都要帶著超大的包包，裡面有急救工具和幾包餅乾。」

喬芝白了她一眼。

「妳根本就無家可歸，」海瑟說：「是吧？如果尼爾沒回來，妳就要去尋覓食物和水了。」

喬芝把電話和信用卡塞進口袋。「我們不能在這裡浪費時間。」她說。「可沒空在飲料店逗留看帥哥。」

「我又不是十二歲，喬芝。」

「去去就回來。我們買胸罩，買電話的電池，就離開。」

「妳要買新的電話給我嗎？因為我比較想要iPad。」

「誰說我要買電話給妳了？」

「剛不是這個意思嗎？而且媽說妳有錢。」

「動作快。我不想錯過尼爾。」

購物中心裡頭播著聖誕歌曲，內衣區的店裡、試衣間裡也都是。

地板上已經有一堆混亂的胸罩，喬芝根本沒看鏡子，試穿了更多。她完全無法集中精神，一直不記得哪幾件是合身的。

隨便拿一件，喬芝。或全都買了。沒差。妳只是在打發時間。

天哪，在奇怪的時間打發時間。她未來的命運未定，而她除了打發時間以外無可奈何。至少，尼爾回電前無可奈何。

他會回電，對吧？要是他沒有呢？要是他太生氣了？要是他明天早上**還在**生氣呢？

喬芝必須和尼爾談談，撥亂反正。她必須確定他明天早上仍然會上車，他的明天，然後聖誕節當天出現在她家門口。

但要是他沒有呢？

喬芝真的相信過去十五年就會瓦解嗎？她就這麼相信這個詭異的可能性，她的婚姻會開始消散，就像〈人間天使〉唱到一半，馬蒂．麥佛萊那樣？[52]

她還能怎麼想？她得繼續配合演出——輸贏太大了。

如果一九九八年尼爾沒有出現向她求婚……

二十二歲的喬芝將永遠不知道她錯過了什麼。

那個女孩以為一切已經結束了，她已經失去他了。

尼爾回去奧馬哈的那個星期，喬芝倒下了。

她整個人籠罩在愁雲慘霧中。躺在床上，刻意不打給他。她為什麼要打？她應該說什麼？抱歉？喬芝並不抱歉。她知道她這輩子要做什麼，這件事她並不抱歉。她實現理想，這件事她也不抱歉。

又不是尼爾提出一些難以抗拒的替代計畫；「喬芝，我想牧羊——牧羊在我的血液當中，而且我只能在蒙大拿牧羊。」（那裡是牧羊的地方嗎？）「我需要妳。跟我一起去吧。」

不，尼爾只是說：「我討厭這裡，我討厭這樣。我討厭這就是妳要的。」

他提出的都是負面的論述。

他甚至不留討論的餘地。他獨自一人離開了——離開的路上和她分手。

喬芝真的相信他們已經分手。

尼爾離開的頭幾天她感覺肋骨之間真的裂開了，肺臟底下破了洞。喬芝醒來時會恐慌地確定她喘不過氣——或她已經失去留住空氣的能力。

呼吸就像棒球擊中心臟。

空氣就在那裡。她只是需要想著這件事。吸、吐、吸、吐。她心想，是否餘生都要提醒自己呼吸。也許從此刻開始那是她內心的獨白。吸、吐、吸、吐。

52 譯注：在電影《回到未來》中，馬蒂回到未來拯救父母的婚姻，在一次舞會中，歌曲〈人間天使〉（Earth Angel）唱到一半，馬蒂的媽媽被別人糾纏因而險些無法與馬蒂的爸爸在一起，馬蒂漸漸變成透明。

尼爾那個星期也沒打電話來向喬芝道歉。

他為何需要？

她當時心想。他要為了什麼道歉？因為喬芝要的他不要？因為瞭解自己的極限？

還好他如此瞭解自己。

還好他想清楚了。

尼爾愛她，喬芝是知道的。他不能放開她——他的墨水離不開她；他總是在她的肚子或大腿或肩膀上塗鴉。他在他的床邊放了一盒水性的麥克筆，喬芝沖澡的時候，水就會變成七彩。

她知道尼爾**愛**她。

還好他發現那不夠讓他快樂。他真的非常成熟。他也算是為彼此節省不少心痛。

天哪，天哪，天哪。

吸——吐、吸——吐、吸——吐。

留在我身邊，留下——

那個聖誕節的早上，喬芝分手的情緒沒有任何進步。她沒有感覺更好或更堅強。

她頗確定從此以後每個聖誕節都會留下尼爾離去的陰影。就像喬芝以後每次聽到〈聖誕鈴聲〉這首歌就會感覺到尼爾開車走的時候拉著一條綁在她胃上的拖鍊。

賽斯不停打電話確認她沒事，但她不想跟他說話。她不想聽到他告訴她沒了尼爾她會更好。

喬芝不會更好。即使尼爾是對的——即使他們永遠都無法在一起，即使他們根本上就**不適合**——少了他，她還是不會更好。（即使妳的心臟碎到都疼了，妳沒有心臟還是不會**更好**。）

她媽媽要她聖誕節早上來客廳看海瑟拆禮物。海瑟當時三歲，剛好大到懂得樹底下所有禮物都是給她的。喬芝坐在沙發，身穿法蘭絨睡褲和一件破爛的T恤，手指抓著鬆餅。

肯爵克也在。當時他還算新來的，他送給喬芝電影院的禮券，上頭打了蝴蝶結。海瑟得到一隻會講話的天線寶寶，她猛扯著。

他——肯爵克，不是天線寶寶——一直跟喬芝說話，他真的很努力，喬芝不忍心不理會。（但她也無心聽，對話相當困難。）門鈴響了，肯爵克跳起來應門，可能想藉機遠離喬芝。

「是妳的朋友尼爾。」他回到客廳，對喬芝說。

「你是說賽斯。」她說。

肯爵克搔搔他的山羊鬍——他以前蓄過滑稽的山羊鬍——「尼爾是矮的那個，對吧？」

喬芝放下盤子，從沙發上站起來。

「你怎麼不請他進來？」她媽媽問肯爵克。

「他說他在外面等就好。」

喬芝不相信會是尼爾。她**不敢**相信會是尼爾。首先，因為尼爾在奧馬哈——他不會不在奧馬哈過聖誕節。第二，因為他們分手了。第三，因為如果喬芝**相信**是尼爾，而結果不是？很可能是那樣，那喬芝會死。

她走到前門的時候門還是開著。

尼爾站在紗門的另一邊，咬著嘴唇，瞇著眼睛看著另一條街，好像在等她從另一邊過來。

尼爾。

尼爾，尼爾，尼爾。

喬芝推開紗門時手在顫抖。

尼爾轉向她，他的眼睛睜得老大，彷彿他自己也不敢相信真的是她。

他後退一步，喬芝走到門廊。她想抓住他。（抓住他應該是安全的——尼爾聖誕節一大早來到她家，應該不是為了**更狠地**跟她分手，對吧？他不會又跑回來跟她說他要走了吧？）

尼爾的眼睛垂下，表情嚴肅。看起來似乎依然受到傷害。「喬芝。」他說。

喬芝剎那間哭了起來，從零飆到十一。「尼爾。」

尼爾搖搖頭，而她衝向前抱住他。即使他來只是為了確定他們結束了，喬芝也要再度絕望地擁抱這個事實。

他的手臂環繞她的肩膀，他抱得很緊，他們前後搖晃。「喬芝。」尼爾說，然後開始推開。

她不讓他推開。

「喬芝，」他說：「等等。」

「不要。」

「等等，我要做一件事。」

她還是不讓他推開。尼爾必須拉開她的手，後退一步。

他後退的瞬間，一隻膝蓋立即下跪。喬芝以為他要道歉，所以跪下。「別這樣，」她說：「你別這樣。」

「噓——讓我做就是了。」

「尼爾……」

「喬芝，拜託。」

她雙手交叉，一臉悲慘。她不希望他說抱歉，那只是又回到他們說抱歉的情況。

「喬芝。」他說：「我愛妳，比起那些我痛恨的事情，我更愛妳。我們一起努力就會足夠——妳願意嫁給我嗎？」

喬芝扣上背後的胸罩，扣到一半停了下來，轉頭看著鏡子裡的自己。

噢……

22

聖誕節。

單膝跪下。

雙眼注視著她。

「我們一起努力就會足夠。」他說。

昨晚的電話中，喬芝問尼爾，愛是否足夠。而十五年前，他回答了她。

那……是純屬巧合嗎？

或者那表示……

已經發生過了。

這些——所有的一切，電話、吵架、講了四小時的電話——已經發生過了。在尼爾身上，十五年前。

要是喬芝沒有打這些電話，干擾了時間順序——或者這就是時間順序？要是這其實一直都依照時間順序？

「我們一起努力就會足夠。」尼爾那天在她家門口這麼說。

喬芝記得他說這句話，記得聽起來多美好——她當時的焦點全都在他手上的戒指。

會不會尼爾當時指的，是他以為她也參與的對話？

「要是那樣還是不夠呢？」喬芝昨晚問他。

「我們一起努力就會足夠。」他在一九九八年向她保證。「妳願意嫁給我嗎？」

23

喬芝目瞪口呆看著鏡子中的自己。「我的天哪！」她驚呼。

「沒那麼糟糕吧。」海瑟在試衣間外說。「妳連四十都不到。」

「不，我……」喬芝走出試穿的隔間，把她媽媽的巴哥運動衫從頭上往下拉。「我現在得回家。」

「噢。」

「我以為尼爾要打到我們家。」

「對，我要去那裡，現在。」

服務人員在試衣間外等候。「有合適的嗎？」

「這件可以。」喬芝伸手從運動衫底下拉下胸罩的吊牌，遞給服務人員。「我要這件。」她走向收銀台。

尼爾從來沒告訴喬芝他為何改變心意——他為什麼原諒她，為什麼回到加州然後求婚。而喬芝從來沒問。她不想給他再次思考的機會……

但也許**這**就是為什麼。也許**她**就是原因。現在的她。

「很抱歉。」服務人員說。「我不能讓妳穿著出去。這是店裡的規定。」

喬芝瞪著她。她是個纖細的白人，比喬芝年輕一些，塗著藕色的口紅。她剛剛一直想進去喬芝的試衣間看看胸罩是否合身。「但我要買這件。」喬芝說。

「小姐，抱歉，店裡規定。」

「好。」喬芝說。「我得走了——我就脫掉，改天再買。」

「但妳已經拉下吊牌了。妳得買。」

「好。」喬芝點點頭。「好。」

她伸手到背後解開胸罩，幾秒鐘後，從一邊的袖子把胸罩拉出來，放在櫃臺。

「再一件。」海瑟說。「她要買兩件。」

服務人員去拿另一件胸罩。

「妳真是奧客。」海瑟對著她笑。「我說過我長大之後想像妳一樣嗎？」

「我現在沒時間談這個。我們要走了，現在。」

「但我們還要去蘋果。喬芝，拜託，我想要iPad。我已經幫它取好名字了。」

「妳可以上網買。我們要走了。」

「真的？妳真的要買iPad給我？我可以順便買個小東西嗎？」

那年聖誕節，尼爾離開加州的時候，他和喬芝形同分手，而他回來的時候，竟然要娶她。而這之間，這之間……

也許就是因為**現在**。也許就是因為**她**。

也許這個星期，這些電話——**所有的事情**——已經發生過了。某個時候，不知為何……

而喬芝只要確保這件事再度發生。

「喬芝？嘿！」

海瑟把胸罩塞進喬芝的胸口。喬芝抓住。

「抱歉打斷妳的白日夢。」海瑟說：「但妳說此刻時間很寶貴。」

「對。」喬芝說：「對。」她跟著海瑟走到車上，然後把鑰匙遞給她。「妳開車。」

「為什麼？」海瑟問。

「我要思考。」

喬芝爬進副駕駛座，拿著沒電的手機敲著下巴。她甚至無心將手機插上充電座。

24

喬芝把黃色電話拿到面前，放在床上，直盯著。

她忍住確認撥號聲的衝動，免得尼爾剛好打來。

這會改變所有的事。

不會嗎？

如果從前的尼爾已經向她求婚了，那麼未來的喬芝必定已經說服他。現在發生什麼都無關緊要。她說什麼，他是否打回來，都無關緊要。

喬芝接下來做的事情已經發生了。她只是走在自己的腳印上——她不會搞砸什麼。

她往前靠近電話，把話筒舉到耳朵，一聽到播號聲又立刻放下。這週發生的事情，就是為了維繫現況嗎？也許她該覺得感激……

但是喬芝想過——她希望——這個時間的皺褶給她改善的機會。

天哪，魔法電話到底有什麼好處？又不是時光機。

喬芝不能改變過去——她只能談論過去。如果她有一台像樣的時光機，也許她真的可以**修補**她的婚姻。她應該回到所有事情都開始變壞的那一刻，改變整過程。

只是……

從未有像那樣般的時刻。

喬芝和尼爾之間沒有**變**壞。事情一**直**都那麼壞——也一直都那麼好。他們的婚姻像是個不斷自行調整的磅秤。然後，到了某個時間點，當他們兩人都不注意的時候，指針已經遠遠跑到壞的那一頭，兩人就停在那裡了。現在只有大量的好能扭轉回來。不可思議的好。

他們兩人之間剩下的好並不足夠……

還感覺得到溫度的吻。喬芝晚歸時尼爾貼在冰箱上的字條。（一隻愛睏的烏龜附上一朵說話的雲，告訴她剩下的玉米捲餅放在底層。）女兒說些好笑的話時兩人眼神交會。他們全家去看電影時尼爾的手臂環繞著她。（也許他只是覺得那樣比較舒服。）

兩人之間仍然美好的事，很多都是來自愛麗絲和努蜜——但愛麗絲和努蜜就如此硬生生地夾在他們**之間**。

喬芝頗為確定，生養小孩對婚姻來說是最糟糕的事。當然，你一定能**存活**。頭上落下一顆巨石，你還是可以存活——但不代表對你有好處。

孩子耗去深不可測的時間和精力……而且他們優先耗去。他們在所有妳必須要做的事情中具有優先權。

整天下來——結束工作，結束努力陪伴愛麗絲與努蜜——他們睡前，喬芝通常已經無力修補與尼爾之間的事。所以情況一直都不對。而女兒們讓他們一直有其他的事可以討論，有其他的事可以專注……

有其他的事可以去愛。

喬芝和尼爾相視而笑的時候，總有愛麗絲和努蜜在中間。

而喬芝不確定她會冒險改變……即使她可以。

生養孩子像龍捲風掃過你的婚姻，然後讓你因為摧毀而快樂。即使你可以重建一切，回到過去，你也不會想要那麼做。

如果喬芝在磅秤失準之前可以和過去的她說話，她會說什麼？她能說什麼？

愛他。

多愛他一點。

會不同嗎？

喬芝懷著愛麗絲八個月的時候，她和尼爾還沒找好日間托嬰。

喬芝覺得也許他們應該找個保母。他們幾乎負擔得起。她和賽斯才剛開始做第三個節目，CBS的情境喜劇，有關四個南轅北轍的室友，泡在一家咖啡店。尼爾說是《四人行》。

當時尼爾在做藥物研究。他想過讀研究所，但不知道要讀什麼，所以找到一個實驗室的工作。接著他又在另一個實驗室找到另一個工作。他很討厭那個工作，但至少工時比喬芝要好。尼爾通常每天五點以前就會下班，六點以前回到家做晚餐。

他們在考慮製片廠那邊一家不錯的日間托嬰。他們參觀過，喬芝簽下候補的名單。

尼爾說，一切都會沒事的。一切都會沒事的。

事情發生得如此之快。

他們一直都認為有天會生孩子，但從沒認真討論過細節。最認真的一次是初次約會那天，喬芝說她想要孩子，尼爾沒有反對。

他們結婚七年後，感覺應該要生了——實際行動，而非空談。喬芝已經三十了，而他們很多朋友有不孕的問題……

他們沒用保險套的第一個月她就懷孕了。

已經懷孕了，他們還是不談。沒時間了。喬芝那時下了節目回到家總是疲憊不堪，黃金時段她多半都在沙發上睡著。尼爾會叫醒她，走在她背後，護送她走上狹窄的樓梯。他的雙手扶著她的臀部，頭抵在她的肩胛骨之間。

一切都會沒事的，他說。

喬芝三十七週時，他們外出慶祝結婚八週年。他們走到家裡附近的印度餐廳——他們銀湖附近的舊家——尼爾勸她喝杯酒。（「這個時候一杯紅酒不會傷害孩子的。」）他們討論了製片廠的日間托嬰；喬芝說，是蒙特梭立的學校——那天晚上大概是第三次討論——孩子們有自己的野菜園。

有個印度家庭與他們相隔一桌。喬芝自己有小孩前，很不會猜小孩的年紀，但那個家庭有個小女孩，可能一歲半左右。她搖搖晃晃，走過一把又一把的椅子，然後伸手抓住喬芝椅子的扶手，對她展現勝利的笑容。小女孩穿著粉紅色絲質洋裝和粉紅色絲質褲襪。黑色的頭髮，耳朵戴著金耳環。「喔——抱歉。」小女孩的媽媽向前把小孩拉到自己的大腿邊。

喬芝放下酒杯，力道太大，酒濺到黃色的桌巾上。

「妳沒事吧？」尼爾的眼睛看著她的肚子。自從喬芝開始好像隨時就會臨盆，尼爾看她的眼神也不同了。

「我沒事。」她說，但她的下巴顫抖著。

「喬芝——」尼爾牽起她的手，「——怎麼了？」

「我不知道我們在做什麼。」她小聲地說。「我不知道我們為什麼要這樣。」

「為什麼怎樣？」

「生小孩。」她眼眶含淚，看了一眼粉紅色的女娃。「我們只是——我們只會討論我們不在的時候該怎麼做。但誰來養小孩？」

「我們。」

「晚上六點到八點？」

尼爾倒向他的椅子。「我以為妳想要。」

「也許我錯了。也許我不該得到我想要的。**也許我不值得**。」

尼爾沒有告訴她一切都會沒事。他似乎因為太震驚而說不出話。或者是太生氣。他只是看著喬芝哭——他垂下眉毛，抬起下巴——不吃他的咖哩了。

隔天他告訴她，他要辭職。

「你不能辭掉工作。」喬芝還躺在床上。尼爾端了杯熱紅茶和一盤炒蛋。

「為什麼不行。」他說。「我討厭那個工作。」

他確實討厭。他在那裡三年了，薪水很少，而他的老闆是個無可救藥的自大狂，老是吹噓著「治癒癌症」。

「對，」她說：「但是……你真的**想要**待在家裡嗎？」

尼爾聳肩。「如果我們把這個小孩送到日間托嬰，妳會變得很悲慘。」

「我會克服。」喬芝知道她會克服，但也會覺得罪惡。

「妳不希望我待在家？」

「我沒想過，你呢？」

「沒什麼好想的。」他說。「我可以，妳不行。我們也不需要我的薪水。」

「但是……」喬芝覺得她應該要抗議，但她不知道從何開始。而且，說實在，她真的，真的，**喜歡**這個想法。她已經開始為寶寶感到開心，知道尼爾會陪著寶寶（他們還不知道性別，但決定叫做「愛麗絲」或「亞歷」），知道他們不會把寶寶丟給陌生人九個鐘頭。

「你確定？」她下床。她很臃腫——喬芝兩次懷孕都變得很臃腫，而且每次她坐起來，下背都會痙攣。尼爾在她面前彎下腰，這樣她的雙手可以圍繞他的脖子，然後他再扶起她的臀部。

「這是很大的犧牲。」她說。

「照顧我自己的小孩不是犧牲。這就是父母。」

「對，但你**確定**？你不要再想想？」

尼爾看著喬芝的臉，沒有笑容——只是面無表情直視她的眼睛，所以她知道他很認真。「我確定。」

「好。」她親了他，已經開始感到安心。而且有種演化上的滿足感，彷彿她做了正確的決定，選擇這個男人。他會去找所有最好的樹枝來築巢，趕走所有的掠奪者。

他們站在一起，低頭看著兩人之間肚子裡寶寶，而喬芝感覺一切都會沒事的。

那就是尼爾成為全職爸爸的過程。

那就是尼爾如何放棄自己的事業，他甚至連自己想做什麼都還沒找到。

接下來會怎麼樣？如果他們還在一起？（天哪，她是真心地問這個問題嗎？）

努蜜明年就要上學了。尼爾會回到職場嗎？他想要做什麼——他想要成為什麼？

鐵道探員？

25

尼爾沒有回電。

喬芝躺在床上看著電話。她想知道如果她看得夠用力，能否看見魔法。電話會不會發出閃光或炫光，或者當它發威的時候，發出《怪誕星期五》（*Freaky Friday*）那種恐怖的聲音。

其中一隻巴哥，公的，晃進房裡。牠在床旁邊吠叫，直到喬芝把牠抱起來。

「我不喜歡你。」她說。「我連你的名字都不知道。我的腦袋裡都叫你『流汗的』，另一隻叫『像磚頭的』。」

她其實知道牠們的名字，叫伯奇和佩圖妮雅。

伯奇在喬芝的肚子上磨蹭臉，嗚嗚叫。她用手指頭搓搓牠耳朵背後。

門開著，海瑟探頭進去。

「我沒事。」喬芝說。自從她們從賣場回來，喬芝衝進她的房間孵著電話後，海瑟就一直來確認。

「我買了品客給妳。」海瑟說。

「我不想要品客。」

海瑟走進去，坐在床邊。「唉，妳在說謊。」海瑟倒了一疊洋芋片在床上，於是喬芝和伯奇吃了起來。罐子空了後，海瑟在喬芝借來的絨布運動褲上擦擦手指，躺在狗的旁邊。「妳還好嗎？」

喬芝沒有回答，卻哭了起來。

伯奇爬到她的大腿上。

「牠討厭人家哭。」海瑟說。

「唉，我討厭牠，所以牠索性搞得更糟。」

「妳不討厭牠。」

「我討厭。」喬芝說。「牠的臉老是濕濕的，而且牠聞起來，說好聽點像培根屑。」

「妳為何不乾脆打給尼爾？」

「他八成不在家。而且，他如果不想跟我說話，我也不想跟他說話。」

「說不定妳會令他改變心意。」

喬芝試著撫平伯奇眼睛周圍的皺紋。

「如果妳和尼爾分手，」海瑟問：「妳會搬回來這裡嗎？」

「怎麼了？我妨礙妳了嗎？」

「不是。我還有點喜歡妳在這裡。像有個姊姊。」海瑟的手肘推了喬芝。「嘿。妳應該要說『我們沒有分手——尼爾只是去看他媽媽』。」

喬芝聳聳肩。

過了約莫一分鐘，海瑟又推了喬芝。「我餓了。」她說。

「媽呢？」

「去她公司的聖誕派對。」

「我們可以做一些乳酪蘋果。」喬芝說。

「我把乳酪片吃光了。」海瑟側身，頭躺在手臂上。「我想我們可以叫披薩……」

喬芝努力擠出一個笑容，她知道她笑不出來。「聽起來很棒。」

「我想我們可以叫安傑羅的。」海瑟說。

「太好了，」喬芝說：「不過告訴他們，我們可不要錯的披薩。如果拿到錯的披薩，我們要退貨。」

海瑟對她微笑。「妳喜歡朝鮮薊嗎？」

「我愛朝鮮薊。那一類的我都愛。」

海瑟跳起來，按下電話的重播鍵。她叫了披薩，忍不住搖晃著腿，咬著嘴唇。她一掛上電話就說：「我到客廳等。」

「好主意。」喬芝同意。

喬芝和伯奇又回到他們憂鬱的凝望。喬芝對著電話。伯奇對著喬芝。

「對不起。」喬芝抓起牠的領口。「但我真的不喜歡你。」她想起努蜜。努蜜喜歡這兩隻巴哥；她說牠們看起來像醜醜的小貓。努蜜會把臉湊向伯奇接受的距離，然後說：「喵。」（感謝伯奇，非常地近。）

「喵。」喬芝說。

伯奇打了噴嚏。

兩隻巴哥都愛尼爾。喬芝知道他餵牠們桌上的食物。（因為他很容易上當，而且他討厭她媽媽做的食物。）尼爾在沙發上才坐下，兩隻巴哥就跑來咬他的牛仔褲，直到他把牠們抱到大腿上。每年感恩節下午和每兩年的聖誕節都是如此的結果——兩個小女孩和兩隻巴哥趴在他的大腿上。尼爾，又累又無聊，但對著房間另一邊的喬芝微笑，他的酒窩總和她捉迷藏。

她又感覺到淚水盈眶。

伯奇嗚嗚叫。

「喔，天哪。」喬芝坐起來。「我得找事做。」

她又看了電話一眼。沒響。

「走吧。」她把狗放到地板上，離開房間。

「妳在做什麼？」海瑟問。她放下頭髮，在捲翹處噴上一些東西，接著在門口等待——真的是在門口，靠在門框上。

「發瘋了。」喬芝說。

「不能在妳房間就好嗎？」

「我還以為妳擔心我。」

「我剛才是。我之後也會。但現在——」海瑟的手指強調著門，「——披薩要送來了。」

「妳叫了披薩，當然就會送來。」

「**對**。」海瑟上下打量著喬芝。「**披薩**隨時都會送來。」

「喔，好。」喬芝說。「那我就……」

門鈴響了。海瑟跳起來。

「我就去拿烘衣機的衣服吧。」

海瑟點點頭。

「可能要花上一點時間……」喬芝繼續說：「妳就……出個聲或怎樣，告訴我披薩來了。」

海瑟又點點頭。門鈴又響了。喬芝想告訴海瑟，這些都不重要，比起喬芝的命中注定、足以摧毀人生的魔法電話，她的披薩男孩不算什麼——但她還是識相地轉身走向洗衣間。

喬芝一進門，就聽到嗚嗚聲。

伯奇站在開啟的烘衣機旁，對著烘衣機叫。「可惡，海瑟！」海瑟一定又讓佩圖妮雅進去烘衣機——睡在喬芝溫暖、乾淨的衣服上。

喬芝加重腳步，被屋裡所有的生物都給激怒了。「有問題嗎？」喬芝問。「你也要把口水沾滿我全部的衣服嗎？」

她探頭瞧瞧烘衣機裡頭，尋找另一隻，又老又腫像磚頭。於是喬芝看到血。「喔，天哪……」

伯奇又開始吠叫。喬芝在烘衣機前面蹲下，以免擋住光線。她看到整堆衣服都沾著血。尼爾的金屬樂團T恤在最上面，什麼東西上動來動去。她把T恤拉開。佩圖妮雅縮在底下，舔咬著什麼，蠕動的黑色物體。

「喔，天哪，喔，天哪——海瑟！」喬芝大叫。她跳了起來衝回屋裡。「**海瑟！**」

她進去廚房，海瑟站在前門，瞪著喬芝，彷彿待會就要殺了她一樣。披薩男孩站在那裡……

喔。披薩男孩是女的。

比喬芝嬌小；穿著深色牛仔褲，短袖白T恤和皮革吊帶，還戴著棒球帽，寫著「安傑羅」。那個女孩看起來有點像衛斯理・克拉夏，但比較漂亮，體格較美。是個好看的女孩。[53]

喔，喬芝心想，然後大聲說：「**海瑟**。佩圖妮雅。」

「幹嘛？」

「佩圖妮雅生了！」

「**什麼**？」

「佩圖妮雅！」喬芝更加激動。「她在烘衣機裡面生了！」

「不會吧。她兩週後要剖腹。」

「很好！」喬芝大叫。「那我去告訴她。」

「喔，天哪！」海瑟也大叫。她穿過喬芝衝向洗衣間。喬芝跟在她後面也跑到了門口。

海瑟在烘衣機前跪下，立即尖叫。伯奇在磁磚地板上來回奔跑，聽起來像有人在金屬桌上彈指甲。牠已經叫得聲嘶力竭了。「喔——天哪，喔——天哪，喔——天哪。」海瑟不斷複誦。

「哇嗚！」某人說。

---

53 譯注：衛斯理・克拉夏（Wesley Crusher）是美國影集《銀河飛龍》（*Star Trek: The Next Generation*）中的角色。

披薩女孩在樓梯上，左右移動閃過喬芝。「哇嗚！」她又說了一次，在海瑟背後蹲下來。

「牠會死。」海瑟說。

女孩碰了海瑟的肩膀。「牠不會。」

「牠**會**。牠們的頭太大了，牠必須剖腹。喔——天哪！」海瑟呼吸狂亂。「喔——我的天哪！」

「牠不會有事的。」喬芝說。「這是牠的本能。」

「才不是。」海瑟這下哭了。「巴哥這個品種生來無用。我們要帶牠去找獸醫。」

「我覺得現在來不及了。」披薩女孩看著烘衣機說。「裡面有小狗。」伯奇又跑到烘衣機旁邊，女孩把牠抱起來，手摸著牠的頭，輕聲說：「噓。」

「好。」喬芝說。

海瑟依然在哭，努力呼吸以免昏倒。

「好。」喬芝又說了。「海瑟，讓開。」

「為什麼？」

「我要幫助佩圖妮雅。」

「妳甚至不喜歡她。」

「**讓開**。」

披薩女孩拍拍海瑟的手肘，海瑟後退。

「我的婦產科醫生也不喜歡我。」喬芝喃喃自語。「拿出電話，海瑟。Google『巴哥分娩』。」

「我要是有智慧手機早就這麼做了！」海瑟咆哮。

「我有。」令人驚訝不斷的披薩女孩說。「有了——」她把伯奇遞給海瑟，「——妳們可以拿一些乾淨的毛巾。」

「妳以前做過這種事嗎？」海瑟滿懷希望地問，抱著狗，用牠的毛擦著臉。

「沒有。」女孩說。「但我看動物星球頻道。」

「Google。」喬芝伸手進去烘衣機。佩圖妮雅又躲到T恤底下，而且在發抖，擔心嘴巴裡的某些東西。喬芝試著撥開更多衣服，這樣她才能看見。

「好了，好了。」披薩女孩說。「正在開啟。好，這裡——『對巴哥和飼主來說，分娩格外棘手。』」

「目前還好……」喬芝說。「太暗了，我什麼也看不見。」

「喔。」女孩舉起鑰匙圈，越過喬芝的肩膀。「我有手電筒。」

「真方便。」喬芝拿起沉重的鑰匙圈，找到不銹鋼手電筒。

「我晚上送披薩的時候很有用，看信用卡和卡號——好，它說，巴哥的生產很複雜，我們應該準備剖腹的費用……」

「跳過去。」喬芝說。佩圖妮雅全身濕答答，血跡斑斑。牠嘴裡的東西在動。天哪，牠在吃那個東西。

「牠在吃小狗！」海瑟尖叫。她躲在喬芝背後，手上拿著一疊毛巾和三瓶水。

「牠不會吃！」披薩女孩把手放到海瑟的手臂上。她舉起電話，好讓她們兩人都看得見。

「幼犬在囊中。牠們在囊中出生，媽媽再把牠們咬出來。如果牠自己咬破，是好的現象。不過巴哥一向不是好媽媽。如果牠不咬，我們就要行動。」

「我們要咬？」喬芝問。

女孩看著喬芝，好像看著瘋子——但她仍然耐著性子。「我們用毛巾。」她解釋。

「我拿了毛巾！」海瑟說。

女孩對著海瑟微笑。「做得好！」

「還要做什麼？」喬芝問。

依然很有能力但顯然分心的披薩女孩又看了手機。

「呃……好，**幼犬**——可能是一到七隻。」

「**七隻**。」喬芝重複。

「**囊**……，」女孩說：「咬……喔，牠也要咬斷臍帶。」

「很好。」

「還有胎盤——一隻小狗就有一個胎盤。這很重要，妳要找到胎盤。」

「胎盤長怎樣？」

「妳要我Google嗎？」

「不用。」喬芝說：「繼續唸。」

佩圖妮雅還在用牙齒咬牠嘴裡蠕動的東西。「好女孩。」喬芝說。「可能吧。」

她盲目地在佩圖妮雅周圍摸索。她感覺到其他軟軟熱熱的東西，手一縮。

「怎麼了？」海瑟仍然處在半恐慌狀態。

「我不知道。」喬芝又把手伸進去。她又摸到了，又熱又濕。是小狗嗎？喬芝拿起來，看起來像一袋血，然後放下。「胎盤。」

「一個！」女孩熱切地說。

「妳不是要繼續唸？」喬芝又伸手進去。

「沒其他的了。『確保母親舒服。確認牠把小狗咬出來。數胎盤。確定母親照顧……』」

喬芝在佩圖妮雅底下感覺到一團濕濕的東西，直覺地拉出來。「老天！」她說。「又一個寶寶。」還在囊裡。看起來像生的香腸。喬芝伸手拿了一條海瑟手上的毛巾，開始在囊膜上擦拭。

「像這樣？」

披薩女孩看看手機。「再用力點，我想。」

喬芝搓著那一團，表面的囊膜破了，她可以看見裡頭有點灰色、粉紅色的小狗。

「牠活著嗎？」海瑟問。

「我不知道。」喬芝回答。小狗溫溫的，但不像活著那麼熱。喬芝不斷搓著，眼淚滴到她的手上。佩圖妮雅嗚嗚叫，海瑟的女孩伸手穿過喬芝，拍拍烘衣機裡的牠。

「我覺得牠在呼吸。」海瑟說。

「牠冷了。」喬芝把小狗抱到胸前，塞進運動衫裡頭搓著。小狗抖動，並且吱吱叫。「我想……」

海瑟擁抱喬芝。「喔，天哪。」

「小心。」喬芝說。

披薩女孩往後坐下，白色T恤前抱著另一隻小狗。

「喔，我的天。」海瑟也擁抱了她。

共有三隻小狗。

還有三個胎盤。

喬芝終於想到打電話給她媽媽。

然後她打給獸醫，透過電話協助最後剪掉臍帶，並讓佩圖妮雅舒服一點。

她們幫小狗用海綿擦洗全身。喬芝負責她還抱在衣服裡的那隻。她們全都被放進烘衣機，乾淨的毛巾裡。「這是牠的小窩。」海瑟拍拍烘衣機，彷彿烘衣機也幫了忙。

喬芝想把金屬樂團的T恤放進洗衣機，但海瑟搶了過來，對她做了個嫌惡的表情。「喬芝，不要。我堅持。」

「海瑟。那是尼爾的衣服。從高中到現在。」

「這件衣服的任務結束了。」

喬芝鬆手。海瑟把T恤遞給披薩女孩，她已經開始清理了。

披薩女孩的名字是艾莉森，而海瑟的臉跟著她整個房間，像向日葵跟著太陽一樣。

「我還是不喜歡妳。」喬芝伸手進去，摸摸小狗鬆弛的肚皮。「看看妳，把小狗照顧得這麼棒。誰說妳不是好媽媽？」

小狗乾乾淨淨，但喬芝和海瑟和艾莉森身上都是黏黏的血、胎兒的液體——還有巴哥的嘔吐物，喬芝很確定。

她們的媽媽終於衝進洗衣間，低跟鞋在樓梯上喀喀作響，她一臉驚恐。

「沒事了。」喬芝試著安撫她。「一切都很順利。」

「我的寶貝呢？」她媽媽在沾滿血的毛巾堆和沾滿血的女孩之間翻找著。海瑟和艾莉森兩人坐在烘衣機前。艾莉森抱著伯奇，整個過程中，伯奇多半都被藏在走廊上的浴室。艾莉森白色T恤上的血跡讓她看起來像個屠夫。

「牠們在這裡。」海瑟說。「在烘衣機。」

喬芝的媽媽急忙過去，愛麗絲立刻起來讓出位置。**「我的小媽媽，」**喬芝的媽媽說：**「我的小英雄。」**

艾莉森後退了一步。「我想……」她看著海瑟。

海瑟的頭在烘衣機裡。

「我想我該走了。」艾莉森說。幾秒鐘後，她把伯奇遞給喬芝（喬芝立刻傳給肯爵克），然後在牛仔褲上擦擦手，開始走向門口。

「艾莉森。」喬芝說。「謝謝，妳真是救星。如果我又懷孕，我要找妳接生。」

艾莉森揮揮手，彷彿沒什麼，繼續走。

「那是誰？」她一走，肯爵克立刻問。

「披薩——」喬芝開口，但海瑟的頭猛地抬起，一臉驚慌。「海瑟，妳可以來廚房幫我一下嗎？」喬芝向前抓了她妹妹的袖子，拉著她上樓回到屋裡，前門才剛關上。

「妳在幹嘛？」

「沒有。」海瑟退到一旁。「妳又在幹嘛。」

「確保妳不讓那個超級迷人又穩重的女孩走掉。」

「喬芝，我不想談這個。」

「海瑟，那個女孩剛才幫我們接生小狗。」

「她是好人。」

「**不**。她願意碰那些血和羊水，好讓妳印象深刻。」

海瑟轉動眼珠。

「妳是怎麼了？」喬芝問。「妳很明顯想要親那個女孩。連**我**也有點想要親那個女孩。快去親吧。不然就去——我不知道，就往那個大方向去。」

「沒那麼簡單，喬芝。」

「我覺得有。」

「我不是妳。我不能……想怎樣就怎樣。而且媽在這裡，她會發現我是同志——」

「她遲早會發現。她不會在乎。」

「她**終究**會在乎。我終究會告訴她。只是，不是我還住在這裡的時候。我不想，不值得——這麼做不值得。我的意思是，怎樣？要我自取其辱嗎？而且嚇死媽，說不定還會傷害她……甚至毀了我和這個不認識的女孩在一起的機會？」

「**對**。」喬芝說。「愛情就是這樣。完全就是。」

海瑟雙手交叉。「喔，妳不知道愛情是怎樣——妳親口跟我說的。而且那是妳花了整個人生努力搞清楚後才發現的。那不值得。」

喬芝無法停止搖頭。「喔，我的天，海瑟——忘了我說的，不要聽我的。妳幹嘛聽我的？那當然值得。」

「但現在什麼都不算。」海瑟悲戚地望著門口。「只是一個機會。」

「快樂的機會。」

「還是心碎的機會，像妳？」

「**活著**的機會……海瑟，忘記我之前說的。當然值得！我現在甘冒一切只為了把尼爾帶來門口。愛情就是這樣。妳甘冒一切，妳不斷希望把他留在身邊。」

「她。」

「隨便，天！」

門鈴響了，她們兩人同時轉身。一秒鐘後，門打開來，艾莉森小心地進門，撥著她眼睛前面的長瀏海。「抱歉。」她說。「我以為大家都還在後面——我好像把鑰匙放在烘衣機上面了……」

「我去拿。」兩個女孩開口之前，喬芝馬上接話。「我馬上回來。」去洗衣間之前，她捏捏海瑟的手臂，然後坐在她媽媽旁邊，指著她的巴哥給她看。

她把艾莉森的鑰匙放在烘衣機的上面。

26

喬芝的媽媽借給她另一條絨布運動褲，還有一件寫著「PINK」的T恤。海瑟借給艾莉森一件「DECA」的T恤，對其他女孩來說領口太寬的T恤。

他們幫狗兒在聖誕樹旁做了一個新的窩，而喬芝的媽媽決定她和肯爵克不去聖地牙哥過聖誕節。他們不能把小狗留在家裡。「我想我們可以跟妳作伴，喬芝。」

大家都同意艾莉森不能就這樣回去工作，發生這麼多事情。她打了一通非常緊張的電話，花了十分鐘向安傑羅解釋情況。

「妳被開除了嗎？」艾莉森走回客廳，海瑟問她。

艾莉森聳肩。「反正我下星期就要回去柏克萊了。」

往好的方面想，她的車上還有三個大批薩、一份千層麵，一些冷掉的炸蘑菇，還有十二條帕瑪森乳酪麵包。

「上帝保佑我們，每個人。」喬芝打開其中一個盒子。

對海瑟來說，幸運的是，她們的媽媽只看巴哥，甚至沒注意到海瑟和艾莉森坐在沙發上，滿嘴披薩，互開玩笑。

喬芝自己已經吃了三大片。電話鈴聲響了，是室內電話。

海瑟看著喬芝，喬芝放下披薩，跑去接電話，還差一點踩到伯奇。

第三聲鈴響，她接了起來。「喂？」

「嘿！」尼爾說。「是我。」

「嘿！」喬芝說。

海瑟站在她身後。她伸出手。「去妳房間接。」她說。「我會掛上。」

「尼爾？」喬芝對著電話說。

「嗯？」

「等一下，好嗎？不要走開。你要去哪裡嗎？」

「沒有。」

海瑟的手還在等電話；喬芝把話筒放在胸前。「妳發誓不跟他講話。」她小聲說。

海瑟的手握著話筒，點點頭。

「用愛麗絲和努蜜的生命發誓。」

海瑟再度點點頭。

喬芝鬆開電話，跑到走廊。她接起黃色電話的時候，雙手顫抖。（以前她精神不佳的時候從來不會這樣；說不定她有前期糖尿病。）

「好了。」她說。她聽到電話掛上「喀」的一聲。「尼爾？」

「還在。」

喬芝攤在地板上。「我也是。」

「妳還好嗎？」

「嗯。」喬芝說。「嗯，今天是有史以來最怪的一天。而且，我想我……我以為你不會打回來。」

「我說我會。」

「我知道，但是……你生氣了。」

「我——」尼爾停住，又重講。「結果我們陪了我姨婆好一會兒。很難說走就走。她看到我們很高興，我們在安養院吃了晚餐。但那裡感覺蠻沉重的，而且有點不舒服。所以回家的路上又去了波南薩。」

「什麼是波南薩？」

「類似咖啡店、自助餐、牛排館的地方。」

「內布拉斯加所有東西的名字都和西部有關嗎？」[54]

「我想是吧。」他說。

「我打賭你們的義大利餐廳名字都和塞吉歐．李昂尼的電影有關。」[55]

「妳今天為什麼很怪？」

喬芝笑了起來，口氣詭異。

「喬芝？」

「抱歉。只是……」她的今天為什麼很怪？「我接生三隻小狗，而且發現海瑟是同志。」

「什麼？喔——等等，原來如此，我以為妳在說妳妹妹。妳表妹是同志？」

「那不重要。」喬芝說。

「妳怎麼接生小狗？誰的小狗？」

「那也不重要。不過我想我們會留一隻。」

「我們——妳和妳媽？還是『我們』，**我們**？」

「我們、我們、我們、我們。」喬芝說。「帶回家。」

「喬芝？」

「抱歉。」

「妳接生小狗？」

「我不想談那件事。」

「妳想**談**什麼事？」

「我不知道。再等我一下。」喬芝把電話從耳朵移開，放在地毯上。她的呼吸忽然就像巴哥事件時候的海瑟一樣。喬芝把頭髮往後撥，重新綁好馬尾，拿下眼鏡，揉揉眼睛。

好了，喬芝，遊戲要繼續了。

不，這不是遊戲。這是她的人生，她荒謬的人生。

54 譯注：波南薩（Bonanza）是一九五九—一九七三年播出的美國影集，描寫西部牧場Cartwright一家的故事，為美國史上第二長壽的影集。中譯為《牧場風雲》。

55 譯注：塞吉歐．李昂尼（Sergio Leone, 1929—1989），義大利導演，以義大利式西部片大受歡迎。

不管妳現在說什麼，她告訴自己。尼爾聖誕節那天都會求婚。他已經求了。他說：「我們一起努力就會足夠。」這是命運。

除非。

除非不是。也許尼爾當時說的「足夠」，是那天他心裡想的，跟他們的電話無關。這些年來，他曾暗示過喬芝這些對話的存在嗎？（如果尼爾是那種**曾經**給過暗示的人，這個問題就容易多了。）

這是尼爾前往加州前，喬芝和他最後一次通話的機會。她最後一次確定他回來的機會——她應該要說什麼？

她深呼吸，**吸氣**，然後，**吐氣**。拿起電話。

「尼爾？」

「喂？我在。」

「你相信命運嗎？」

「什麼？什麼樣的？」

「比如說，你相信所有事情都已經決定了嗎？命中注定要發生。」

「妳問我是不是加爾文信徒嗎？」

「也許吧。」喬芝再試一次：「你認為所有事情都已經**決定了**嗎？已經寫好了。未來只是在那裡等著我們到達？」

「我不相信命運，」他說：「如果妳是在問這個的話。或宿命。」

「為什麼？」

「沒理由相信啊。我的意思是，如果所有的事情都寫在石頭上了，何必要努力？我寧願認為我們每一秒鐘都在選擇下一秒發生的事。我們選擇我們的道路——喬芝，這有什麼重要？」

「我不知道。」她的聲音在話筒裡聽起來很虛。

「嘿……喬芝。」

「嗯？」

「對不起，我讓妳等很久。」

「剛才？」

「不。」他說。「今天。一整天。」

「喔，沒關係。」

尼爾吐氣。很沮喪。「我討厭妳以為我不會打電話——我討厭我們之間互相試探。什麼時候所有事情都變得這麼不確定了？」

「我想是從你獨自一人去奧馬哈開始。」

「我只是回家過聖誕節。」

喬芝開口說話，卻聽不見自己的聲音。「才不是。」

她可以聽見尼爾咬緊下巴。「好吧。」他說。「妳說得對。」

喬芝安靜。

尼爾也安靜。

「我們沒有和妳分手。」他終於開口。「妳知道的，對吧？」

「我知道。」她說。「但我們還是分開了。」

尼爾低吼。「讓我們修補。」

「怎麼修補？」

「妳什麼時候變得這麼絕望了，喬芝？上次我們講話的時候還好好的。」

「不，上次我們講話的時候，你在生賽斯的氣。」

她緩緩地把氣從牙齒之間吐出去，想把氣吐盡為止。

「因為妳又把他當成第一順位了。」

「我沒有。」她說。「他只是出現。他叫醒我。」

「他只是出現在**妳的房間**。」

「**對**。」

尼爾再度低吼。「我討厭，我討厭極了，喬芝。」

「我知道，尼爾。」

「妳只能這樣回答我嗎？**妳知道**？」

「我可以告訴你我從來沒找他來我的房間。」她說。「但有時候他就是出現了。你說你不希望我在你們之間選擇。」

「而妳說妳會選擇**我**。」

「我會。」她說。「我會。」

尼爾悶哼。

喬芝等待。

「我們為什麼在吵架？」他問。「妳在懲罰我今天沒打電話給妳嗎？」

「**不是**。」

「那我們為什麼在吵架？」

他們為什麼在吵架？他們不應該吵架。喬芝應該要懇求他，要他原諒她，向他求愛——讓事情順利發生。

「因為，」她衝口而出，「因為我想！」

「什麼？」

「我就是想要說出來。我想要把每一件醜陋的事情都攤在檯面上。我現在想要把全部都吵完，這樣我們永遠都不用再吵了！」她大吼。

尼爾震怒。「根本不可能！」

「我做不到！」她說。「我不能一直、一直跟你吵同樣的事情。我不能一直、一直**不**吵同樣的事。我不能再過這樣的日子，假裝你沒生我的氣，假裝一切都沒事，明知道你默默地恨我，卻還用愚蠢天真的聲音跟你講話。」

「**喬芝**。」尼爾聽起來非常驚訝。「我從來不恨妳。」

「你會。你以後就會。你恨我毀了你的人生，就等於你恨我——都一樣悲哀。如果你因為我而痛恨你自己的人生，那就是極度悲哀。」

「老天。我不恨我的人生。」

「你會的。」

「那是威脅嗎？」

她忍住哭泣。「不，那是保證。」

「你他媽——」尼爾停住。他從沒在她面前罵髒話，她不知道他是否曾經罵過髒話，某段時期，「——妳今天晚上是怎麼了？」

「我只是想解決事情。」

「解決什麼？我們？」

「**不是**。」她哭了。「**也許**。我想要把每件醜陋的事實都說出來。我不想要騙你回到我身邊，尼爾。我不想明明知道不好卻跟你說一切都很好。」

「妳在胡說八道。」

「事情不會好的。就算你回來，就算你原諒我，就算你做了什麼。如果你告訴自己你會適應，適應賽斯和洛杉磯，還有我的工作……你錯了。你**永遠不會**適應。然後你會責怪我，你會恨我把你留在這裡。」

尼爾的聲音很冷。「不要再說我恨妳。不要再說那個字。」

「那是你說的，」她說：「不是我。」

「妳為什麼要這樣？」

「因為我不想騙你。」

「妳為什麼一直這麼說？」

「因為一部份的我想要騙你。一部份的我想要說一些話，確保你要我。我想告訴你，事情會不同——會**更好**。我會更懂事，我會更讓步。但我不會，尼爾，我知道我不會。而且我不想要**騙**你。事情永遠不會有任何改變。」

尼爾安靜。

喬芝想像他站在廚房的另一邊，他們的廚房，盯著水槽。躺在床上，她的身邊，面對牆壁。車開走了卻完全沒回頭。

「**所有**的事都會改變。」尼爾冷不防說了一句。「不管我們希望或不希望。妳，喬芝，妳是說妳不想對我更好嗎？」他沒給她機會回答。「因為我想要對妳更好。我保證要對妳更好。」

「我不能向你保證我會改變。」她說。喬芝不能許下二十二歲的她無法實現的承諾。

「妳是說妳不想。」

「不是。」她說：「我——」

「妳甚至不能向我保證妳會努力？從此刻開始？只是**試著**多想想我的感受？」

喬芝手指捲起電話線，直到手指發白。「從此刻開始？」

「對。」

她不能為二十二歲的他許下承諾。但此時此刻的她呢？和他講電話的她。仍然不願讓他走的她。

「我……我想我可以保證。」

「我不是要妳向我保證所有的事情都會很完美。」尼爾說。「只要向我保證妳會努力。賽斯在妳的房間時妳會想想我的感受。妳在工作的時候會想想妳要讓我等多久，或是我困在陌生人家的派對有什麼感覺。我知道我一直都是個王八蛋，喬芝——我會努力不要那樣。妳會為我努力嗎？」

「從此刻開始？」

「對。」

從此刻開始，從此刻開始。她抓住這句話緊緊不放。「好。」她說。「我保證。」

「好。我也是。」

「我以後會對你更好，尼爾。」她靠著床鋪坐好。「我以後不會把你視為理所當然。」

「妳**現在不會**把我視為理所當然。」

「對。」她說。「我一直把你視為理所當然。」

「妳只是脫不了身——」

「我把你視為理所當然。不管我做什麼，你會一直在那裡。我把你無論如何會一直愛我這件事視為理所當然。」

「妳真的這樣？」

「對，尼爾。我很抱歉。」

「不要抱歉。」他說：「我希望妳視為理所當然。無論如何我會一直愛妳。」

喬芝感覺自己又要失控。「不要那樣說。收回去。」

「不要。」

「收回去。」

「妳瘋了。」他說：「不要。」

「你那樣說，就好像在告訴我，不管我做什麼無理的事情都沒關係。好像你把我貼上『無論如何』的標籤，你先原諒我了。」

「這就是愛，喬芝。意外損壞的保護。」

「不，尼爾。我不值得。而且事實上不是真的。如果我已經有了那樣的保護，你就不會離開了。」

「對不起。」對字含糊，好像他的嘴巴抵著話筒。「我不會再離開了。」

「你會。」她說。「而且那會是我的錯。」

「天哪，喬芝。妳一直跳針。妳再這樣我無法跟妳講話。」

「好，我會一直像這樣。我還會比這樣更糟糕。」

「我要掛電話了。」他說。

她搖頭。「**不要**。」

「那我們重頭來過。」

「**不要！**」

「要，我們重新開始這段對話。」他依然沒有大吼，但他的聲音越來越重，彷彿即將要爆炸。

「我不想要。」她喘著氣。「沒有用。所有壞的事情和所有好的事情都已經發生了。」

「喬芝，我要掛電話了。我們彼此都冷靜一下。然後我再打電話。我們**重頭來過**。」

「**不要**。」

他掛上電話。

尼爾掛上電話。

喬芝努力深呼吸──空氣像卡在喉嚨的大石頭。

她把話筒放回電話上，在走廊遊蕩，到海瑟的浴室。喬芝幾乎看不清自己鏡子中的臉。她看起來既蒼白又歇斯底里，一隻剛看到鬼的鬼。她捧起冷水沖臉，摀著臉乾嚎。

這就是喬芝如何說服她丈夫向她求婚的經過。實際上就是叫他不要，最終搞砸一切。

如果尼爾是有魔法電話的那個人，他也會搞砸的……

尼爾**真的**有個魔法電話，但他根本就不知道。

天哪，她幹嘛說出那些可怕的話？喬芝再度看著鏡子，看著尼爾到頭來在一起的女人。

她說出那些，因為那些都是事實。

喬芝回到房間，低頭看著黃色電話。

她拿起話筒聽撥號聲，然後把話筒丟到地上，爬上床。

電話沒掛好時發出的聲音？一會兒後停止了。

二〇一三年，聖誕節前夕，星期二

27

喬芝醒來的時候，不敢相信自己竟然睡著了。（她怎麼還睡得著？說不定她連空襲都睡得著。）她坐起來，看著時鐘，上午九點；然後看著翻倒在地毯上的電話。

她做了什麼？

她爬下床，先伸出手，人都還沒著地，先把電話掛上。她試了幾次，過了幾分鐘，才又聽見撥號聲。接著她焦急地撥著尼爾家的電話號碼，轉盤還沒完全轉回來，她的手指已經接好下一個號碼了……

忙線。

她做了什麼？

一定是尼爾的媽媽在講電話。或他爸爸。（天哪。他爸爸。）

喬芝想起以前緊急的時候，可以打斷別人的通話。你可以打給接線生，他就會介入。喬芝高中的時候發生過一次，當時還沒有插撥。喬芝媽媽的朋友必須和她媽媽聯絡上，但喬芝和露蒂講了兩個小時的電話。接線生插話的時候，喬芝覺得那很像上帝的聲音。之後她講電話時總忍不住以為接線生在聽，過了一段時間才又能正常講電話。

她掛上電話，又試一次。還是忙線。

她掛上——電話響了。

喬芝急忙又接起話筒。「喂？」

「是我。」海瑟說。「我從家裡打來的。」

「我很好。」喬芝說。

「我聽得出來。很好的人總是告訴大家他們多好。」

「妳想幹嘛？」

「我要出門幾天。媽要妳出來吃早餐，說再見。她做了法國土司。」

「我不餓。」

「她說憂鬱的人需要別人提醒他們吃飯洗澡。所以妳可以順便洗個澡。」

「好。」喬芝說。

「好，掰。」海瑟說。「愛妳。」

「愛妳，掰。」

「妳真的會出來說再見，對吧？」

「會。」喬芝說。「掰。」

「愛妳，掰。」

喬芝掛上電話，又試了一次尼爾的號碼。忙線。

她看了時鐘。九點五分。如果尼爾明天早上之前要開車到加州，那麼他幾點必須離開奧馬哈？當時聖誕節他抵達的時候是幾點？

她不記得了。他們分手的那個星期在淚眼中模糊了。

從她的後照鏡看去，這十五年也是模糊的。

喬芝又拿起電話。一、四、喔，二……

四、五、三……

四、三、三、一……

忙線。

「洗個澡！」她媽媽從走廊大喊。「我在做法國土司。」

「來了！」喬芝對著門大喊。

她爬到衣櫥旁，開始把東西翻出來。

溜冰鞋。包裝紙。一疊舊的《湯匙》。

衣櫥後面有一個紅色和綠色的盒子，原本是用來裝聖誕節裝飾品的。喬芝在盒子的每一面都用黑色簽字筆寫上「儲存」。她把盒子拉出來，打開蓋子，跪在旁邊。

盒子裡面裝滿了紙。喬芝和尼爾結婚後，她又重新找了一個儲存盒。（在他們家閣樓的某處。）但那個時候，她有了電腦和網路，她儲存的東西變成書籤和螢幕快照——她拉到桌面之後就忘記的jepg檔，下次她硬碟壞掉的時候就不見了。喬芝再也不列印照片了。如果她想看以前的聖誕節照片，她得搜尋記憶卡。他們有一箱記錄愛麗絲小時候的錄影帶，但他們連看都不能看，因為他們沒有一台機器可以看那些帶子。

這個儲存盒裡頭上層的東西都是喬芝搬出她媽媽家不久之前收納的，恰好在她和尼爾結婚之前。（這件事已經發生了，她提醒自己。）

她找到結婚禮服的收據——三百美元，在二手店買的。

「我希望第一個穿這件禮服的人幸福。」喬芝對尼爾說。「我不希望上面殘留婚姻悲慘的魔咒。」

「沒差。」尼爾說。「我們會很幸福，會解除魔咒。」

他當時很快樂。整個訂婚的過程都是。她從沒看過他這麼快樂。

喬芝說了我願意之後，戒指套在她的手指上之後——戒指卡在她的無名指，所以他重新戴上她的小指——尼爾跳起來，抱著她。他笑得好開，他的酒窩深不見底。

他手圍繞著她的腰際和脖子，不停親吻她的臉頰。「嫁給我。」他一直說。「嫁給我，喬芝。」

她一直說我願意。

這段回憶現在在她的腦袋裡顯得模糊——應該不可能——她怎麼可以忘掉這些細節？從某個時間點開始，她的大腦必定把這些場景視為理所當然。她和尼爾現在都結婚這麼多年了，他們怎麼結婚的似乎不太重要。

她記得他很快樂。她記得他捧著她的後腦杓說：「從此刻開始。從此刻開始的每一刻。」

天哪——尼爾真的那樣說嗎？這段求婚過程，她真的只懂一半？

喬芝又認真地繼續翻著儲存盒。

她的大學畢業證書。

一些她從《Spy》雜誌上撕下來的蠢內容。

最後一則〈阻止太陽〉的連環漫畫。尼爾短小精悍的土撥鼠從此去了天堂。

啊——有了。拍立得。

喬芝的媽媽還在用拍立得相機。她總是等不及三十五釐米的照片顯像。有三張尼爾求婚那天的照片——三張都是在屋裡拍的，在聖誕樹前面。喬芝穿著高中時期激勵營的寬鬆T恤，上面寫著「現在，衝吧！」——而且她看起來像哭了一整個星期。（因為她確實是。）尼爾穿著縐折的法蘭絨襯衫，連夜開車過來。儘管如此，他們看起來還是非常年輕、稚嫩。苗條的喬芝。圓潤的尼爾。

只有一張照片對焦：喬芝轉動眼珠，舉起手，展現太小的戒指，尼爾露齒而笑。那也許是尼爾唯一一張露齒而笑的照片。當他那樣笑的時候，他的耳朵上下都會豎起來，像左右放反的括弧。

拍完這些照片後，喬芝的媽媽要尼爾吃鬆餅，而且他承認他前兩個晚上都沒睡覺。「我在內華達靠邊停了幾個鐘頭吧，我想。」喬芝拉著他到她房間，把他推上床，脫掉他的鞋子和皮帶，解開襯衫的扣子，這樣她才能搓搓他的臀部、肚子和肩胛骨。她和他一起鑽進羽絨被裡頭。

「嫁給我。」他一直說。

「我願意。」她一直回答。

「我覺得沒有妳我也能活，」這句話，他彷彿想了二十四個小時，「但是那樣人生就毫無意義了。」

喬芝把拍立得照片放在地板上。連續三張。他在那裡——快樂又充滿希望的他。對的他。

「喬芝！」她媽媽大喊。「出來！」

她把照片攤在地板上，等待照片變成黑色。

28

她媽媽門也沒敲就打開房門，直走進去。「我要過去了。」喬芝說。

「太遲了。」她媽媽回答。「我們要開車帶海瑟去威斯納醫生家了。」

喬芝老是忘記海瑟的姓不同，他們的姓全都不同。她媽媽是萊昂斯，海瑟是威斯納，喬芝是麥克庫。喬芝想姓葛瑞夫頓，但尼爾不要。「喬芝．麥克庫這個名字可不會從天而降，隨便落在一個美女身上。」

「哪來的美女……」

「喬芝．麥克庫。妳在開玩笑嗎？——妳是龐德女郎。妳不能改掉妳的姓。」

「但我即將成為你的妻子了。」

「我知道。但我不需要妳改變任何事情。」

「妳今天和女兒們講過電話了嗎？」她媽媽問。

「還沒。」喬芝說。「我昨天和她們講過電話。」

她昨天和她們講過電話嗎？是的。愛麗絲，跟《星際大戰》有關的事。不……那是語音信箱。

她前天和她們講過電話嗎？

「妳乾脆跟我們一起去。」她媽媽說。「去兜兜風。新鮮空氣對妳有幫助。」

「我最好在家。」喬芝說。「尼爾可能會打電話來。」

他如果打電話來，代表什麼？代表他還在內布拉斯加？代表事情會翻盤？

「帶著妳的手機。」她媽媽說。

喬芝只是搖搖頭。

她媽媽在她身邊坐下。她媽媽和她穿著同款的睡褲，她媽媽的是藍綠色，喬芝的是粉紅色。她媽媽的手伸到喬芝的大腿，拿起一張拍立得——模糊的照片，尼爾看著喬芝，喬芝的眼神別過鏡頭。

「天哪，妳記得這個嗎？」她媽媽嘆氣。「這個男孩一天之內開車橫越半個國家；我覺得他連停下來喝咖啡都沒有。為了愛，他一直都是奮不顧身，是吧？」

單膝跪下。在賽斯兄弟會的宿舍外面等待。在她的肩膀上畫滿盛開的櫻花。

他一直都是。

她媽媽放下照片，捏捏喬芝的膝蓋，輕輕搖了搖。「會越來越好的。」她媽媽說。「就像廣告說的，『越來越好』。」

「妳在說那個同志孩子的公益廣告嗎？」

「哪一個廣告並不要緊，所有的事情都是這樣。我知道妳現在覺得很糟糕；妳身陷泥沼，而且說不定還會更糟——我不知道妳要怎麼跟孩子談這件事。但時間會療癒所有傷痛，喬芝，每一個傷痛。妳只是需要走出來。有一天妳和尼爾都會更快樂。妳只是需要撐下去，給它一點時間。」

她親了喬芝的臉，喬芝忍住不退縮。（但忍不住。）她媽媽又嘆了一口氣，站起來。「廚房裡頭有妳的法國吐司。還有很多剩下的披薩……」

喬芝點點頭。

她媽媽在門口停了下來。「妳覺得如果我把那一段『越來越好』講給妳妹妹聽，她會承認她有女朋友嗎？」

喬芝幾乎笑了出來。「她不覺得妳知道。」

「我本來不知道。」她媽媽說。「自從她穿著那件套裝去校友會，肯爵克就一直告訴我。但我跟他說，胸部大的女生想遮掩曲線很正常。妳看妳——妳就不是同志。」

「對……」喬芝說。

「但如果她在我的沙發牽一個女孩子的手——就算是一個很帥的女孩——哎，我可沒瞎。」

「艾莉森看起來是個好人。」

「我不介意。」她媽媽說。「反正我們家女人的男人運就是不好。」

「妳怎麼那樣說，妳有肯爵克。」

「喔，現在，對。」

喬芝到客廳跟海瑟說再見，然後沖個澡，穿回她媽媽的衣服。她不敢相信她特地去了內衣店卻沒有買任何內褲。

她考慮跑去洗衣間從垃圾桶挖出尼爾的T恤……

她第一次偷穿那件T恤是她待在他公寓的第一個週末。喬芝當時穿著同樣的衣服連續兩天了，她聞起來既像汗臭味，又像莎莎醬——但她不想回家換衣服。他們兩人都不希望週末結束。所以她在尼爾的公寓洗了澡，他拿給她一件運動褲，結果臀部的部位太小，還有金屬樂團的T恤，以及一件條紋四角褲。

她笑他。「你要我穿你的內褲嗎？」

「我不知道。」尼爾臉紅。「我不知道妳要穿什麼。」

那天是星期天下午；尼爾的室友去工作。喬芝洗完澡後穿著金屬樂團的T恤和四角褲——那件四角褲也太小了——尼爾假裝沒注意到。

他笑了，把她壓倒在床上。

讓尼爾發笑真是難得……

喬芝常調侃他浪費了酒窩。「你的臉像歐．亨利的故事。『世界上最甜美的酒窩，以及從來不笑的男孩』。」[56]

「我會笑。」

「什麼時候？獨自一人的時候？」

56 譯注：歐．亨利（O. Henry, 1869—1910），美國小說家，著有近三百篇短篇小說，以幽默筆調描寫美國中下階層人民生活。

「對。」他說。「每天晚上我確定大家都睡著後，我就會坐在床上瘋狂大笑。」

「你從不對我笑。」

「妳要我笑妳？」

「**對**。」她說。「我是喜劇作家。我希望**每個人**都笑我。」

「我想我不是愛笑的人。」

「也許你只是不覺得我好笑。」

「妳很好笑，喬芝，隨便問一個人。」

她戳了他的肋骨。「不夠到讓你發笑的程度。」

「事情好笑的時候，我就不想笑。」他說。「我只會在心裡想，『喔，那個好笑』。」

「我的人生就像歐．亨利的故事，」喬芝說：「世界上最好笑的女孩和永遠不笑的男孩。」

「『世界上最好笑的女孩？』嗯？我心裡現在正在笑。」

尼爾光想著笑，他的酒窩就凹了進去。他藍色的眼睛發亮。

他們這段對話進行了好多年，但越來越不好玩。

「我知道你不看我們的節目。」喬芝會說。

「如果不是妳的秀，妳自己也不會看。」尼爾會回答。他在摺衣服，或切酪梨的時候。

「對，但那**就是**我的節目，而你是我的丈夫。」

「我最後一次看的時候，妳說我在偷笑。」

「你**是**在偷笑。你的樣子就像藏在心裡。」

「因為那就是在**我**心裡。天哪，喬芝，在**妳**心裡。」

就算他是對的也沒用。

總而言之。

她第一次借了那件T恤的時候，尼爾笑了，而且把她壓倒在床上。

他笑的時候，不是因為什麼事情好笑——他笑是因為他很快樂。

29

每個人都出去了。她媽媽刻意不關客廳的電視，這樣巴哥就能聽到聖誕歌曲。

喬芝坐在廚房的桌子旁，盯著牆上的壁掛電話。

尼爾現在不會從過去打電話來。她倒不希望他打來。

她不希望這一切結束。

喬芝還沒準備好**失去**尼爾。即使是過去的她。她還沒準備讓尼爾離開。

（某人給了喬芝一支魔法電話，於是她想做的就是熬夜和她以前的男朋友講電話。如果他們給她的是一台可以穿越時空的時光機，她八成會利用時光機去擁抱他。就像有人會利用時光機去殺了希特勒。）

也許和她講了整個星期電話的尼爾正在前往加州的路上，也許沒有，也許他只是她的幻想——但即使是幻想的尼爾，她還是覺得真實。喬芝還是相信她能和他重修舊好。

她的尼爾再也不接她打的電話了。

她的尼爾再也不打電話給她了。

她的尼爾……

也許這代表著他不是她的。不真的是她的。

尼爾。

喬芝站了起來，走向電話。她的手撫摸著電話的外殼，拿起話筒。燈號亮了，她小心地撥著尼爾的手機號碼……

電話馬上就轉進語音信箱……

喬芝準備要留言——雖然她不知道要說什麼——但她沒等到嗶聲。「很抱歉。」一個聲音說。「語音信箱已滿。」另一個聲音說。電話掛斷了，喬芝又聽到撥話聲。

她在牆邊崩潰倒下，手上還拿著話筒。

一九九八年的尼爾是不是在路上還有任何意義嗎？——如果**現在的**他已經不回來了。贏了以前的他，卻輸了未來的他，有什麼好處呢？

幾天後，尼爾會帶女孩們回來加州的家。她會在機場和他們碰面。沉默了十天之後，他和喬芝有什麼好說的呢？

尼爾上個星期出門時，他們已經相敬如賓了，現在他們之間更是如冰。

撥號聲轉成未掛好的訊號聲。喬芝放開話筒，話筒連接著電話線，鬆散地彈跳著。

這就是尼爾現在的感覺嗎？昨天晚上？（一九九八年）喬芝沒把話筒掛上電話的時候？他已經那麼沮喪了，他的聲音已經那麼惶恐了——他找不到她，一定要瘋了。他試了幾次？

喬芝以前一直以為，是浪漫的衝動，讓尼爾連夜開車，在聖誕節早上來找她。但也許他上了車是因為他聯絡不上她。也許他只是需要看見她，知道他們沒事……

喬芝緩慢地站起來。

尼爾。為愛奮不顧身。穿過沙漠、越過高山，追尋她的尼爾。

尼爾。

喬芝的鑰匙圈放在桌上，海瑟放的。她抓起鑰匙。

她還需要什麼？駕照、信用卡、電話——都在車上。她可以從車庫溜出去，家門上鎖。她出門前看看狗兒。

喬芝可以做這件事。

沒有其他該做的。

30

車庫的門緩緩放下，喬芝半蹲鑽了出來。

「妳不該那樣。」某人說。「很危險。」

她轉身——賽斯坐在門前的台階上。

「你在做什麼？」她問。

他搖搖頭。「我只是在想敲門的時候要跟妳說什麼。我已有心理準備，妳應該瘋了。機率很高。**絕對**穿得像瘋子。我可能什麼也不會說；我可能直接把妳打昏——我需要一個重物，我想到妳那台黃色的電話——然後把妳拖到辦公室。」

喬芝朝他走了幾步。他穿著反摺的深色牛仔褲和尖頭牛津鞋，還有綠色羊毛衫。平．克勞斯貝（Bing Crosby）可能會穿著演唱〈白色聖誕〉（White Christmas）的服裝。

喬芝抬頭看著他的眼睛，他看起來糟透了。

「我不覺得妳正要去工作。」他說。

她搖搖頭。

「也不覺得妳劇本寫好了。」

她看著他。

「我也沒寫。」賽斯說——然後笑了。是真心的笑，雖然聽來苦楚。他把手塞進臀部的口袋裡，低頭看著草皮。「也不是真的沒寫，其實……我寫了好多email給妳。『嘿！喬芝，怎麼了？』『嘿，喬芝，這樣好笑嗎？』『嘿！喬芝，我自己一人做不來。我以前甚至沒嘗試過，現在我知道我無法，而且感覺很糟。』」他看著她。「**嘿！喬芝**。」

「嘿！」她說。

他們四目對望，彷彿抓著什麼燙手的東西。賽斯先別過眼神。

「對不起。」她說。

他沒回答。

她又向前一步。「我們可以延後開會。馬賀．賈法瑞喜歡我們。」

「我沒把握可以。」他說。「我沒把握這麼做有意義。」

「當然有。」

他轉頭面對她。「那我們要延到什麼時候，喬芝？妳預計下星期停止發瘋嗎？一月對尼爾來說如何？也許他會撥出一些時間讓妳自由。」

「賽斯，不要……」

他從階梯上站起來走向她。「不要什麼？不要討論尼爾？我應該假裝什麼事都沒有嗎？像妳一樣？」

「你不懂。」

他雙手一攤，無奈。「誰比我更懂？一開始我就在了。就在。」

「我現在不能談這個。我要走了。」她轉身，但賽斯抓住她的手，拉著不放。

他的聲音軟化。「等等。」

喬芝停下，轉頭看他。

「我一直在想。」他說。「妳問我如果可以回到過去，我會不會想要改變任何事情。我要告訴妳我會——我真的會——但我沒告訴妳……」他大吐一口氣。「喬芝，也許事情不應該變成這樣，妳懂嗎？」

她搖搖頭。「不懂。」

「我常想起那次萬聖節，尼爾對妳超級差勁那次。妳叫我帶妳回家，我帶妳回家了。然後我——我把妳自己留在那裡。也許我不該那樣。也許我應該待著。」

「不。賽斯……」

「也許我們不應該像這樣。喬芝。」

「**不**。」

「妳怎麼**知道**？」他抓緊她的手。「妳不快樂。我不快樂。」

「你看起來很快樂。」

「也許是和妳比起來。」

「不。」她說。「你看起來真的很快樂。」

「妳只看見和妳在一起的我。」

喬芝微弱地吸氣，輕輕把他的手拉開。

「我……」賽斯把手放回他的口袋。「這是我唯一成功的。在**這個關係**裡。我愛妳，喬芝。」

她聽到了，闔上眼睛。

她張開雙眼。「但不是戀愛。」

賽斯又笑了，仍然苦楚。「曾幾何時，那是一個選項，我現在也不知道了……我只知道看到妳這樣，我心如刀割。」

他的領子陷在毛衣裡頭。她伸手把領子拉出來。

「我也心如刀割，」她說：「看到你這樣。」

他們站得很近，面對面，看著彼此的眼睛。他們永遠只會站在彼此旁邊，喬芝很確定他們從沒這樣面對面站著。

「這就是我會改變的。」賽斯說。「如果我可以回去的話。」

「我們回不去了。」她小聲說。

「我愛妳。」他說。

她點點頭。

他靠得更近。「我要聽妳說出口。」

喬芝沒有閃躲，她思考了一下，最後說：「我也愛你，賽斯，但是——」

「停。」他說。「停……我知道。」他的肩膀放鬆。他轉移身體重心，拉開和她的距離，讓這樣的姿勢看起來正常。

他們兩人都安靜。

「所以——」賽斯看著車道。「——妳要去哪裡？」

「奧馬哈。」她說。

「奧馬哈。」他重複。「妳的心永遠都在奧馬哈……」他飛快伸出手，把她的頭頂拉向他的嘴巴輕輕一碰。接著他退後一步，優雅地漫步到他的車。「別忘了我的沙拉醬。」

31

喬芝從來沒有開車送自己去機場。

她只有自己搭過飛機一次，十一歲的時候，去密西根看她父親。那次不太順利，她再也沒去過。高中的時候，她父親死了，她媽媽問喬芝要不要參加葬禮，她說不要。

「妳沒去？」喬芝告訴尼爾的時候，他很驚訝。你看得出來他很驚訝，因為他的眉毛挑了兩釐米高。（尼爾的臉就像花開一樣——你需要縮時攝影才能真正看得出變化。但喬芝已經徹底研究過他的臉，她可以讀到絕大部分的抽動。）

「我和他不熟。」喬芝說。他們坐在尼爾父母家地下室的沙發床。那是他們結婚後第二或第三個聖誕節，他們待了將近一個星期。

他媽媽安排他們睡在地下室的沙發床，即使尼爾以前的臥室就有一張雙人床。「她不希望我們褻瀆你神聖的臥室。」喬芝調侃地說。尼爾離家去讀大學後，他父母沒有動過他的臥室。他高中摔角的剪報和團隊合照還貼在牆上。衣櫥裡還有衣服。

「就像你去迪士尼樂園的時候，」喬芝會說：「他們複製華特的辦公室，像當初他使用的時候一樣。」

「妳覺得小狗的照片比較好嗎？」

「跟穿著十九世紀泳衣，全身大汗的你比起來嗎？」

「那叫摔角服。」

「真的很醜！」

尼爾的媽媽把全部的家庭相本都放在地下室。尼爾和喬芝住在那裡的那個星期，她拉出一大疊。「有朝一日你當上美國總統，」喬芝說，一大本如植物圖鑑的相本在她的大腿上攤開，「歷史學家會很感謝妳媽媽記錄得如此詳細。」

「只有小的時候。」他說。「她想盡可能留下我的回憶。」

尼爾小時候是個穩重、冷靜的小孩。剛學步的時候就有雙又大又圓的眼睛。五歲生日的時候老實地看著照相機。小學的時候最像哈比人——他的T恤塞進暗紅色的寬褲裡，頂著蓬鬆的七〇年代髮型。到了中學，他穩穩站著，肩膀稍微往前傾。你不敢想著打倒他——他不是那種矮子。他看起來就是**不會**被打倒的樣子。到了高中，他長得健壯，是個不容侵犯的男子。

喬芝坐在沙發上看著這些相本，尼爾坐在他身邊，漫不經心地玩著她的頭髮；這些照片他都看過了。

她停在一張尼爾和彤恩盛裝打扮參加某個高中舞會的照片。天哪，他們還真像從約翰・麥倫坎普（John Mellencamp）的音樂錄影帶走出來的人。

「嗯，」他說：「但再怎麼說……」

「什麼再怎麼說？」喬芝順了順相本的塑膠套。

「他是妳爸爸。」

喬芝把頭從高中的尼爾，抬起來轉向坐在她旁邊的尼爾。二十五歲的尼爾。比高中的時候溫和，眼睛四周少了緊張。看起來像說完他想說的話，隨時就會親吻她。

「什麼？」喬芝問。

「我只是不懂妳怎麼能不去妳父親的葬禮。」

「我不覺得他是我父親。」她說。

尼爾等著聽她解釋。

「他跟我媽只結婚十分鐘——我甚至不記得和他一起生活過。我四歲的時候他搬到密西根。」

「妳不會想念他嗎？」

「我不知道要想念什麼。」

「但妳難道不會想念嗎？比方說，也許只是他這個人？」

喬芝聳肩。「我想沒有吧。我從來不覺得少了什麼，如果你的意思是這樣的話。我覺得父親多少可有可無。」

「這麼說基本上就錯了。」

「哎，你知道我的意思。」喬芝繼續看相本。有幾十張尼爾畢業那天的照片。他的表情痛苦——好像，經過了十八年，他終於對他媽媽的攝影狂熱失去耐性。他爸爸也幾乎出現在每張照片，看起來包容得多。

「我真的**不**知道妳的意思。」尼爾說。

喬芝翻到下一頁。「呃，如果你有，也不錯——如果你的剛好是好的——但爸爸不是**必要的**。」

尼爾坐直起來，和她保持距離。「他們絕對是必要的。」

「他們才不是。」她轉身面對沙發上的他。「我就沒有。」

尼爾的眉頭皺了起來，抿著嘴巴。「那不代表妳不需要。」

「但我真的**不**需要。我沒有，而且我很好。」

「妳不好。」

「我很好。」她說。「我怎麼會不好？」

他搖搖他的頭。「我不知道。」

「你這是莫名其妙的不理性。」喬芝說。

「我不是不理性。世界上沒有別人會跟我爭論這一點。爸爸不是可有可無。我爸爸就不是可有可無。」

「因為他在啊。」她說。「但如果他不在，妳媽媽會填補空缺。媽媽就會這樣。」

「喬芝——」他的手從她的肩膀和頭髮抽出來「——妳被扭曲了。」

她把相本抱進懷中。「我哪裡被扭曲了？我只是個坐在這裡，完美適應單親家庭的人。」

「妳媽媽沒有調適得很好。」

「喔，那倒是。許多小孩也不需要媽媽。」她開起玩笑。

尼爾並不領情。他從沙發站起來，又搖搖頭。

「尼爾……」

他走向樓梯，離開她。

「你幹嘛這麼生氣？」她說。「我們根本還沒有小孩。」

他爬到一半停了下來。他必須半蹲到天花板底下才能和她眼神交會。「因為我們連小孩都沒有，妳已經覺得我可有可無了。」

「不是**你**。」她不想承認自己有錯——不是真的想講清楚。「男人，普遍來說。」

尼爾又站直，然後走開了。「我現在不能跟妳說了。我要上樓幫忙準備晚餐。」

喬芝把相本放回大腿上，翻閱到最後一頁。

「請問妳的目的地是？」櫃臺後方的女人頭也不抬，問著喬芝。

「奧馬哈。」

「妳的姓？」

喬芝拼出麥克庫，那個女人敲打著鍵盤。她皺起眉頭。「妳有訂位代號嗎？」

「我沒有。」喬芝說。「我要訂位，所以來這裡。」

售票員抬頭看著喬芝。她是個五十好幾或六十出頭的黑人女人。她的頭髮梳成包頭，戴著金框老花眼鏡打量著喬芝。「妳沒有機票？」

「還沒。」喬芝說。她一進來就走到第一個櫃臺。她不知道這家航空公司是否飛到奧馬哈。

「我可以在這裡買嗎？」

「可以……妳今天要飛？」

「盡快。」

「今天是聖誕節前夕。」那個女人說。

「我知道。」喬芝點頭。

那個女人——她的名牌寫著「艾絲黛」——挑起眉毛，然後又回到她的電腦，重新操作。

「妳想去奧馬哈。」她說。

「對。」

「今晚。」

「對。」

她又繼續敲打鍵盤。每隔一會兒，她會發出煩惱的「嗯……」聲。

喬芝的重心換到另一腳，鑰匙拍打著大腿。她已經忘記車子停在哪裡了。

售票員——艾絲黛——站起來，走向牆壁上的電話。看起來像個特殊的電話。電話上頭甚至有個橘色的燈嵌在牆上。看，這就是魔法電話應該有的長相。喬芝心想。

艾絲黛走回她的電腦。一分鐘後。「好吧。」她嘆口氣。

喬芝舔了自己的嘴唇。嘴唇乾裂了，但她沒帶護唇膏。

「我今晚可以送妳到丹佛，搭聯航。到那裡之後，妳要開始祈禱，我們的系統顯示很多延誤。」

「好。」喬芝說。「謝謝。」

「不用謝我。」艾絲黛說。「我可能是讓妳聖誕夜前夕困在丹佛的女人。證件？」

喬芝把駕照和信用卡遞給她。

機票簡直是天價，但喬芝眼睛也沒眨一下。

「這些錢妳可以飛到新加坡了。」艾絲黛說。「直飛……妳有托運行李嗎？」

「沒有。」喬芝說。

艾絲黛的手放在印表機前，等待機票。「奧馬哈有什麼？除了兩英尺深的雪？」

「我的小孩。」喬芝感覺到心裡揪了一下。「我的丈夫。」

那個女人的表情打從喬芝過來後，終於略見軟化。她把登機證給喬芝。「那我祝妳快快抵達。快去吧，妳還有二十分鐘到登機門。」

接下來的二十分鐘，喬芝覺得自己很像浪漫愛情喜劇裡的女英雄。

她甚至選好搭配的音樂——肯尼・羅根斯（Kenny Loggins）大型、爆滿、演唱會版本的〈慶祝我回家〉（Celebrate Me Home）。（一開始緩慢溫柔，逐漸增強到難以抗拒，接著在高峰爆發的白人靈樂。）

她奔跑穿越機場。沒行李要拉，沒小孩要抓。

她穿越其他家庭。穿越可愛的老夫老妻。穿越穿著紅色綠色毛衣，唱頌聖誕歌曲的義工。

每踏出一步，喬芝就更加確信。

這是上星期尼爾離開十分鐘後她就應該做的。飛越國土與真愛團聚永遠是正確的舉動。（永遠。）（每一個故事都是。）

如果喬芝可以找到尼爾，如果她可以聽到他的聲音，如果她可以感覺到他的手臂環繞，一切就會沒事。

就像十五年前（明天早上），他出現在她家門口的時候，一切都沒事了。那天她一看到他的臉，就原諒他了。

喬芝——莽撞又氣喘吁吁——抵達登機門的時候，她的飛機已經開始登機。一位美麗的金髮空服員拿了她的機票，對她微笑。「旅途愉快——並祝聖誕快樂。」

32

飛機沒有起飛。

每個人都扣上了安全帶。他們關掉電子儀器。美麗的空服員告訴他們急難時該往哪一個逃生門。然後飛機滑行了幾分鐘。

接著又滑行了幾分鐘。

大約滑行了二十分鐘吧。

喬芝坐在一位極為光鮮亮麗的女人旁邊，每次喬芝大腿動一下她就緊張一下。另一邊是一個年紀和愛麗絲相仿的男孩，穿著「遜爆爆爆爆爆了」的T恤。（就喬芝的看法，他還太小了，不適合看《傑夫起來了》。）

「所以，你喜歡崔夫？」她問他。

「誰？」

「你的T恤。」

小孩聳肩，打開手機。一分鐘後，空服員過來請他關機。

滑行四十分鐘後，喬芝發現這個男孩是那位緊張的女人的兒子。

她一直越過喬芝，跟他講話。

「妳要換座位嗎？」喬芝問她。

「我一定會在我們之間留一個空位。」那個女人說。「最後我們就會有較多的空間，因為通常沒有人想要坐在我們中間。」

「你們想要坐在一起嗎？」喬芝問。「我不介意換。」

「不了。」那個女人回答。「最好照位置坐。他們會依照劃位記錄判斷屍體。」

機長的聲音從廣播傳來，他向乘客道歉，因為他無法打開空調——並且請大家：「耐心坐好，我們排在第五順位起飛。」

他又說他們沒在排隊了。他們在等候丹佛的消息。

「丹佛那邊怎麼了？」空服員又來叫男孩關掉手機的時候，喬芝詢問空服員。

「下大雪。」空服員愉悅地說。

「下雪嗎？」喬芝問。「丹佛不老是在下雪嗎？」

「暴風雪。從丹佛到印地安納波利斯。」

「我們還是會起飛吧？」

「風雪正在轉移。」空服員說。「我們只是在等待確認，稍後就會起飛。」

「喔。」喬芝說。「謝謝。」

飛機回到登機門。又滑行出去。喬芝看著男孩打電動，打到他的手機沒電。

她在機場所有的緊張與腎上腺素全都從腳底流光了。她很餓，而且難過。她往座位下滑，這樣就不會碰到旁邊的女人。

喬芝不斷回想她和尼爾電話裡最後的對話，他們最後吵的架。如果她把他嚇跑了而沒來求婚，會就此抹滅他們吵過的架嗎？

此時，機長帶著好消息回來——「我們可以出發了。」——喬芝急得想狂奔。這是煉獄，她心想。在不同地方之間，在不同時區之間。完全失去聯繫。

她身邊每個人都歡呼了。

喬芝對於搭飛機感到緊張。尼爾總是在起飛和亂流的時候拉著她的手。現在他們的家庭人數太多，一排不夠，他們便會兩兩坐在一起，喬芝和尼爾分別坐在走道兩邊，所以需要的時候他還是可以拉住她的手。

有時候他甚至埋首在填字遊戲中，飛機晃動的時候直接伸出手。為了女兒，喬芝總是努力不要看起來害怕。但她總是很害怕。如果她發出一點聲音，或猛地吸一口氣，尼爾會抓緊她的手，抬頭看著她。「嘿！陽光。沒事。妳看那個空服員——她在打瞌睡。沒事的。」

喬芝的飛機起飛往丹佛一小時之後遇到亂流。坐在她旁邊的女人完全不以為意，除了搖晃時喬芝的臀部碰到她。

她兒子已經靠著喬芝的右邊睡著了。喬芝靠著他，緊握著拳頭，閉上眼睛。

她試著想像尼爾，正開車穿越這場暴風雪去找她。

但一九九八年沒有暴風雪。

而且也許尼爾根本沒有去找她。

她又試著回想昨天晚上電話中她對他說的話。她試著回想他的回答。

尼爾八成覺得她是瘋子。她應該直接告訴他魔法電話的事。完全地把話說開來。這樣他們就能一起設法解決。他們可以在時空的兩端各自化身福爾摩斯和華生。

或者尼爾可以自己解決——他就是他們關係中的福爾摩斯和華生。

機身起伏，喬芝把頭靠在椅背上，強迫自己聽見尼爾的聲音。沒事，沒事的。

太陽在丹佛上空。飛機盤旋（並且晃動）了四十五分鐘，直到風雪中出現一個縫隙，他們可以穿越降落。

當她終於踏出機艙，喬芝知道自己快吐了，不過這個感覺一下就過去。走道上很冷。她火速經過那位不可觸碰的女人和她的兒子，拿出前往奧馬哈的登機證。

喬芝已經錯過轉接的飛機了，但必定還有其他飛機——奧馬哈是丹佛和芝加哥之間最大的城市。（尼爾說的。）

她困惑地在機場走了幾步。登機門周遭擁擠，人們坐在地板上，靠著窗戶。每個登機門，整個大廳，都是滿的。

喬芝需要走到航廈的另一邊。她發現一台接駁車，於是加快腳步。感覺起來她的時間似乎比她經過的人過得更快。沒有人像在趕時間。大多數的商店都拉下鐵門，店內一片漆黑，雖然才六點鐘。聖誕節前夕，她心想。還有，暴風雪。

她抵達她的登機門時，每個座位都被佔據了。人們圍繞著無聲的電視，看著氣象頻道。櫃臺有一個指示牌，上面有三個班機號碼，全都顯示延誤。技術上她並沒有錯過她的飛機——因為還沒起飛。

喬芝加入排隊，緊跟著隊伍，確保她不會有什麼閃失，順利抵達奧馬哈。

她終於站在櫃臺前的時候，航空公司的員工出乎意料地精神奕奕。

「妳最好的辦法是現影術。」

「抱歉？」

「只是一點哈利波特的幽默。」他說。

「好。」

喬芝沒讀過哈利波特的書。但她和賽斯幾乎看過所有的電影，賽斯不想待在辦公室的時候。

她對巫師一點興趣也沒有，但她覺得艾倫·瑞克曼很帥。[57]

「妳什麼時候開始垂涎中年男子？」賽斯問。

「當我步入中年的時候。」

「控制一點，喬芝。我們正值《三十而立》。」[58]

「天哪，我愛那個影集。」

「我知道。」他說。

「那就是我步入中年的證明。」她說。「我懷念《三十而立》。」

登機門旁邊的星巴克沒開。麥當勞也是，果汁吧也是。喬芝從販賣機買了一個火雞三明治，又在另一台買到iPhone的充電插頭。她在唯一營業的店裡買到一杯難喝的咖啡，是一家西部主題的運動酒吧，然後走回登機門，找到一個靠牆的角落。

身後的玻璃是冰冷的。喬芝斜眼瞄著窗外。她什麼都看不見——沒有雪，只是一片漆黑——但她可以聽到風的聲音。聽起來好像她仍在飛機上。

在她對面有個女人正把一片餅乾分成兩半給她的孩子，兩個女兒小得足以一起坐一個座位。她們的大腿上有紙巾，還有盒裝牛奶。那個女人坐在丈夫旁邊，丈夫的手慵懶地掛在她的椅背，偶而揉揉她的肩膀。

喬芝想要靠近他們。她想把小女兒外套上的餅乾屑拍掉。她想跟他們說話。

「我也有小孩」。

她想對那個女人說。「年紀一樣。」

但她有嗎？

還有嗎？

喬芝不斷測試自己，整理她的記憶，往回追溯。愛麗絲七歲生日。努蜜第一次在迪士尼過萬聖節。尼爾除草。尼爾困在車陣裡。喬芝失眠的時候，尼爾睡到一半轉向她。

「妳還好嗎？」

57 譯注：艾倫・瑞克曼（Alan Rickman），飾演哈利波特電影中的石內卜教授。

58 譯注：*Thirty-somethings*，八〇年代美國影集。

「睡不著。」

「過來，小瘋子。」

尼爾教喬芝怎麼爆米花。尼爾在喬芝的手臂上畫一隻愛睏的沙鼠……

喬芝老是不記得沙鼠、倉鼠、豚鼠的差別——所以尼爾無聊的時候就把牠們畫在喬芝身上。他會說：「小抄。」然後在手肘上的對話泡泡寫上「我是豚鼠」。

她摸著自己空白的手臂。她對面的小女孩撞倒她的牛奶——喬芝向前接住牛奶。那個媽媽對她微笑，喬芝回以微笑。喬芝的微笑說：我家小孩也是。

喬芝搜尋登機門周圍，尋找插座，在牆壁下方幾尺找到一個；已經有兩個人佔用了。她走過去詢問他們充完電後她可不可以使用。「我只需要幾分鐘，」她說：「查點事情。」

「用吧。」一個二十幾歲的男孩說。他跟尼爾年紀相仿——一九九八年的尼爾。男孩拔掉電話插頭，移動幾步，讓出空間。

喬芝扭著身體在他和一個在筆電上打字的女人之間跪下。她打開新買的充電插頭，從口袋裡掏出電話，接上插頭，等待白色的蘋果出現。

毫無動靜。

「是不是徹底沒電了？」男孩問。「有時候要充個幾分鐘。」

喬芝等了幾分鐘。

她分別在兩端接上又拔下。她用力按著兩個按鈕。

螢幕上出現裂痕。（當然是她的螢幕。）

「妳要用我的電話嗎？」男孩問。

「不了，沒關係。」喬芝說。「謝謝。」她拔下插頭，腳底著地後，搖搖晃晃後退。她轉身。又轉回來。「其實，呃，可以借用一下你的電話嗎？」

「沒問題。」他遞給她。

喬芝接過電話，打了尼爾的手機號碼。「很抱歉，語音信箱已滿。」她把電話還給男孩。「謝謝。」

剛才靠牆的一角，小女孩旁邊那個位置已經沒了。一個女人和她學步的小孩正坐在那裡。

喬芝又看了一次櫃臺的公告。還是延誤。其中一班飛機已經取消了。她離開登機門，把電話丟進垃圾桶。

她覺得還是拿著好，於是又從垃圾桶裡拿了出來。（就在最上面。）（機場的垃圾相對乾淨。）一個穿著寬鬆外套的老男人看著她。她試著舉高手機，以免他以為她剛才在垃圾桶裡翻食物。

她把手機塞回口袋，走向接駁車。她搭上接駁車，車子往一個方向的遠方開去，然後又繞了回來，她又換了一班車。

只因為喬芝不能看見手機裡頭小孩的照片，不表示小孩的照片不在那裡。

只因為她不能看見手機裡頭小孩的照片，不表示她的小孩不在那裡。

在某個地方。

努蜜的床有十幾隻貓咪的填充玩偶。愛麗絲的紙娃娃。努蜜咬著她的豬尾巴，尼爾把豬尾巴從嘴裡拉出來。努蜜咬另一邊的豬尾巴。尼爾把豬尾巴拉到頭上綁在一起。

尼爾在廚房。尼爾做熱巧克力。尼爾做感恩節晚餐。喬芝工作晚歸，尼爾站在爐子旁。

「我不確定妳想打包什麼。但我把妳籃子裡的衣服都洗了。不要忘了那邊會冷——妳老是忘記那邊會冷。」

如果喬芝可以看看照片，會覺得好過一點。

如果她可以有一點點證據——不是說她需要證據——但如果她能有一點點證據，證明他們還在那裡。她搓搓空著的無名指。她的口袋裡沒有代表人生的東西。她只有信用卡和駕照，而且是本姓。

機場裡頭更暗了。

機場在夜裡總是更暗，而這個機場因為打烊的店家和大雪又特別地暗。喬芝還是可以聽見風聲，儘管她人不在窗戶旁。整棟建築物和風一起哭嚎。

忽然間，她踏出接駁車，踉蹌踩在地板上。恢復重心，她走到最近廁所，站在全身鏡前。

廁所幾乎沒人後，她拉起T恤，手摸著妊娠紋和肚子底下一條疤痕。

還在。

33

喬芝知道事情不對勁，因為她經歷過一次，而那一次，小孩馬上就出來了。生愛麗絲的時候，先是剖腹，然後有個東西咕嚕被拉出去——就像某人釣到一條張大嘴巴的鱸魚，猛地從喬芝的肚子拉出去。護士急忙抱走寶寶，聽到哭叫聲後，喬芝感謝上帝。

緩慢的是，愛麗絲出生後，喬芝才將自己的身體拼湊回來。尼爾告訴她，事實上醫生真把她的子宮拉出來，放在胃的位置，在腹部裡頭探尋，確定該出來的都出來了。

愛麗絲出生那天，尼爾一直坐在喬芝旁邊。

現在他又坐在喬芝旁邊。喬芝的手被綁在側邊，尼爾握著另一隻。

喬芝知道事情不對勁，因為剖腹了，她感覺到醫生的手在她身體裡觸碰的壓力，但寶寶沒有出來。沒有一陣快速的動作。應該要接過寶寶的護士緊張地站在醫生後面（還有實習醫生和兩個醫學院學生），雙手空空。

喬芝知道事情不對勁，因為尼爾的下巴緊繃。因為他看著每個人的樣子。

她又感覺到身體裡更大的壓力——更多隻手，不只兩隻。

麻醉師一直小聲對她說：「妳很好，媽咪。妳做得很好。」說得好像躺在手術台上不動是種特別的天賦。（也許真是。）她拿一根牙籤戳戳喬芝的胸口。「這樣有感覺嗎？」有。「這樣有感覺嗎？」沒有。「妳會感覺好像不能呼吸，」麻醉師說：「但妳可以。只要保持呼吸，媽咪。」

他們現在全都在講話，醫生和護士：他們口中說出來的都是數字。生產台忽然漸漸上升，喬芝稍微傾斜躺著，她的頭朝向地板。

不妙。她冷靜地想著，看著上方的燈。

在這種情況下保持冷靜似乎是明智的。她的身體打開，血液不知衝到哪裡。她可以看見頭上的燈座映照某人的手臂——袖子是紅色的。

尼爾緊握喬芝的手。

他轉身，背對醫生和寶寶應該出現的地方，在喬芝的肩膀附近走來走去。他的下巴緊繃，他的眼睛狠狠地睜開著。

也許這就是為什麼尼爾經常需要掩飾自己。他的雙眼，毫無掩飾的時候，就像山裡的隧道起火燃燒。

喬芝持續呼吸。吸。吐。吸。吐。「妳很好，媽咪。」麻醉師小聲說。喬芝知道她在說謊。

尼爾的眼睛對著她燃起熊熊烈火。如果他總是這樣看著她，會不太舒服。如果他總是這樣看著她，也許她永遠不會別開眼睛。

但她從不懷疑他愛她。

她怎麼可能懷疑他愛她？

尼爾用那樣的眼神向她說再見。他求她留下。他告訴她，她沒事——只要保持呼吸，喬芝。

她怎麼可能懷疑他愛她？愛她是他所有拿手絕活中，做得最好的一項。

麻醉師在喬芝的口鼻戴上面罩。

喬芝只看著尼爾。

她醒來的時候，那天深夜，在恢復室，她不曉得她會進入恢復室。有張醫院的搖籃車在她的床邊，尼爾在椅子上睡著了。

34

機場搬出躺椅，放在登機門之間的走道上，看起來像戰地醫院。

喬芝不覺得今晚能在陌生人面前睡著，根本不可能。儘管她希望能有件毛毯……如果機場任何一家商店開門的話，她就會買一件櫥窗展示、超大、藍色相間橘色的野馬運動衫。

她的周圍有人坐在椅子靠著牆壁睡覺。他們把頭靠在隨身包包上，手抱著隨身行李，像是害怕扒手。喬芝一點也不擔心扒手，她身上沒什麼好偷。

一定很晚了。或很早。喬芝完全不知道時間——出於習慣，她不停拿出已經沒電的電話。機場有微弱的燈，但看書還是太暗。風似乎把黑暗送進了航廈。

風雪停了。或只是轉弱——喬芝不知道暴風雪會怎麼停。換了登機門，繼續等待。然後她登機了，對自己的班機和目的地似懂非懂。

「奧馬哈？」喬芝踏進飛機時，空服員問她。

「奧馬哈。」喬芝重複。

飛機大約只有十五排，一邊兩個座位。她從沒搭過這麼小的飛機；她只在飛機墜機的時候聽過這麼小的飛機。

喬芝心想駕駛是不是和她一樣累。這個節骨眼上，何必還飛呢？三更半夜？除非機組人員也要回家。

二〇一三年聖誕節，星期三

35

他們離開丹佛的時候太陽剛升起，而現在奧馬哈在他們底下閃爍雪白的光。降落的時候喬芝緊抓椅子的扶手。安全帶的訊號燈還沒熄滅，她已經站起來。

她做到了。她人在這裡了。她快到了。

愛麗絲。努蜜。**尼爾**。

奧馬哈機場像廢棄了一樣。咖啡店沒開，書報攤也沒開。以前，喬芝通過安檢的時候，尼爾的父母——或只有他媽媽——必定已經坐在那一小排椅子上等待了。

今天只有一個人坐在那裡。一個女人穿著厚重的紫色軍裝外套。她從椅子上跳起來，朝著喬芝奔跑。接著另一個人從反方向奔跑經過喬芝——在丹佛機場借喬芝電話的男孩。

那個女孩跳進他的懷中，他抱著她，狂喜地轉著圈。喜悅像海浪般撲向喬芝。男孩的粗呢袋掉到地上。他的臉埋進女孩又長又鬈的深色頭髮中。

喬芝經過他們，摒住呼吸。

繼續走。快到了。快結束了。

主要的航廈是空的，除了十來個和喬芝同一班飛機的人和警衛。如果女兒們在，喬芝會讓她們走在前面。愛麗絲想要的話，甚至可以推行李推車。完全不用擔心妨礙到任何人。

喬芝開始跑下手扶梯。她快到了。幾乎快到了。她跑向出口，推開旋轉門——然後定住。

所有的東西都覆蓋著雪。

就像——呃，像電視上那樣。對街的停車場看起來就像覆蓋厚重糖霜的薑餅屋。

雪看起來像糖霜一樣柔軟。滑順，但又像絨毛。她推開門，站在門外，吸了一口氣後感覺冰冷。（她的T恤無法抵擋寒冷。她的**皮膚**更無法。）

天哪。我的天哪。女兒看到的是這幅景象嗎？

喬芝向前，手越過花盆按在雪上，看見手指壓出四個峽谷。雪很輕，但堆疊成形。她舉起手掌，形成一個柔軟的弧形。

她以為雪很冷，其實不會。一開始不會，直到在手指之間融化。她的腳踩到一些雪，現在開始覺得冷。她踏步，試著把雪從平底鞋上甩掉，並四處張望尋找計程車招呼站。一台車也沒有。

喬芝雙手交叉走在人行道上，尋找指標。

「需要幫忙嗎？」

喬芝轉頭，是那對狂喜的情侶。他們還互相摟著，彷彿兩人都不相信對方就在這裡。

「計程車招呼站？」喬芝說。

「妳要叫計程車？」男孩問。那個男人。也許她應該稱呼他男人。他一定二十二、三歲。他的頭髮已經開始稀疏。

「對。」喬芝說。

「妳打電話了嗎？」

「呃。」喬芝在發抖，但她努力隱藏。「沒有。我該打電話嗎？」

男孩看著女孩。

「其實這裡沒有計程車。」那個女孩語帶抱歉——但聽起來也像喬芝是笨蛋。「我是說，如果妳事先打電話，也是有計程車……但今天是聖誕節。」

「喔。」喬芝說。「好。」她對著車道左右張望了一下。「謝謝。」

「妳需要借用我的電話嗎？」

「沒關係。」喬芝轉身向門。「謝謝。」

她聽見他們小聲交談。她聽見那個男孩說著喬瑟夫和瑪麗，旅館沒空房。「嘿！妳要搭便車嗎？」他叫住喬芝。

她回頭看他們。男孩露齒而笑，女孩看起來很擔心。他們說不定是內布拉斯加新來的死亡邪教教派，假日時在機場徘徊，挑陌生人下手。

「好。」她說。「謝謝。」

「妳沒行李？」

「沒有。」喬芝說，想不到接下來可以說什麼，好讓她沒有行李、外套、襪子說得通。

「好。」那個男孩說。（喬芝還是無法叫他男人。）「妳要去哪裡？」

「龐卡丘。」他說。

男孩轉向女孩。他們全都坐在一台紅色的舊貨車前座，女孩夾在中間。暖氣沒用，擋風玻璃已經起霧。他舉起手用綠色的帆布袖子擦掉。

「那在北邊。」女孩說。她拿出手機。「地址是什麼？」

地址，地址……

「藍屋路。」喬芝鬆了一口氣，自己還記得尼爾父母部分的地址，然後希望藍屋路不會剛好貫穿整座城市。

女孩輸入手機。「好了。」她對男孩說：「這裡右轉。」

喬芝好奇他們分開多久了。

男孩不斷親女孩的頭，揉她的腿。喬芝望著窗外，給他們一點隱私——而且整個城市看起來像童話故事的場景。她從沒看過像這樣的地方。

這幅情景就這樣從天而降。

看起來就像奇妙仙子畫的。[59]

這裡的人怎麼習慣的？

喬芝一開始沒想到開車困難的問題。他們開得很慢，但貨車仍然滑出紅燈。「我不敢相信妳開這輛車來。」男孩說。

「我總不能把你丟在機場。」他女朋友說。「我很小心。」

59 譯注：奇妙仙子（Tinker Bell），童話故事《彼得潘》裡的精靈。

他笑了，又親了她一下。喬芝想知道他們是不是快到尼爾家附近了。路上幾乎沒人。外面有幾個人在鏟雪。

他們一定快到了。喬芝認得那個公園。那座橋。那個保齡球館。女孩幫男孩指路。喬芝認得她和尼爾以前走路過去的披薩店。「我們快到了。」她把手放在儀表板上。

「藍屋路在下一個路口右轉。」

「對……」男孩同意。但貨車不動了。

她女朋友原本看著手機，這下抬起頭。

喬芝抬頭看著山丘，不懂出了什麼問題。

男孩嘆氣，搓搓髒了的金髮，轉頭看著喬芝。「我們大概在山丘的半路。但我不確定我們會下山，還是下車。」

「喔……」喬芝說。「呃……快到了。我可以用走的。我知道路。」

他們看著喬芝，彷彿喬芝瘋了。

「妳沒穿外套。」他說。

「妳甚至沒穿鞋子。」女孩說。

「我不會有事。」喬芝向他們保證。「再過五個路口就到頂了。我不會凍死的。」她說得好像自己知道凍死是怎麼一回事，但其實一點也不。

「等一下。」男孩下車，拿了他的粗呢袋，跳回車上。他拉開拉鍊，衣服滿出來。他開始把衣服堆在女孩的大腿上。「這裡。」他拉出一件厚重的灰色羊毛衣。「拿著。」

「我不能拿你的毛衣。」喬芝說。

「拿著。妳可以寄回來給我。我媽把地址縫在每件衣服上。拿著，不要緊。」

「妳就拿嘛！」女孩說。

「我在想我還有沒有多出來的靴子……」他把衣服塞進袋子裡。「後座搞不好有雨鞋。」

女孩轉動眼珠，有那麼一秒，她看起來就像海瑟。

「不然——妳告訴我妳要去哪裡？」他對喬芝說。我跑上去拿妳的鞋子和外套，還是什麼的。」

「不了。」喬芝說。她套上毛衣。「你們幫我夠多了，謝謝。」

「妳不能赤腳走在雪地上。」他堅持。

「我沒事的。」喬芝打開副駕駛座的門。

他也打開他的門。

「喔，對！」女孩說。「妳可以穿我的靴子。」她的手伸向座位底下。喬芝注意到她戴著一個小小的訂婚戒指。「妳拿去。反正我也不喜歡這雙。」

「千萬不可。」喬芝說。「要是你們困在雪地裡呢？」

「我沒關係。」她說。「他會背我走過這個城市，不會讓我的腳濕掉的。」

男孩對女孩露齒而笑。女孩又轉動眼珠，總算把靴子拉出來。「穿上吧！」她說。「他已經認定妳是我們聖誕節的任務。如果我們不幫妳，他就永遠無法證明自己是個男人。」

喬芝接過靴子。仿冒的UGG。看起來是她的尺寸。

她脫下她的平底娃娃鞋——賽斯送的生日禮物，所以絕對很貴。（賽斯總是在聖誕節送喬芝衣服，通常可以取代她衣櫥裡最糟糕的那一件。還好他並不知道胸罩的事。）「妳可以收下這雙。」喬芝說：「如果妳想要的話。」

女孩一臉疑惑。

「我們會在這裡等一下。」男孩說。「如果妳需要幫忙就回來。」

好，喬芝心想。她穿上靴子。如果我丈夫不認得我。如果我的婆家已經不在這裡。如果我認識的人不是死了就是沒有出生，因為我穿越時空搞砸了……「謝謝你們。」

「聖誕快樂。」男孩說。

「小心。」她的未婚妻提醒。「可能會結冰。」

「謝謝。」喬芝把腳移到貨車外，跳到地上，落地時滑了一下，她抓住門。

藍屋路上尚無人出來鏟雪。喬芝隱約記得這裡沒有人行道；她和尼爾那次去買披薩的時候走在路上，牽著的手在兩人之間擺動。

雪深及喬芝的小腿——她得提起膝蓋往前踏步。她的耳朵和眼皮都凍僵了，但爬了一個街廓後，雙頰熱了起來。她喘著氣。

天哪，她從來沒想像過天氣可以這麼冷。

人怎麼可能住在這個明顯不讓他們生存的地方？所有有關四季和下雪的浪漫愛情……你不該每次離開家門就要努力不死掉啊。

周遭事物一片寂靜，喬芝的呼吸聲音很大。她回頭看，但她看不見紅色貨車了。她看不見任何生命的跡象。很容易就能想像她經過的每棟房子都是空的。

喬芝感到眼中的淚水，努力假裝是因為冷的緣故，或因為疲勞，不是因為山丘頂上正等著她的——或沒在等她的。

36

尼爾在一棟舊式紅磚屋長大，門前有個圓環車道。他媽媽非常引以為傲；他們訂婚幾個月後，喬芝第一次拜訪他們家，他媽媽告訴她，車道是他們買下這裡的原因之一。

「我不懂。」後來喬芝從地下室偷偷跑到尼爾的房間時這麼告訴尼爾。尼爾把喬芝抱起來靠著牆壁，正好在老鷹童子軍的證書底下。「就好像你家前院有一條路一樣。」她說：「那怎麼會是件好事？」尼爾笑了，氣吐在她的耳朵上，然後用鼻子把她的睡衣領口打開。

喬芝現在走上車道，她的腳印破壞了前院如明信片般的雪景。

她打開防風的外門，敲了敲——前門被她打開了。因為在奧馬哈，顯然，沒人會**關上**前門。喬芝可以聽見聖誕音樂和說話的聲音。她又敲了門，偷看裡面。

沒人前來應門，她小心翼翼走進玄關。屋裡聞起來像蘋果肉桂香味的芳香劑和松針。

「哈囉？」喬芝說，太小聲了。她的聲音在發抖，她在雪地上留下了腳印——她覺得自己好像闖進民宅。

她又試著大聲一點。「哈囉？」

廚房的門半開——音樂傾瀉而出：〈給自己過個愉快的小聖誕〉（Have Yourself a Merry Little Christmas）。尼爾走了出來，與她相隔半個房間。

尼爾。

牛奶巧克力色的頭髮，白皙的皮膚，她從沒看過的紅色毛衣。她從沒看過的表情，好像他完全不認識她一樣。

他停住。

廚房的門在他身後擺動。

「尼爾。」喬芝小聲說。

他的嘴巴張開。可愛的嘴巴，可愛又對稱的嘴唇，可愛的牙齒，與喬芝牙齒相契合。他的眉毛粗獷而堅定，當他收起下巴時，兩頰的肌肉會一陣收縮。

「尼爾？」

五秒過了。十秒，十五秒。

尼爾就在那裡。穿著牛仔褲、藍色襪子和奇怪的毛衣。

他看見她高興嗎？他現在認識她嗎？尼爾？

他身後的門又開了。「爹地？奶奶說——」

愛麗絲走出廚房，喬芝感覺有人從她的膝蓋後方踢下去。

愛麗絲跳了起來，就像電影裡頭小孩做的事。因為開心。「媽咪！」她跑向喬芝。

喬芝跪在地上，電話從她手中甩出去。

「媽咪！」愛麗絲又大叫一聲，撲向喬芝的雙手。「妳是我們的聖誕禮物嗎？」

喬芝緊緊抱著愛麗絲，可能有點痛，猛親著女兒的臉。喬芝沒見到廚房的門再度打開，但她聽見努蜜尖叫說喵，然後她們兩人都在她的懷中。喬芝的膝蓋失去平衡，她努力穩住。

「好想妳們。」她邊親邊說，眼前盡是粉紅色的臉龐和黃棕色的頭髮。「想死妳們了。」愛麗絲被拉開，喬芝抱得更緊。但尼爾把愛麗絲拉起來。「爹地。」愛麗絲說。「媽咪來了，你不驚訝嗎？」

尼爾點點頭，也把努蜜拉起來，讓她們兩人站好。努蜜喵了一聲以示抗議。

尼爾把手伸向喬芝，她接過尼爾的手。（在她凍僵的手中如此溫暖。）他把她拉起來站好，然後鬆手。他還是沒有笑，她也沒有笑。她知道她哭了，但她努力不去在意。

「妳來了。」尼爾嘴唇也沒動。

喬芝點點頭。

尼爾動作迅速，雙手捧著她的臉——一手在她冰冷的臉頰，一手在她的下巴——然後拉向自己的臉。

安心的感覺像靈魂吹進她的身體。

尼爾。

尼爾，尼爾，尼爾。

喬芝摸了他的肩膀和後面的頭髮——還是刺刺的，又摸摸他耳朵上頭，用大拇指和食指揉著。

她想不起來上次這樣親吻是什麼時候，也許他們從沒這樣親吻過。（因為他們兩人都沒有幾乎墜入懸崖的經驗。）

「妳來了。」他又說了一次。

而喬芝點點頭，往前一步，以免他想要後退。

她來了。

而且什麼也沒修補。什麼也沒改變。

她的工作還是一樣，可能還是有那個會議。她還是要處理賽斯——或不用了。喬芝沒有真的做出任何決定……

但起碼她做出正確選擇。

她來了。

和尼爾在一起。不管從現在開始代表什麼。

他親吻著她，好像他完全知道她是誰。他親吻著她，好像他已經等了她十五年。

愛麗絲和努蜜跳到她們爸媽的腳上，抱著她們腿。

房子裡頭某個地方有隻狗，尼爾的媽媽正說著要在桌上多擺一套餐盤。

「妳來了。」尼爾說，而喬芝緊貼著他的耳朵，這樣他就不能拉開她。

她點點頭。

以前

尼爾把土星汽車停在喬芝家的車道。他往前，頭靠在方向盤上。天哪，他快睡著了。

這絕對是個聖誕節的大驚喜——如果喬芝等一下敲他的窗戶，請他把車移開。

他的頭在方向盤上敲著。

去吧，尼爾。你可以的。她可能會拒絕，但你還是可以問。

他試著不去想上次問那個問題的時候，他早就知道彤恩會答應，而且他也知道自己不希望她答應。

就算這個星期他又問彤恩一次，彤恩還是會答應；他從她看他的樣子就知道。

天哪，他可以預見。典禮，婚姻，和彤恩共度的餘生。全都愉快而且可以預測，他不用活到那時候也知道結局。

和喬芝在一起，連十分鐘後都無法預測。從來無法，尤其是今天。十分鐘後……她可能會拒絕——她整個星期都在電話裡求他和她分手。

但她所做的事只是更令他堅信他無法。

即使相隔一千五百英里，即使在電話裡，喬芝比他生命中所有的事物都還要明確。

只要想到再次見到她，他感覺自己的雙頰發熱。這就是喬芝對他做的好事。她把血液拉到他的皮膚表面。她推動著他，像潮水般。她讓他感覺事情正在發生，像生命正在發生——而且即使他有時候很悲哀，也不願昏沉度過。

他的手摸摸口袋，戒指還在那裡。

他離開安養院後戒指就一直在那裡。他的姨婆把戒指緊緊握在尼爾手裡——「我不需要這個了。我從來就不真的需要，但哈洛德喜歡看我戴著。」她說，這是家族的戒指，應該留在家族裡。

尼爾一看到戒指就下定決心。

即使他還沒準備好，未來還是會來。即使他**從來**就無法準備。

至少他知道他和對的人在一起。

難道生命的意義不就是這樣？找到一起分享的人？

而如果你找對了人，其他怎麼可能錯到哪裡去？如果你就站在愛她勝於一切的那個人身旁，其他的一切不就只是風景？

尼爾解開安全帶。

以後

「看起來不像真的。」

「什麼不像真的？」

「感覺像聖誕節非常特別節目。」

「嗯……」尼爾的嘴巴溫暖，靠在她的脖子背後。

「分成兩段。」他說。「加入聖誕歌曲的橋段。」

「一點也沒錯。」喬芝說。「或像《風雲人物》。」

尼爾的嘴唇又濕又熱。「妳會冷嗎？喬治·貝禮？」

60

「不會。」她說。

「妳在發抖。」

「我不冷。」

他把她抱得更緊。

「雪會下成這樣？」她問。

「嗯……」

「即使沒人看？」

「我想是吧，但我也不能證明。」

「我不敢相信我差點就錯過了。」

「但妳沒有錯過。」他說。

「我差那麼一點……」

「別這樣說。事情都過去了。」

「還沒。」她說。「不完全。」

「我們經歷得夠多了。」

「其實，尼爾，我——我真的很想你。」

「好，但妳可以停了，我人在這裡。停止想念我。」尼爾說。

「好。」

雪一直下。緩慢地下。

「我也想妳。」尼爾說。「我想念妳跟我說話。」

「說什麼？」

「所有的事。妳在想的事。妳擔心的事。妳晚上想吃什麼。」

「你想念我說我想再吃一次不丹咖哩雞？」

「我不想念妳說那個——我只是想念妳說話，懂嗎？」

「可能吧。」她說。

60 譯注：喬治·貝禮（Georgy Bailey）是電影《風雲人物》的男主角，由James Stewart飾演。

「現在跟我講話，喬芝。」

「什麼？」

「跟我說我錯過什麼。」他捏捏她。「妳確定妳不冷？」

「不會。」

「妳還是在發抖。」

「我……」她轉過頭，好看得見他的臉。「佩圖妮雅生了。」

「生了？」

「生了。我媽媽不在家，所以我幫她接生。」

「天哪，真的？」

「對，還有……我妹妹是同志。」

「**海瑟**？」

「我只有一個妹妹。也許她不是同志，但她有個女朋友。」

「喔……」尼爾眯起眼睛，搖搖頭。

「怎麼了？」

「我……剛才，好像——似曾相識的感覺，沒事。」

喬芝在他懷裡，整個人轉過身，雙手捧著他的臉。他的臉頰、鼻子和睫毛上有雪花。她拍掉。「尼爾……」

他雙手環繞她的腰際，抱得更緊。「別說，喬芝。事情都過去了，夠多了。」

「只是——還有一件事。」
「好吧，一件事。」
「我會成為更好的人。」
「我們都是。」
「我會更努力。」
「我相信妳。」
她仍然捧著他的臉，深深凝視，盡可能深。她試著把熊熊烈火傾倒進去。
「從今天開始，尼爾。」
尼爾垂下眉毛，溫柔地，彷彿他正在拆開某樣東西，一不小心就會從手中四散。
他張開嘴巴想要說話，但喬芝上前阻止他。她無法克制自己，他的嘴唇就在那裡。尼爾的嘴唇總是在那裡——也因此當她覺得自己不被允許親他的時候，總是格外難受。
她親吻著他。他張開手指，扶著她的肋骨，迎向她的臉。
喬芝忽然後退，他發出了受傷的聲音。「噢，喬芝，別說還有一件事。」
「不。我只是想起來——我得打電話給我媽。」
「打電話？」
喬芝把他推開，但他不讓。
「我得打電話給她。我沒有告訴她就出門了——我直接出門，失蹤了。」
「那快打。妳的手機呢？」

「掛了。徹底掛了。」喬芝的手在尼爾的外套內側摸索，尋找口袋。「你的手機呢？」
他聳聳肩，雙手一攤。「在裡面，掛了。我讓愛麗絲玩俄羅斯方塊——抱歉。」
喬芝轉身面向屋內，抖動借來的靴子，把雪抖落。「沒關係，我用室內電話。」
「直接跟我媽借電話。」他說。「她停掉室內電話了。」
喬芝止步，回頭看著他。「真的？」
「對。幾年前，我爸死了之後。」
「喔……」
尼爾拉起外套把她包得更緊。「走吧。我們進去。妳在發抖。」
「我沒事，尼爾。」
「好，我們去溫暖的地方沒事吧。」
「我只是……」她伸出手，再次捧著他的臉。「我差一點……」
他輕聲說：「好了，喬芝。妳來了，人在**這裡**了。」

致謝

如果我有一支可以打到過去的魔法電話，我第一個打電話的會是我親愛的朋友Sue Moon。我會告訴她我必須告訴她的話，直到斷線為止。

我會一直說「謝謝妳」，幫助我突破自己——還有，讓我知道恐懼不會帶來真正的慰藉。每次我完成一本書，總想起Sue向我保證我一定可以。

謝謝許多幫助我寫作的人：

我的編輯Sara Goodman，她總是知道我想要表達的。她也懂〈皮革與鞋帶〉的威力。

St Martin Press的團隊，尤其是Olga Grlic、Jessica Preeg、Stephanie Davis、Eileen Rothschild，她們聰明、敏銳、善感，我真有點希望有什麼合法的辦法保證她們永遠不離開我。

Nicola Barr，寫了一封超棒的信——〈我剛讀完妳的書〉。

我的法律顧問Lynn Safranek、Bethany Gronberg、Lance Koenig、Margaret Willison。

Christopher Schelling，他知道什麼時候該來點巴哥事件。

還有Rosey和Laddie，我愛她們愛得都痛了，真的痛。

藍小說 254

再說一遍我願意

作者—蘭波．羅威
譯者—胡訢諄
主編—嘉世強
編輯—鄭雅青
封面插畫—Dinner Illustration
封面設計—白日設計
內頁排版—時報出版美術製作部
董事長—趙政岷
總經理—
總編輯—余宜芳
出版者—時報文化出版企業股份有限公司
10803台北市和平西路三段二四〇號四樓
發行專線—（〇二）二三〇六—六八四二
讀者服務專線—〇八〇〇—二三一—七〇五
（〇二）二三〇四—七一〇三
讀者服務傳真—（〇二）二三〇四—六八五八
郵撥—一九三四四七二四時報文化出版公司
信箱—台北郵政七九～九九信箱
時報悅讀網—http://www.readingtimes.com.tw
電子郵件信箱—liter@readingtimes.com.tw
法律顧問—理律法律事務所　陳長文律師、李念祖律師
印刷—盈昌印刷有限公司
初版一刷—二〇一六年十月七日
定價—新台幣三八〇元
（缺頁或破損的書，請寄回更換）

時報文化出版公司成立於一九七五年，
並於一九九九年股票上櫃公開發行，於二〇〇八年脫離中時集團非屬旺中，
以「尊重智慧與創意的文化事業」為信念。

國家圖書館出版品預行編目（CIP）資料

再說一遍我願意 / 蘭波.羅威(Rainbow Rowell)作 ; 胡訢諄譯. -- 初版.
-- 臺北市 : 時報文化, 2016.10
面；　公分. -- (藍小說 ; 252)

譯自 : Landline

ISBN 978-957-13-6775-0 (平裝)

874.57　　105015893

ISBN 978-957-13-6775-0
Printed in Taiwan